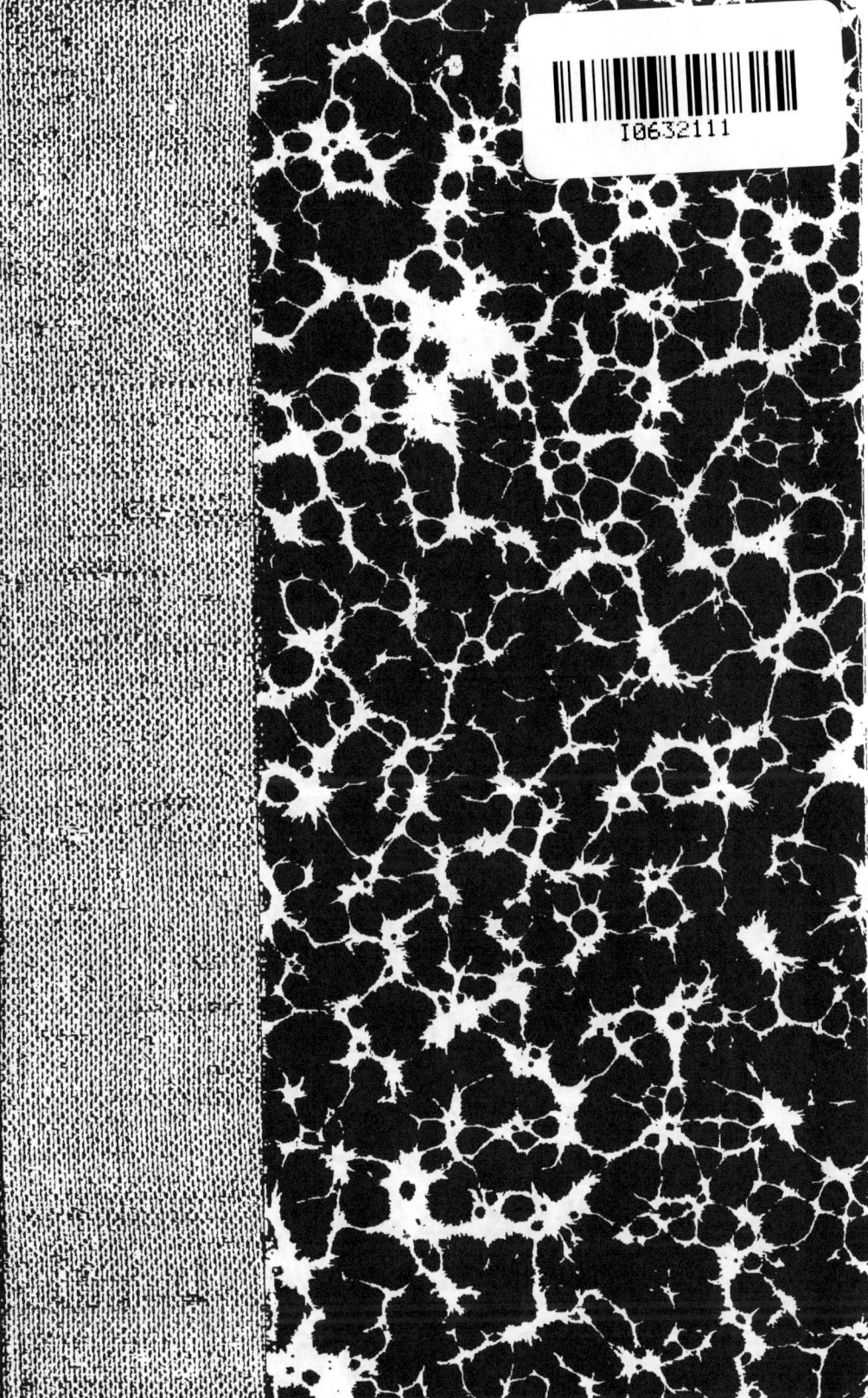

I0632111

CARACT.REK.

LES

PETITS DRAMES RUSTIQUES

AUTRES OUVRAGES DU MÊME AUTEUR

LES FÉERIES DU TRAVAIL, origine et historique des travaux de dames. — 1 vol. Didier et Cie.

LA CHAMBRE AUX HISTOIRES, recueil de dix nouvelles. — 1 vol. Didier et Cie.

LE POÈME DES LARMES (en collaboration avec Mme Julie Fertiault) Introduction par Henri Bellot. — Un volume. Portrait. 2e édition. L. Curmer. (Épuisé.)

LES VOIX AMIES. Enfance, Jeunesse, Raison (en collaboration avec Mme Julie Fertiault). Introduction par Henri Bellot. — 1 vol. Didier et Cie.

LES NOELS BOURGUIGNONS, suivis des NOELS MACONNAIS, traduits pour la première fois. Texte en regard. 2e édition illustrée. — 1 vol. Aug. Aubry.

LES RIMES DE DANTE (Sonnets, Canzones, Ballades), première traduction complète. — 1 vol. Lecou et Delahays.

HISTOIRE PITTORESQUE ET ANECDOTIQUE DE LA DANSE chez tous les peuples anciens et modernes. — 1 vol. Auguste Aubry.

Etc., etc., etc.

LE PUY. — TYPOGRAPHIE M.-P. MARCHESSOU

LES
PETITS DRAMES
RUSTIQUES

SCÈNES ET CROQUIS D'APRÈS NATURE

PAR

F. FERTIAULT

PARIS
LIBRAIRIE ACADÉMIQUE
DIDIER ET Cie, LIBRAIRES-ÉDITEURS
35, QUAI DES AUGUSTINS, 35

1875

1

LE BAC DES VENDANGEURS

Plus d'un, certes, sentira... mais qui jamais pourra dire tout le dévouement, toute l'abnégation, tout l'amour que contient le cœur d'une mère?... Ce cœur, les plus clairvoyants s'étonnent devant ses vues affectueuses, dévouées et profondes.

(...)

LE BAC DES VENDANGEURS

I

SUR LA LEVÉE

C'était un soir du commencement d'octobre 1765.

Il faisait sombre. Le ciel semblait avoir étendu sur le sol un long voile de tristesse. Des nuages gris de fer s'échelonnaient à distance, développant avec une régularité monotone leurs lignes horizontales. Le cœur avait froid !

On aurait volontiers pressenti que rien de gai, rien d'heureux ne pouvait se passer en ce moment dans un site pareil, bien propre à faire apprécier les charmes du foyer.

Aussi, l'œil le plus perspicace n'eût pas découvert un grand nombre de personnes sur ce développement de terrain, et, n'étaient deux ombres se mouvant lentement sur la levée, — qui va comme un trait d'union de la petite ville au vil-

lage, — on eût eu devant soi une solitude complète.

Qui se fût trouvé sur le passage de ces deux
ombres eût vu :

En l'une d'elles, une femme de quarante-deux
ans environ, vêtue comme à la campagne, d'une
démarche ferme, quoique fatiguée, la figure pâle,
les traits plus fins que ne les ont d'ordinaire les
paysannes, et paraissant renfermer en elle une
douleur qui l'oppresse; — en l'autre, un gars
d'une vingtaine d'années, en culotte de gros drap,
en bourgeron de serge, lourdement chaussé de
sabots, mais la tête nue et ses longs cheveux assez en désordre. Ses traits, réguliers et intelli-
gents, sont contractés par une expression réser-
vée et même boudeuse, et son cœur a aussi l'air
de souffrir gros.

L'une est la mère, l'autre est le fils. Ils marchent côte à côte.

Le rhythme de leur pas témoignerait au besoin
de leur préoccupation intérieure. Le fils règle instinctivement le sien sur celui de sa mère, et ils
vont ainsi depuis un bon bout de temps, se touchant presque, n'ayant nul désir de s'éloigner,
mais ne se disant rien.

Leurs cœurs, cependant, sont pleins de part et
d'autre.

Combien de temps va durer cette marche silencieuse? Peu. La douleur de la pauvre femme déborde.

— Eh ben! Marcelin, dit-elle en s'adressant avec un pénible effort à son morne compagnon; eh ben! nous allons faire toute la route sans que tu me dises un mot?

Le jeune homme lève ses yeux expressifs sur la questionneuse, mais ses lèvres ne s'ouvrent point, et il se contente d'un mouvement dubitatif de tête pour toute réponse. Ce fut bien une nouvelle peine pour la mère; mais une mère ne se décourage jamais lorsqu'il s'agit de son fils.

— C'est mal, ça, Marcelin, reprend-elle. Il n'y a pourtant pas longtemps que tu es comme ça pour moi. Ah! les tristes jours pour une mère, quand elle n'est plus aimée de son enfant!

— Qui vous a dit que je ne vous aime plus? répond vivement le jeune homme avec un ton qu'il cherche à rendre dur.

— Personne ne me l'a dit, ni toi, ni d'autres. Il n'est pas besoin qu'on me le dise.

— Alors?

— Mais je crains de le sentir.

— Vous vous trompez.

— Pour ça non, le cœur ne se trompe pas.

— Peut-être!... Après tout, il y aurait quelque

chose de vrai que ce serait bien un peu de votre faute.

— A moi, grand Dieu !

— Mais oui.

— Marcelin, où vois-tu ça ?

— Je vois ça... je vois ça... dans vous... qui faites comme moi.

— Qu'est-ce que je fais comme toi, Seigneur !

— Vous commencez à ne plus tant m'aimer.

— Ah ! Marcelin, c'est quand je pleure à cause de toi toutes les nuits que tu dis que je t'aime moins... O mon Dieu ! un enfant ne saura donc jamais ce que sa mère peut souffrir pour lui !

Ces mots, jetés à travers un cri de l'âme, frappèrent le jeune homme comme une étincelle.

Il dégagea son bras, et, saisissant chaleureusement la main de la marcheuse :

— Mère, lui dit-il, nous nous trompons tous les deux : je vous aime encore, et vous ?

— Et moi, interrompt la mère avec explosion, et moi, mon enfant je t'aime toujours davantage !...

Et elle s'arrêta, prit la tête de son fils dans ses bras, l'approcha de son cœur, puis l'embrassa avec ivresse.

Quelle bonne halte pour la pauvre mère !

Leur marche, interrompue un instant, reprit

son allure, mais moins lente et moins sombre, et les paroles sortaient volontiers des lèvres.

— A la bonne heure ! disait Martine en respirant plus à l'aise ; à la bonne heure, Marcelin ! voilà comme j'aime à te voir.

— Mais, mon Dieu ! mère, vous me verriez comme ça tous les jours si vous le vouliez.

— Oh ! non, réplique avec un soupir la tendre femme, non !

— Pourquoi donc prétendez-vous que je vous aime moins ?

— Pourquoi ? Ah ! mon enfant, c'est parce que tu en aimes une autre, et qu'on ne peut pas en aimer deux au même degré.

Marcelin accueillit cette explication avec un peu de dépit, sinon d'aigreur.

— Ne voilà-t-il pas, maintenant, s'écrie-t-il d'un ton plus sec, que vous allez jalouser Francette ?

— La jalouser, mon enfant ! Elle, ou une autre ? Oh ! que non. Il faudra bien, un de ces jours, que tu te maries, et je te promets, garçon, que j'aimerai celle qui deviendra ta femme.

— Alors, pourquoi donc n'aimez-vous pas celle-là ?

— Parce qu'il me semble que celle-là...

— Voyons, dites.

— Eh ben! parce qu'il me semble que ce n'est pas celle que tu... épouseras.

— Vous m'en empêcherez donc?

— Je te dirai tout ce que je pourrai pour t'en empêcher.

— Mais, Dieu du ciel! bonne mère, je ne vous comprends pas. Que vous a-t-elle fait? Qu'est-ce que vous avez contre elle?

— Je ne sais pas... je n'ai pas confiance.

— Comment?

— Non; ses petites mines, ses manières me font soupçonner, ou, mieux, me font voir quelque chose.

— Ses mines, ses manières sont gentilles, c'est au vu et au su de tout le monde. Dites-moi ce qu'elles vous font voir.

— Qu'elle *sait* se faire aimer...

— C'est ce que tout futur désire. Où est le mal?

— Mais... qu'elle ne t'aime pas.

— Par exemple!

— Sois-en ben sûr. J'ai l'œil bon et le cœur aussi, et je ne me trompe guère.

— Bonne mère, je ne peux pas vous en vouloir, puisque c'est par amour pour moi que vous vous mettez ces idées-là en tête; mais enfin que voulez-vous que je fasse? Vous voyez des choses qui ne sont pas... vous vous tourmentez... C'est bien aussi un peu pour moi que je me marierai.

Martine, retombée dans sa préoccupation douloureuse, sentait de nouveau sa crainte se réveiller. Elle ne répondit rien à l'objection de son fils, et nos deux personnages recommencèrent à marcher silencieusement à côté l'un de l'autre.

Quand une fois l'onde est remuée, elle ne rentre pas si vite en son calme primitif, et, même quand la superficie semble déjà reposée, il s'y produit encore des courants intérieurs qui l'agitent brusquement dans tel ou tel sens. Ainsi en était-il du cœur du fils : en l'un soufflait un orage dont chaque ébranlement répondait dans l'autre par une torture.

Le bon mouvement de tout à l'heure n'avait pas suffi pour dissiper les nuages, pour rétablir l'équilibre de l'humeur aimante, et chaque marcheur portait encore bien des émotions dans sa poitrine bouleversée.

Mais ces mines du cœur, secrètement chargées, ne couvent pas longtemps ; elles sont trop brûlantes pour cela. La mère, après avoir repassé dans son esprit tout ce qu'elle avait à dire à son fils, laissa de nouveau éclater son angoisse. Seulement l'explosion dut lui être douloureuse, car elle fut sobre. Elle résuma tous ses griefs en une seule question :

1*

— Tu tiens donc bien à ta Francette? demande-t-elle d'une voix ferme et cependant visiblement affectée.

Marcelin fit attendre un instant sa réponse. Martine était dans l'anxiété, sentant bien que cette réponse serait quelque chose de définitif dans l'esprit de son fils.

— Oui, répond-il enfin avec une résolution contenue, mais qui n'en était pas moins poignante pour celle qui entendait ce mot.

Un froid aigu traversa le cœur de la pauvre femme.

— Tant pis! mon enfant, réplique-t-elle aussitôt; tant pis!

Marcelin ne put accepter ce blâme sans riposter quelque chose.

— Pourquoi « tant pis? » demande-t-il à son tour.

— Pourquoi?... Parce que ces amours qui brisent le cœur des mères ne finissent jamais bien!

II

RENTRÉE AU LOGIS

Peu après avoir prononcé les derniers mots que nous venons d'entendre, nos deux marcheurs rentraient à la maison.

Comme ils avaient cheminé lentement, la nuit était depuis longtemps tombée, et par conséquent il se faisait déjà très-tard pour la petite localité. Ce n'est pas que tous les habitants eussent la coutume de se mettre au lit de si bonne heure ; quelques-uns, au contraire, savaient découvrir les cabarets et s'y attabler, autour du vin blanc, pendant de longues soirées, parfois jusqu'à l'aube. — Ils trouvent le vin blanc si bon !

C'était même une cause semblable qui avait provoqué la marche de nos deux personnages. Marcelin, sorti depuis le milieu de la matinée, pouvait s'être oublié au milieu de ses carmarades ; et Martine, en mère qui n'oublie pas son fils, avait cédé à une inquiétude toujours croissante, et, aux approches du soir, s'était dirigée vers le lieu où elle devait rencontrer son cher fugitif.

Ce trait sert à expliquer le ton contenu et la teinte sombre de la conversation de tout à l'heure. Notre jeune gars, sobre et rangé d'habitude, n'avait pas un verre de vin *de trop ;* mais il suffit d'en avoir *assez* pour que l'humeur prenne une physionomie particulière, — et si Marcelin n'avait pas aimé sa mère comme il l'aimait, il est probable que dans ses paroles la brusquerie eût pris la place de la réserve.

Une fois rentrés, tous deux commencèrent à sentir la fatigue, fatigue à laquelle n'avaient pas peu contribué les secousses morales qu'ils venaient d'éprouver.

Marcelin aurait voulu se disposer à se coucher; mais le dernier mot que lui avait dit sa mère, était doublement poignant, et, chez lui, la lassitude du corps disparaissait sous l'excitation de l'esprit.

Il allait et venait dans la chambre. De temps en temps ses regards tombaient sur sa mère, qui s'était assise en rentrant et qui, le front penché, paraissait de plus en plus absorbée dans sa douloureuse préoccupation.

La pauvre femme ! Marcelin l'adorait, et, comme il se sentait la véritable cause de son chagrin, il éprouvait d'autant plus de peine de sa propre conduite qu'il était bien fermement résolu à y persister.

Martine ne bougeait pas. Voyant cela, Marcelin s'approcha d'elle, et, la regardant d'un œil où l'affection perçait à travers la fermeté :

— Eh bien ! mère, lui dit-il, est-ce que vous ne songez pas à vous reposer?

Martine leva avec tristesse les yeux sur son fils; mais la réponse ne sortit pas de sa bouche.

Le jeune homme renouvela sa question. La mère fit d'abord un mouvement de tête lentement négatif; puis, se décidant à répondre :

— Non, Marcelin, dit-elle, non, je n'en ai pas envie.

— Pourquoi donc, mère?

— A quoi bon me coucher? Je sens que je ne pourrais dormir.

— Vous êtes fatiguée, pourtant.

— Il y a des fatigues qui tiennent l'esprit en éveil.

Chacune de ces répliques frappait juste, et Marcelin ne recevait pas ces coups sans les sentir. Il regarde la malheureuse femme.

— Oh! prononce-t-il d'une voix émue, vous dites ça pour me faire de la peine.

Le moment de calme était passé pour Martine. La véhémence reprenait le dessus dans cette âme, ardente par amour maternel. Elle relève la tête, et, se tournant vers son fils :

— Crois-tu donc, s'écrie-t-elle en se frappant la poitrine d'une de ses mains; crois-tu donc qu'une mère aime si peu son enfant qu'elle puisse tranquillement fermer les yeux devant son malheur?

— Son malheur !

— Eh! oui.

— C'est vous qui l'aurez fait, alors...

— Moi? méchant !

— Sans doute. Vous savez bien, je vous l'ai assez dit, que je ne peux être heureux qu'avec Francette.

— Ah! Marcelin! Marcelin! sanglote à ce mot la mère en se jetant aux genoux de son garçon; cher Marcelin, sors de ton aveuglement!

— J'ai l'œil bien ouvert... et le cerveau aussi, riposte vivement Marcelin.

Seulement, en faisant cette réponse, il se penche et relève sa mère. Il la place avec ménagement et respect sur la chaise qu'elle vient de quitter. Mais elle, la femme souffrante, ne quitte pas si facilement son idée :

— Ah! malheureux enfant! continue-t-elle, pourquoi l'as-tu rencontrée?... Elle ne t'aime pas...

— Pouvez-vous bien dire une chose pareille! Plusieurs fois déjà, toute bonne, toute prévenante, elle m'a prouvé...

— Elle est adroite, elle a envie de toi. Elle te trompe.

— Oh! mère!... vous êtes cruelle.

— Elle te trompe, te dis-je. Elle te trompe, à cette heure, en te faisant croire à son amour... Elle te trompera bien davantage, plus tard, quand tu auras jugé à propos de lui reprendre le tien.

Devant cette explosion de l'affection maternelle, Marcelin se sent ébranlé, ému surtout.

— Mais, bonne mère, répond-il ardemment, vous l'en jugez donc indigne?

— Est-on digne de l'amour d'un brave garçon

quand on fait un manége de coquette pour le prendre dans ses ruses? Francette ne t'aime pas... pas
plus qu'elle n'aimait ceux qu'elle a...

— Achevez!

— Ceux qu'elle a joués, et fait semblant de laisser... pour courir après toi.

— Il faut donc que je vous croie, mère! s'exclame sourdement Marcelin, dont le cœur était à
la torture; car je sais que vous m'aimez, vous, et
vous ne voudriez pas, pour votre plaisir, me faire
souffrir un enfer pareil!

A ces mots, Martine respire.

— Pourtant, reprend-il aussitôt, quelles preuves
avez-vous? Pourriez-vous m'en donner?

— Elle te les donnera bien elle-même, enfant.
Laisse venir les circonstances, et, maintenant que
tu es prévenu, regarde et étudie-la.

— Vous croyez?

— Je m'en rapporte à toi-même.

— Eh bien! répond Marcelin avec un pénible
effort; eh bien! je verrai...

Puis, embrassant Martine, dont le cœur, quoique apaisé, bondissait encore :

— Mère, lui dit-il d'une voix caressante, vous
allez vous coucher maintenant, j'espère?

— Oui; je tâcherai de dormir. Et toi? Tout ça
ne te prépare guère à supporter la fatigue de de-

main. Et cependant il faudra te lever de bonne heure. Tu ne peux pas laisser partir le bac sans toi.

— Oh! non. Aussi, je serai prêt.

— A propos! interrompt Martine encore sous le coup de son émotion de tout à l'heure, et Francette? Sait-elle que tu pars demain avec les vendangeurs?

— Oui, je lui en ai parlé.

— Elle s'y trouvera, alors?

— Je ne sais. Elle ne m'a rien promis de ça; je ne lui ai même rien demandé.

— Les meilleurs rendez-vous ne sont pas toujours les mieux convenus. Je suis sûre qu'elle y viendra...

— Si elle vient, ce sera tout à fait volontaire de sa part.

— Elle est adroite, je te le répète, et elle est capable de bien autre chose!

A ce mot, qui contenait en germe plus d'une crainte, Martine tomba dans un moment de rêverie. Ce n'était pas une affection vulgaire qu'elle portait à son fils, ni un amour égoïste non plus. Elle l'aimait pour lui, bien pour lui, et ce qu'elle souffrait n'était véritablement causé que par la frayeur de le voir malheureux.

Marcelin la contemplait sans oser la déranger.

Tout à coup elle se lève :

— Eh ben! garçon, dit-elle du ton le plus résolu, couchons-nous vite. Demain, j'irai avec toi!

Quoique décidé à commencer son sacrifice, Marcelin n'en tressaillit pas moins à cette parole. Il savait que la ténacité de sa mère ne lâcherait pas prise, et que cette démarche de sa part avait toutes les chances d'être décisive au point de vue de son attachement pour Francette.

Notre gars ne dit rien contre cette expression de la volonté maternelle ; mais il ne dit rien non plus pour l'approuver... Il sentait encore des orages se lever dans son cœur.

Un silence, — de décision, cette foi, et non de tristesse comme pendant la marche de tout à l'heure, — remplit la chambre. Quelques minutes après, les deux interlocuteurs avaient gagné leur lit et étaient couchés.

Bon repos! Qu'ils aient des forces, le lendemain matin, pour prendre la serpette, le panier et la hotte, et pour s'en aller vendanger!

III

SCÈNE NOCTURNE

La mère et le fils reposeront-ils? Etre au lit

n'est pas dormir, et nos deux personnages ne sont pas sur le point de céder à un impérieux sommeil.

Martine a toujours le cœur gros, et Marcelin ne peut se soustraire aux coups de la lutte qui se livre en lui. Il adore sa mère; mais son amour pour Francette le tient aussi bien fort. Il a cependant le désir de faire céder l'un à l'autre.

Le cabinet où il est couché n'est séparé de la chambre de sa mère que par une porte mal jointe et n'ayant qu'un verrou en mauvais état pour tout moyen de fermeture. Dans un angle de cette dernière pièce, angle qui se trouve entre la fenêtre et la cheminée, est enfoncé le lit de Martine, vieux lit à ciel, escorté de quatre colonnes et garni de longs rideaux de serge verte.

La lune glisse quelques rayons furtifs par les petits carreaux d'un vert jaunâtre, et frappant sur les fragments de pierre écornés, brisés, qui servent de pavés à la pièce, l'éclairent suffisamment pour qu'on y voie sans lumière.

Tout est calme maintenant dans le très-modeste réduit, ou au moins tout y semble tel. Les deux habitants auraient bien besoin que ce calme fût véritable et profond.

Mais un bruit se fait entendre derrière la porte du cabinet. Bientôt le loquet de bois se soulève

doucement et la porte tourne sur ses gonds rouil-
lés, qui jettent une note aiguë.

Marcelin apparaît. Il n'a pas pris le soin de se
vêtir complètement. Ses bras n'ont sur eux que les
manches de sa chemise de toile rousse, et ses pieds
sont simplement fourrés dans ses gros chaussons
de lisière. Il s'avance doucement au pied du lit, et
écoute.

Sans doute que Martine est agitée et se retourne.

— Allons! se dit-il, attendons : la pauvre mère
ne dort pas ; elle est encore sur son lit de douleur.

Et il s'assied avec attention sur l'une des deux
maigres chaises qui font partie de l'ameublement.
Il retient presque son haleine, et la plus grande
précaution qu'il prenne est celle de se tenir immobile. Il ne cesse de prêter l'oreille, et il la prête
assez longtemps. Enfin, une respiration régulière
vient l'avertir.

— Ah! elle dort, s'écrie-t-il tout bas.

Puis, heureux de cette découverte, il se dispose
à se lever.

Maintenant qu'il est tout à fait assuré du sommeil maternel, il quitte décidément son siége. Du
pied du lit, où il s'était assis, il passe au che-
vet, tire sans bruit un des rideaux, et se trouve

face à face avec sa mère, qui avait précisément le visage tourné de son côté.

Par suite de l'extrême fatigue qu'elle avait éprouvée, la placidité commençait à se répandre sur ses traits si mobiles et si prompts à s'enflammer, et sa figure expressive, avancée près d'un rayon, se détachait pâle sur le fond noir.

Un des bras de la chère femme pendait même hors du lit; malgré le calme de la personne, les doigts s'agitaient encore parfois d'un léger tremblement nerveux.

En fils affectueux, Marcelin voit tout cela. Pendant un instant, debout, il contemple avec ravissement sa mère. Puis il s'approche davantage, penche son front recueilli, s'incline et finit par poser un de ses genoux sur la rugueuse mosaïque.

Tout en prenant cette posture, il ne quittait pas du regard le visage de la dormeuse :

— O bonne et tendre mère! murmure-t-il de sa voix la plus contenue et pourtant pleine d'émotion, c'est pour moi que vous souffrez! C'est moi qui vous fais des jours cuisants et des nuits sans sommeil! Pardonnez-moi : je souffre aussi....... Mais, si rude que soit ma peine, je veux vous guérir. Vous m'avez toujours aimé, et plus que vous. Je ne vous rendrai que la pareille en vous sacrifiant mon inclination pour Francette. Un fils ne

doit pas déchirer deux fois les entrailles qui l'ont
porté!... O mère! sans vous sortir du bon repos
que vous goûtez enfin, je viens vous demander
mon pardon!

Et, passant doucement sa main sous la main
que la mère avait laissé pendre, il la soulève d'un
mouvement imperceptible et y appuie avec effusion le bord de ses lèvres.

Alors il sent son cœur se dilater, et ce mouvement intérieur fait monter deux larmes qui ne tombent pas de ses paupières, mais qui se répandent
sur ses yeux et les couvrent d'un voile humide.

— Oui, continue-t-il en se relevant, puisque
cette affection vous rend si malheureuse, je l'ôte-
rai de moi! On éteint bien un tison, j'éteindrai
bien mon amour!... Non, je ne verrai plus Francette... Si je la rencontre, je la fuirai; si elle vient,
je... je la renverrai! -

Relevé tout à fait, il replace doucement le bras
de sa mère sur le lit, puis se retourne pour rega-
gner son cabinet. La blanche lumière qui tombait
du ciel, frappait juste dans sa direction. Il traverse
le rayon lunaire, et arrive à la porte de sa chambre qui formait angle avec celle d'entrée de la
pièce.

Il posait déjà son doigt sur le loquet, lorsque
son attention est attirée par un certain mouve-

ment. Se trompe-t-il? Il croit voir que la porte d'entrée bouge. N'en croyant rien d'abord, il continue à pousser la sienne.

Il ne se trompait pas. Une tentative se produisait au dehors. Il fut même prévenu comme vitesse, et, avant qu'il eût fini de pénétrer dans son réduit, la porte de la rue s'ouvrit toute grande.

— Marcelin! articule avec vivacité une voix jeune, sonore, mais impérieuse.

Le jeune homme reste un instant stupéfait.

— Toi! Francette! s'écrie-t-il enfin : toi, ici!..

Mais, tout en laissant sortir cette exclamation qu'il adressait à voix basse, il faisait un geste de la main pour imposer silence.

— Oui, moi! répond délibérément la jeune fille; car c'était bien elle.

— Qu'y viens-tu faire? reprend presque durement Marcelin.

— J'ai des moments où je songe à toi, et où il me semble...

— Voyons?

— Que ton amour a des faiblesses, et que j'ai besoin de te rendre des forces.

Tout autre que Marcelin eût pu se trouver interdit devant cet aplomb audacieux. Francette! elle! venir le relancer, la nuit, jusque dans la chambre de sa mère!... Il y avait là, certes, de quoi l'ébranler. Mais il venait précisément de retremper son courage, et il avait trop bien cuirassé son cœur pendant la scène précédente pour perdre son terrain, même devant un coup hardi.

— Francette, reprend-il sèchement et d'un ton sévère, ce que tu fais là, c'est mal!

— Ah! tu veux m'imposer silence? riposte la fillette en élevant la voix; mais je...

— Francette! ma mère dort...

— Tu crains, continue-t-elle.

— Je ne crains rien. Au prix de mon sang, je ne veux pas la réveiller... Tais-toi!

Cet ordre, même pour l'indomptable poursuivante, fut donné d'un ton qui n'admettait pas de réplique.

— Comme ça, Marcelin, demande doucement Francette, — qui paraît ne plus vouloir continuer la discussion, mais qui essaie d'un autre moyen, — comme ça, tu me renvoies?

— Tout ce que tu voudras, répond résolûment Marcelin. Dis, si tu veux, que je te chasse... mais va-t-en!

— Est-ce bien toi qui me dis ça? demande, blessée, la jeune orgueilleuse.

— Pas de raison! Tu ne respectes pas même le sommeil de ma mère... Va-t-en! Si tu m'aimais, tu n'aurais pas cherché à diminuer l'amour que j'ai pour elle. Mais tu crains que cet amour ne te prenne une part du mien... tu es jalouse... oh! va-t-en! va-t-en!!!

Chacune de ces paroles était un fer rouge pour le cœur de Francette, dont la disposition pacifique fut bientôt anéantie.

— Et si je ne veux pas m'en aller, moi! réplique-t-elle en redevenant hostile et d'un ton farouche.

— Je fermerais plutôt la porte sur toi.

— Eh bien! ferme-la donc... car je ne m'en irai pas!

Marcelin ne se le fit pas dire deux fois. Il raidit son bras et repoussa Francette.

— Ah! tu ne veux pas même entendre ce que je venais te dire, s'écrie-t-elle irritée.

— Non. Je ne veux rien entendre. Tu es une mauvaise... Va-t-en, Francette! va-t-en!

— Marcelin, tu me mets dehors! Tu ne recules pas devant ce procédé brutal!... Sois-en sûr, je m'en souviendrai!

Sans s'effrayer de la menace, le jeune homme referme la porte sur l'acharnée visiteuse.

— Enfin, la voilà sortie! se dit-il en lui-même.

Et il se demande s'il est soulagé. Mais il n'avait pas le cœur tranquille non plus, et c'est avec une émotion assez vive qu'il avançait le pied pour franchir le seuil de sa chambre.

Il n'avait pas fini de s'y introduire qu'un bruit strident traverse l'air derrière lui. Il se retourne brusquement et prête l'oreille. Un des petits carreaux de la fenêtre venait d'être brisé et volait en éclats, réveillant Martine qui jette un cri, et que Marcelin, vite de retour auprès d'elle, trouve, inquiète, assise sur son lit.

— Qu'est-ce que c'est que ça, Marcelin? crie-t-elle d'un ton effaré; que fais-tu?

Avant qu'aucune réponse ait eu le temps de se produire :

— Tu m'as chassée, dit une voix vibrante par l'ouverture qui vient de se faire à la vitre... mais je m'en souviendrai!

Tous les deux ont reconnu la voix.

— Maudite! lui crie le jeune homme désespéré, tu me poursuis; mais Dieu ne sera pas pour toi!

— Ah! Marcelin, que se passe-t-il? Tu ne me laisses pas la paix de mon sommeil! dit péniblement la mère, bien éloignée de soupçonner la conduite pleine de résignation de son fils.

— Mère! essaie de répondre celui-ci.

— Tu vois! méchant garçon, interrompt de nouveau Martine; tu vois où te conduit ton amour mal placé.

2

— Ma placé, c'est vrai... mais guéri.

— Guéri? Et ce qui vient d'arriver tout à l'heure?

— Ce qui vient d'arriver est un bien, un bien pour nous deux... Consolez-vous, calmez-vous, et surtout rendormez-vous. Je vous dirai tout demain matin... Je n'aime plus Francette, et, malgré sa menace par la vitre cassée, je crois que nous n'avons plus à nous soucier d'elle. Je vais dormir aussi jusqu'au moment du lever. Bonne nuit, mère. Vous serez contente de votre fils!

Et, après avoir suspendu un fragment de couverture devant la brisure du carreau, afin d'empêcher le froid de frapper directement sur le lit de sa mère, il donne à la chère femme un nouveau bonsoir, l'embrasse et rentre cette fois dans son cabinet pour tâcher d'y reposer en attendant le matin.

Y réussira-t-il?...

Comme après le passage d'un météore fatal, l'air semble encore agité dans la modeste demeure.

IV

UN RÉDUIT

Martine, en qui les transes les plus vives venaient de se réveiller, quoique heureuse des réponses obtenues de Marcelin, était loin de se regarder comme suffisamment éclairée.

Elle n'avait vu que le dénoûment de l'épisode, et ce qui avait précédé lui paraissait avec raison obscur et enveloppé d'un certain mystère. Elle s'adressait simultanément plusieurs questions : Pourquoi Marcelin ne dormait-il pas? Pourquoi était-il sorti de son lit? Comment se trouvait-il dans sa chambre à elle? Et que signifiait, surtout, l'intervention de Francette?

Au fond, la mère pressentait bien qu'il y avait, du côté de son fils, envie de rompre; mais Francette, elle, n'y semblait pas résignée. Quelle chose avait provoqué tout cela?

Martine n'aurait pas eu besoin d'autant se questionner pour aiguillonner son esprit. Aussi, sentant bien qu'elle n'avait plus de sommeil à attendre pour cette nuit, elle se lève à son tour, passe sa robe et son mantelet, et, les pieds dans une solide chaussure, s'oriente du côté du petit réduit et va trouver Marcelin.

L'amour d'une mère ne tarit et surtout ne se fatigue jamais.

C'est encore une de ces causeries de cœur à cœur qui va s'établir entre eux, causerie dans laquelle Martine va chaudement interroger Marcelin, et Marcelin rendre Martine bien heureuse, — en lui révélant sa ferme résolution de ne plus revoir Francette, et en lui contant les détails de la scène qui vient de lui inspirer cette résolution.

Pendant qu'ils sont tout au charme de leur entretien, suivons un instant la jeune déterminée de tout à l'heure.

Après avoir cassé le carreau et jeté sa menace par l'ouverture, une autre qu'elle se serait sans aucun doute enfuie, soit par la peur d'être poursuivie, soit simplement parce qu'il est naturel de s'enfuir lorsqu'on a mal fait.

L'audacieuse jeune fille ne prit pas cette peine. Elle se retira bien d'auprès de la maisonnette de Martine, mais précisément sans s'éloigner beaucoup.

Son idée n'était pas de retourner à son village, — le même, remarquons-le en passant, d'où Martine avait, la veille, ramené Marcelin. Non, non; véritable oiseau de proie, elle voulait tenir sous sa serre celui qu'elle nommait sans doute *son trompeur,* et elle voulait rester à portée de lui, altérée de ne pas manquer la première occasion qui se présenterait de le punir.

Aussi rôde-t-elle dans le voisinage. Assez bien enveloppée pour la saison, elle cherche sous un chaume déserté et ouvert un abri qu'elle semble connaître. Quelques bottes de paille restaient en-

core à l'un des angles de la masure. Elle en eut
bientôt fait sa couche.

Non qu'elle eût plus grande envie de dormir que
les habitants de la demeure qu'elle venait de troubler, mais parce que cela ne l'avançait en rien d'attendre autrement. Elle attend donc, et avec une
terrible impatience.

— Ah! Marcelin! se dit-elle d'un ton dépité en
rongeant de colère le bord de ses lèvres, tu m'as
mise à la porte!... Tu m'as chassée de chez toi
comme on ne chasse pas un mauvais serviteur!...
N'espère pas que cela se passera ainsi. Moi, à qui
tu as promis vingt fois que tu ne voulais point
d'autre femme... me voir traitée comme ça!... Oh!
non pas, Marcelin! Je vois ben d'où ça doit venir;
tu t'es amusé à suivre les conseils de ta mère, qui
est jalouse de moi, jalouse de toutes les filles; qui
brûle de t'empêcher de te marier... Tu sais comme
le soleil d'août dévore l'herbe du pré? Eh ben!
c'est comme ça qu'elle dévorera ton existence!...
Je ne me chargerais pas personnellement de me
venger, que tes jours futurs s'en chargeraient pour
moi. Mais, sois tranquille; je n'ai pas envie de
m'en remettre à l'avenir, et je tâcherai de faire ma
besogne moi-même. Laisse venir le jour... et si je
ne réussis pas d'une manière, ce sera de l'autre!
Tu verras!

2•

La jeune fille irritée ne tarissait ni en reproches ni en menaces.

Il est clair qu'elle a son plan et qu'elle guette, comme le chien guette son gibier, le moment de le mettre à exécution. A observer l'espèce de rage avec laquelle elle voudrait hâter les heures, on peut être sûr qu'il est, sinon précisé, au moins énergiquement résolu.

Quoique assez fatiguée d'émotions, elle est, d'autre part, tellement excitée qu'elle tient bon et ne succombe pas dans sa lutte contre le sommeil.

La fièvre la brûle. Son agitation va croissant.

Tout à coup elle se lève, quitte son lit improvisé, se promène à pas rapides en tournant presque sur elle-même dans son étroit abri, et semble encore maudire en dedans celui dont elle n'articule le nom que d'une voix concentrée.

Elle s'approche de la porte en ruine et jette un vif regard sur la campagne, qu'éclaire la lune redevenue brillante. La rivière, qui reproduit avec mille paillettes d'argent l'image allongée de notre satellite, attire instinctivement l'attention de la jeune amoureuse blessée, dont les yeux sont comme fascinés par le cours scintillant et tranquille de cette eau.

Pourquoi la contemple-t-elle de la sorte? quel attrait lui trouve-t-elle? quel mystère veut-elle y découvrir?

Réduit aux conjectures, on cherche, on suppose....

Mais pendant ces suppositions, la nature, c'est-à-dire le besoin de repos, commence à prendre ses droits sur Francette.

A force de songer, elle sent ses paupières qui s'alourdissent et s'abaissent, et, comme sa paille n'était pas loin, elle s'arrache à sa contemplation profonde et prolongée de la rivière, rentre et s'étend avec avidité sur son lit rustique.

La fatigue, cette fois, est la plus forte; Francette s'endort.

O sommeil! les mauvais desseins ne te bravent donc pas toujours! On a beau être sous la fiévreuse agitation du mal, quand tu veux, tu fais ployer les ressorts les plus énergiques, et la volonté tenace s'anéantit sous tes effluves impérieuses.

Mais malgré sa puissance sur les méchants, le sommeil, s'il dompte leur corps, ne se rend pas aussi facilement maître de leurs esprits.

Francette, la jolie Francette, ne goûte pas un repos bien complet. On voit que, même en dormant, elle a encore les idées agitées, et, devant les secousses nerveuses qu'elle éprouve de temps à autre, on acquiert bientôt la conviction qu'elle ne tardera pas à se réveiller.

Elle doit être visitée par de vilains rêves, qui entretiennent, qui attisent son besoin de vengeance. C'est ainsi que souvent le sommeil n'est pas même un long répit pour le mal !

Qu'elle s'arrache donc vite à ce cauchemar pesant, et que ce qui doit se dénouer se dénoue !

Sans le moindre souci de ce résultat, le jour se prépare.

V

LA RONDE

Souriant et calme, ce jour se lève. Le voile de tristesse dont il s'était tendu la veille a complétement disparu. L'aube est radieuse, et promet une bonne journée aux vendangeurs.

Ceux-ci ne se font pas tirer l'oreille. Aux premiers rayons perçant leur vitre, ils ont dû sauter à bas de leur lit, car les voilà qui commencent à arriver avec le point du jour.

L'influence de la belle matinée se fait sentir. La petite ville s'est réveillée de bonne heure, et c'est avec une humeur vive et avenante que ses habitants se succèdent et s'éparpillent, ou se groupent en s'étageant sur le bord de la rivière.

Ils sont tous, hommes et femmes, dans l'accoutrement pittoresque de gens qui vont à la vigne : bonnet de coton, bras de chemise, bretelles plus ou moins en corde, pantalons de toile, — voilà pour les hommes ; bonnet à tétière, robe d'indienne, pointe en fichu, tablier, — voilà pour les femmes ; sabots, hottes et petits paniers, — voilà pour tous.

Il en vient bien ainsi pas loin d'une soixantaine.

Quelques-uns sont âgés ; mais la jeunesse domine, — la jeunesse toujours alerte et empressée de s'enrôler pour un travail qui a toutes les allures d'une partie de plaisir.

On avait la rivière à traverser, et l'on devait se rendre de l'autre côté de l'eau *(an d'lai l'ià)* pour vendanger par bandes. Tous étaient agiles. Les plus nombreux allaient et venaient, gais comme des pinsons.

— Eh ! Milande ! s'écria l'un ; tu veux donc faire toute la besogne que tu as un si grand panier ?

— Tiens ! réplique l'interpellée, c'est pour rapporter des raisins ; j'en aurai davantage.

— Oh ! pourquoi te gêner ? A ta place, moi, je rapporterais toute la vigne.

— Dirait-on pas que c'est à lui ! ce vilain Philibert! Qué que ça te fait si j'en ai quelques grappes de plus?... Ça t'ôtera-t-il les tiennes?

— Peut-être ben !

— T'as bon cœur, encore !

— Moi ! au contraire, riposte un intervenant, je dirais à Milande que je voudrais que la vigne *feusse* à mon appartenance, pour qu'elle en prenne tout son content.

— Allons! allons! n'allez-vous pas commencer la journée par vous disputer?

— Voyons! ajoute un deuxième nouveau venu, la paix parmi les amoureux !

— Qui parle d'amoureux, par ici? interrompt un troisième. Dirait-on pas, à t'entendre, que tous ces jeunes cœurs sont des petits volcans?

— Eh! eh! il y en a plus d'un qui sont en braise. La jeunesse, Nicolle, c'est toujours tout feu, tout flamme... Tu ne te rappelles pas le couplet de la chanson du *ben aimant?*

— Lequel, de couplet ?

— Ecoute :

Je vos aime, Claudeigne,
Quasiman tôt-ai-là ;
Je san dan mai poitreigne
Mon cœur tô guillera :
Pu tarre que brioche
Trampai dan du vin dô,

Ancore ein tor de broche,
Et mon cœur àt ai vô! 1

— Dà! comme y vous chante ça! dit d'un air touché la petite Jeannette.

— Pardine! c'est ben difficile, réplique André; tu crois donc que tu n'y es pour rien? Une chanson comme celle-là ça ravigote, c'est vrai; mais, pour la ben dire, là, faut déjà être ravigoté un brin soi-même... Y en a encore un qui devrait pouvoir la ben chanter aussi...

— Qui donc?

— Marcelin.

— Tu crois?

— Que oui! Drès qu'on lui dit deux mots de la Francette, y devient tout de suite écarlate.

— C'est vrai, je me souviens de ça.

— A propos, est-ce qu'y ne devait pas être des nôtres?

— Si fait ben... Après ça p'têtre que sa pauvre mère sera indisposée.

— Elle devait donc venir avec lui?

— Je ne sais pas; mais tu comprends que si

---

1. Je vous aime, Claudine, — Presque tout-à-fait; — Je sens dans ma poitrine — Mon cœur tout guilleret : — Plus tendre que brioche — Trempée dans du vin doux, — Encore un tour de broche, — Et mon cœur est à vous!

elle est malade, y ne peut pas la laisser toute seule.

— Alors, y pourrait ne pas venir...

— Ah ben! tant pis! reprend l'un des plus rieurs; y n'est plus gai maintenant, Marcelin, et, ma foi, pour nous troubler toute not'journée avec sa mine maussade, j'aime autant qu'y reste chez lui.

— Oh! bah! bah! j'aurions bentôt changé sa mauvaise humeur en bonne. Avec des minois comme ceux de Josette, de Milande, de Nicolle, on ne boude pas longtemps. N'est-ce pas, les *petiotes?*

— C'est bon! c'est bon! répondent, mais en riant, les trois fillettes qui s'approchaient; nous savons à quoi nous en tenir sur vos compliments, nos gas!

— Vous allez p't'être dire que je ne les pense pas?

— Vous êtes ben assez *moqueu* pour ça!

— Si! si! il les pense; mais c'est les mêmes pour toutes.

— Allons! allons! reprend une voix imposante qui avait déjà parlé, n'allez-vous pas continuer à vous disputer?

— Le diable soit des maucontents! Toujours du temps de perdu! N'aurait-y pas mieux valu, je vous le demande, danser une bonne ronde avant d'entrer dans le bac?

— Eh! j'ons encore le temps!

— Ben tout au plus : voilà le père Jean qui manœuvre joliment sa *plate*. Nous sommes à peu près au complet ; il y a même des chevaux et des bœufs pour la bonne mesure.

En effet, le père Jean, le *pontené*, aménageait déjà son bac (nommé *plate* parce que le fond en est très-*plat*). Il essayait de ses mains l'élasticité des deux énormes rames servant à pousser le bateau d'une rive à l'autre ; il commençait même à faire entrer et caser dans son petit bâtiment les quadrupèdes et une charrette que l'on devait transporter sur l'autre bord. Le mouvement était déjà grand, et le tumulte des groupes ne diminuait pas.

— C'est prêt ! crie le père Jean. Entrez !

— Au petit bonheur ! s'écrie de son côté le boute-en-train de la troupe ; ça sera bientôt fait... Vite une ronde avant de s'embarquer !

Et on ne se le fait pas dire deux fois. On se regarde, on se place. Les filles alternent avec les garçons, on se prend par les mains... et voilà déjà qu'on tourne, qu'on tourne :...

> Je suis vigneron,

chante la bande circulaire, qui active toujours son élan :

> Je suis vigneron ;
> Elle est vigneronne ;

3

> Quand l'raisin est bon,
> La vendange est bonne !
> Elle est vigneronne ;
> Je suis vigneron !

Et, à ce premier couplet, ils en ajoutent neuf autres, tous de plus en plus vigoureux et dont le mouvement précipite les danseurs dans un *crescendo* à donner le vertige.

Écoutez-les dire la suite :

> Quand l'raisin est bon,
> La vendange est bonne ;
> Tout ras du bondon
> J'emplissons la tonne...
> Elle est.....
>
> Tout ras du bondon
> J'emplissons la tonne ;
> Autour j'nous mettons
> Tant d'gens que d'personnes...
> Elle est.....
>
> Autour j'nous mettons
> Tant d'gens que d'personnes ;
> D'un coup j'la perçons :
> Sa liqueur bouillonne...
> Elle est.....
>
> D'un coup j'la perçons :
> Sa liqueur bouillonne ;
> Tout autour du rond
> Court la tass'mignonne...
> Elle est...

Tout autour du rond
Court la tass'mignonne :
Tant plus j'la vidons,
Tant plus on l'y en donne :
Elle est...

Tant plus j'la vidons,
Tant plus on l'y en donne ;
Si ben que j'laissons
Creux l'ventre d'la tonne...
Elle est...

Si ben que j'laissons
Creux l'ventre d'la tonne ;
Et, quand j'nous cherchons,
J'trouvons plus personne...
Elle est.....

Et, quand j'nous cherchons,
J'trouvons plus personne :
Sur nos *bonnets-ronds* (têtes)
La vigne *détonne* (tape)...
Elle est.....

Sur nos bonnets-ronds
La vigne détonne.
Quand l'raisin est bon,
La vendange est bonne. .
Elle est.....

Quand ils sont au bout de cette ronde implacable, dont on n'aurait pas le temps d'interrompre
les couplets, on peut être sûr que leurs jambes
sont dégourdies.

— Eh ben ! entrons dans le bac, maintenant, disent tous les danseurs en s'essuyant le front.

— Oui, oui ! c'est temps.

— Tiens ! s'écrie tout à coup, plein de surprise, le meneur de la danse ; tiens ! le voilà !...

— Qui donc ?

— Eh ! pardienne ! Marcelin.

— Oui, avec sa mère.

— Ma foi ! je ne l'attendais plus !

— Faisons-lui payer sa bienvenue.

— Le pauvre garçon ! il n'est pas plus riche que nous.

— Il ne s'agit pas d'argent.

— De quelle manière alors ?

— Nous venons de faire une ronde sans lui ; il faut qu'il fasse un tour de ronde avec nous.

— Ça va ! mais voudra-t-il ?

— Il faudra ben. Appelle-le.

Et Marcelin est appelé, tiré de force, enrôlé dans le cercle bruyant et entraîné par le tourbillon, qui tourne, s'arrête et reprend, sans lui donner le temps de se reconnaître.

Il se laisse faire. Pourquoi se serait-il opposé à cette amicale tyrannie ?

Le tour fini :

— Tu n'es pas gai, Marcelin, lui dit la jeune fille qu'il a tenue par la main pour tourner.

— Non ; c'est juste.

— Pourquoi donc ça?

— Ah! que veux-tu?... on a ses jours.

— C'est parce que tu ne vois pas là ta Francette, je gage?

— Tu te trompes. Ce serait plutôt une raison
pour moi d'être content.

— Vrai?

— Oh! oui, bien vrai.

— Ce n'est pas que ta mère soit malade, puisque la voilà venue avec toi pour vendanger?

— Non, répond-il lentement ; mais j'ai tout de
même du noir dans l'âme.

— Allons! crie de nouveau le père Jean. Dépê-
chez-vous. Tout est prêt. Entrez!

Et, cette fois, on l'écoute. Chacun jette un rapide coup d'œil pour constater la présence de ses
outils, et tous, l'un poussant l'autre, se dirigent
vers le grand bateau plat qui doit les contenir et
les porter sur le riche bord dont les vignes les attendent.

VI

LA TRAVERSÉE

— Hé! les amis! ne vous bousculez donc pas

comme ça! Ne voyez-vous pas que ma plate est pleine, et que si ça continue, elle va être trop petite!... Allons, ne dérangez pas les bestiaux ni la charrette, et mettez-vous en équilibre de chaque côté... Voyons, Pierre, veux-tu laisser ces bœufs tranquilles? Attends, toi, petit drôle de Gaspard, je vas te faire courir pour donner des secousses au bateau!... Méchant morveux, tiens-toi calme, ou je te frotte du baume de sabotier quelque part...

Vous comprenez, au ton, que c'est le père Jean qui défile sa tirade, tout en se préparant à passer.

Le fait est que le bac est plein, mais plein à n'y plus mettre un chat. Le père Jean fait de sérieuses recommandations, et chaque passager commence à se rendre compte que des précautions ne seront pas de trop pour ce court voyage.

Au moindre coup de pied ou mouvement des bêtes, la plate oscille et l'eau arrive à fleur de bord.

— Nous sommes joliment au complet, tout de même!

— Je crois ben; il ne faudrait plus prendre personne à c't'heure.

— Tenons-nous! dit de nouveau et définitivement le père Jean: je vas démarrer.

— Attendez! attendez! entend-on crier au même moment.

Tout le monde regarde, par conséquent Marcelin comme les autres. Un éclair passe devant ses yeux :

— C'est Francette ! s'écrie-t-il.

En effet, c'était la jeune luronne de la nuit, qui, franchissant la levée, accourait rapide comme la brise. Mal ajustée, elle n'y prenait pas garde, et une animation fiévreuse combattit sur sa figure les traces de la fatigue.

A cette arrivée subite et inattendue, Marcelin reste atterré. Il laisse tomber sa main dans la main de sa mère. Martine, effrayée, éprouve une secousse, et elle arrête sur son fils un œil scrutateur.

— Oh ! mère, vous pouvez me regarder, lui dit-il d'un ton affectueux et sincère ; il n'y a pas de complot là-dessous.

— C'est qu'elle se trouve là si bien à point !...

— Je n'y comprends rien.

— D'après ce que tu m'as dit cette nuit, tu ne devais plus la revoir ?

— En allant vendanger, je pensais la fuir ; c'est elle qui me poursuit.

— Dieu nous protège ! reprend Martine ; je n'en augure rien de bon.

Nos deux interlocuteurs n'étaient pas en veine de longues paroles. A l'échange de ces quelques mots succède un pénible silence. L'horizon ne pouvait pas s'éclaircir dans l'esprit de cette pauvre mère blessée, et dans l'esprit du fils il n'était guère moins sombre.

Pendant ce temps-là, Francette courait et avançait. Elle voulait profiter de l'étonnement qu'elle causait par son apparition, étonnement général chez tous les embarqués et que partageait le père Jean lui-même, — car, involontairement, tenant un harpin immobile à la main, il ne démarrait pas son bac aussi vite qu'il l'avait d'abord annoncé.

Plus d'une commotion s'était produite dans le cerveau de la bouillante jeune fille.

A l'aube, elle avait quitté son réduit nocturne, et, en s'arrangeant pour n'être point aperçue, — c'est-à-dire tantôt s'asseyant sous un buisson, tantôt se cachant dans un pli du terrain, — elle était parvenue tout près de la rive, qu'elle avait vue se garnir successivement de vendangeurs et de vendangeuses.

Depuis un instant, le tronc d'un gros orme la défendait contre les regards, lorsqu'elle vit, — elle qu'on ne voyait pas, — Marcelin prendre part à la ronde tumultueuse.

Venue sans aucun doute avec une idée, avec un projet, mais un projet mal défini de vengeance, l'amoureuse malmenée sentit bondir son cœur à ce spectacle ; et, mordue par sa méchante jalousie, elle n'en devint que plus furieuse.

— Ah ! se dit-elle à elle seule, tu danses après m'avoir chassée de chez toi cette nuit !... Et il te faut la petiote Rose pour te donner la main pendant la ronde, encore !... J'allons ben voir si ce manége-là va durer longtemps !

Et, sans plus réfléchir, sortant de sa cachette, elle se précipite sur la levée qu'elle franchit à la course et qu'elle descendait déjà du côté du bateau, quand elle cria au pontonnier : « Attendez ! attendez ! »

— Non ! non ! s'exclame aussitôt la troupe émue et toute anxieuse ; non, ne prenez plus personne !

— Père Jean, il y va de nous tous !

— Il ne faut pas qu'elle entre !

— Je n'en ai pas envie, non plus, répond-il en fichant son harpin à terre et tâchant de faire reculer le bac ; mais, du diable ! je ne sais pas ce qui retient ma plate ; elle ne bouge pas !

— C'est du guignon ! Vous allez voir que... tout à l'heure...

— La péronnelle !

— Si elle approche !

— Gare ! gare !

Toutes ces appréhensions étaient des plus fon-

3*

dées;... l'audacieuse Francette touchait au bateau.

Qui sait si la conscience de ces craintes ne fut pas, chez elle, la cause la plus déterminante de son saut désespéré?... Son rêve de vengeance venait peut-être bien de luire enfin à son esprit.

Tout à coup elle s'élance.

— Je savais bien que j'y entrerais aussi, moi!

Et, avant d'avoir fini de jeter ce mot, elle retombe, et elle retombe les deux pieds d'aplomb sur le bac du père Jean.

Une secousse se fait brusquement sentir dans la plate déjà pleine...

Un immense cri, mêlé de terribles murmures, s'élève alors du milieu de cette foule épouvantée; d'énergiques jurements se font entendre; des menaces même se profèrent :

— A l'eau!

— A l'eau, la mutine!

— On ne se joue pas comme ça de la vie de tout le monde!

— Elle ne restera pas!

— Nous n'en voulons point avec nous!

— C'est indigne! Mauvaise nature, va!...

Mais l'incorrigible n'est pas ébranlée pour si peu. Il paraît qu'une méchante résolution donne parfois une belle dose d'effronterie.

— Ah! vous ne vouliez pas de moi! dit-elle d'un

ton d'amer persiflage, eh ben! me voilà tout de même. D'ailleurs, vous n'êtes pas gentils; vous ne pouviez pas démarrer tout à l'heure, et voilà que mon entrée auprès de vous a mis le bac à flot! Vous devriez me remercier, père Jean.

— Si je ne me retenais, vilaine fille, je te piquerais de ma gaffe à l'épaule.

— Ah! cœur de bouc! diablesse! crie du fond du bateau un vieillard qui fait mine de courir sur elle.

— Ne bougeons pas, saprebleu! interrompt le vieux pontené... Au premier remuement, nous piquons une tête dans le royaume des goujons.

Et le bac, effectivement, aidé d'abord par la secousse de Francette, filait lourdement, pesamment, sur la rivière, en suivant l'impulsion des rames tenues avec précaution dans les mains du père Jean.

Francette cherche de tous ses yeux, et elle n'est pas longtemps à découvrir Marcelin, réfugié avec sa mère à l'extrémité opposée du bac. Malgré les obstacles qu'elle rencontre et les empêchements qu'on lui présente, autant que la position périlleuse le permet, elle arrive devant lui :

— Moi aussi, Marcelin, je vais vendanger, lui dit-elle.

Et elle le regardait fièrement ; mais son regard était aussi dur que fier.

Martine, la pauvre mère blessée, fait un mouvement pour s'approcher et répondre.

— Non, mère, lui dit le jeune gars en l'arrêtant de la main ; c'est à moi... Restez.

Il se retourne alors et se tient en face de Francette, qu'il écrase d'un regard dédaigneux et d'un silence méprisant.

— Oh! reprend la gaillarde, t'as beau faire ton humeur sèche, ça n'empêche pas que je suis là. Je sais ben que ça n'amuse guère *celle* qui est avec toi...

Elle avait prononcé ces derniers mots d'un ton à faire défaillir même un indifférent.

— Tais-toi, Francette, lui réplique avec véhémence le brave jeune homme ; tais-toi ! Il faudrait n'avoir pas une goutte de sang dans les veines pour laisser parler de la sorte...

— Vraiment?

— Tais-toi ! te dis-je. Tu te plais à faire saigner le cœur de ma mère... tu n'es qu'une malheureuse ! Je t'ai déjà appelée *maudite* cette nuit... Je te le répète maintenant, et avec toute la haine de mon âme. Oui, tu n'es qu'une fille maudite... je ne te connais plus... Va-t-en !

L'amour, mais surtout l'amour-propre de Francette, fut frappé là d'un coup foudroyant et mortel. L'importune se rapproche d'un pas de Marcelin... Mais Marcelin se détourne.

Sa mère, la pauvre Martine, déjà brisée de fatigue, était pâle d'émotion et de colère concentrée.

— Va-t-en !... répète-t-il à l'audacieuse ; va-t-en !... ou je te...

Et, hors de lui, il lève le bras, ferme le poing, et... peut-être l'eût-il frappée.

Mais l'attention est violemment détournée. Cette scène et les mouvements qu'elle avait provoqués, venaient juste d'effrayer les bestiaux qui se tenaient près de là... Le bac oscille.

— Tenez bon !... crie le père Jean.

— Ne bougez pas ! crie-t-on de toutes parts.

Rien n'y fait. Au contraire, ceux qui crient pour commander le silence augmentent le danger... Le bac penche.

Un bœuf se met à beugler, s'effarouche, veut courir ; mais il est empêché par une foule compacte. Irrité, il fait un tour sur lui-même et, ne trouvant pas d'autre issue, il franchit le bord de la plate et saute à l'eau.

Le tumulte qui remplissait déjà le bateau à l'intérieur, s'accroît de beaucoup par cet incident. On perd la présence d'esprit ; on se jette du côté par où le bœuf vient de sauter. Au lieu de contrebalancer l'impulsion dangereuse, on l'aggrave complétement et on la change en impulsion fatale.

Le désordre se met de la partie. On crie, on menace, on jure de nouveau.

— Vilaine créature !...

— Ame noire !

— Petite vipère !...

— C'est elle qui nous a porté malheur !

Martine se jette au cou de Marcelin. Marcelin étreint la pauvre femme, qui sent bien que le cœur de son fils lui est revenu... mais qui le sent, hélas ! bien tard.

Le bac s'enfonce par un bout.

— Voilà ton ouvrage, Francette ! dit le gars à la jeune fille avec la rage du désespoir... D'une manière ou de l'autre, tu devais tuer ma mère !!!...

— Et nous avec elle ! réplique cyniquement la méchante... Ça fait que tu ne me laisseras pas pour en épouser une autre.

— Monstre ! lui vocifère-t-on de plusieurs côtés.

— O ma mère ! s'écria Marcelin suffoqué de douleur à l'idée du danger, faut-il que vous soyez venue avec moi ?

— C'est notre heure, répond Martine, mère brisée, mais femme forte. J'aime mieux mourir avec toi, cher garçon, que de te voir vivre avec elle.

Là, il y eut une suprême étreinte...

Puis, le bac, qui avait toujours continué de s'en-

foncer, disparut en entier, plongeant dans les eaux
cette troupe tout à l'heure joyeuse, et dont, le
jour d'ensuite, la rivière ne devait rendre que les
cadavres !

Parmi ceux qu'on retrouva ce jour d'ensuite,
deux frappèrent les assistants d'une mélancolique
terreur : celui de Martine et celui de Marcelin.

La mère tenait son fils fortement serré dans ses
bras ; le fils, lui, le front appuyé contre le sein
de sa mère, avait les bras tendus, les mains ouver-
tes, et semblait encore vouloir éviter le contact
d'une personne odieuse...

Voilà, Francette, ce que tu avais su faire de son
amour pour toi !...

VII

UN MOT APRÈS LE DRAME

On compta cinquante et un submergés dans cette
triste journée.

Trente-six furent retrouvés et inhumés le lendemain. Huit ne furent retrouvés que successivement
après... Quant aux sept autres, les eaux les ont
conservés... Conservés? hélas! non ; mais, du
moins, ne les ont pas rendus !

Une douleur immense remplit la petite ville, où il ne se compta presque pas de famille qui ne portât le deuil...

Et ce fut pendant longtemps que les cœurs le portèrent, longtemps, longtemps après que les habits noirs furent usés!... Une population de quinze cents à dix-huit cents âmes ne se voit pas tranquillement ni impunément enlever ainsi, en un jour, la fine fleur de sa jeunesse.

O terrible et navrante catastrophe!...

NOTE

A sa première édition, cette Nouvelle était précédée de la Dédicace suivante, qu'il est bon de reproduire ici :

« A mon cher compatriote et ami J.-P.-ABEL JEANDET (de « Verdun-sur-Doubs), auteur couronné de la belle étude sur « *Pontus de Tyard de Bissy*.

« *A vous, mon cher ami, je dédie cet épisode, — dont la catastrophe historique a attristé le lieu de notre naissance.*

« *N'ayant, sur ce fait, d'autres documents que les noms des « victimes, relevés par vous sur les registres de l'état civil, et « désirant néanmoins consacrer ce poignant souvenir, j'ai dû « créer : j'avais le dénoûment, mais non la pièce.*

« *Je serai heureux si votre goût n'a point à critiquer la cou- « leur locale dont j'ai encadré ce petit drame du cœur.*

« *A vous de tout le mien,*

« F. FERTIAULT. »

II

UN FEU DE JOIE DE LA SAINT-JEAN

Oh! ne pas garder la foi jurée! Avoir donné son amour, et
le reprendre!... Triste calcul! mortelle lâcheté! Ce n'est pas
d'un homme. — Maudites les mains qui se retirent! Maudits
les cœurs qui changent!!...

(...)

UN

FEU DE JOIE DE LA SAINT-JEAN

I

RENCONTRE DÉCISIVE

Nous avons devant nous la longue rue d'un village. La nuit tombe. On est au commencement de mai.

Mai, le mois joyeux, le mois des oiseaux et des fleurs, le vrai réveil de la nature. Il semble qu'à ce moment tout doive sourire..

Tout le monde ne sourit pas pourtant!

Voyez donc, de l'autre côté de la haie, ce jeune gars qui passe dans le sentier.

Il rentre, portant ses outils sur son épaule. Il marche lentement, la tête baissée, et sans avoir trop conscience du chemin qu'il fait.

Une lourde préoccupation doit l'absorber; le mouvement de ses lèvres, qui s'agitent de temps en temps, prouve qu'il se parle à lui-même; des gestes, qui lui échappent, confirmeraient au besoin cette supposition.

Il va ainsi pendant quelques minutes, dépassant successivement les modestes habitations qui bordent le chemin, et ne s'en apercevant guère...

Tout-à-coup, il entend courir derrière lui. Quoique précipités, les pas sont légers. A cette course, il allait tourner la tête, lorsqu'il sent une main se poser sur son épaule :

— C'est toi, Joseph ?

Joseph s'est déjà retourné. Un frisson l'a parcouru tout entier. Il contemple une belle jeunesse, émue, qui met sa main dans les siennes, le regarde aussi avec des yeux profonds, et semble, par sa simple interrogation, avoir soulevé une question immense.

— Oui, Nicolle, c'est moi, répond-il.

Et pour l'instant, il n'a pas en lui d'en dire davantage.

— Tu rentres ? reprend, un peu après, la subite interlocutrice.

— Oui, je vas du côté de la maison.

— Ne leur dis pas que tu m'as vue.

— Non.

— Ou plutôt... si, dis-leur...

Un profond soupir coupe la parole de la douce jeune fille.

— Que veux-tu que je leur dise, chère enfant?
reprend le jeune homme, étonné.

— Dis-leur que tu m'as rencontrée; que je ne
suis point une méchante amoureuse; que je n'ai
pas dans le cœur le désir de lutter contre eux;.....
que je t'aime, enfin...

— Eh ben! tu pleures?

— Non, non, répond la jeune fille, en essuyant
promptement ses yeux; non...

— Enfin, qu'est-ce qu'il faut leur dire?

— Que, te voyant triste, à cause de moi, je ne
veux pas que ça dure; que je ne veux surtout pas
être un empêchement à ton bonheur.

— O Nicolle! ma bonne petite Nicolle! ne te
presse pas tant de dire tout ça! Si tu m'aimes,
tu sais ben que je t'aime aussi.

— Je ne doute pas de toi, Joseph; mais ton
père, qui a des écus, ne peut pas entendre parler
de notre mariage. Encore une fois, je ne veux rien
qui le contrarie. Qu'il suive son idée; moi, j'ai la
mienne. Laisse-moi me retirer... je te rends ta
parole.

— Je ne la reprends pas si vite; et puisque tu
me montres tant de dévouement, je leur parlerai
de toi, chez nous... mais pas pour leur dire que tu
fais de moi un amoureux libre...

— Quoi, alors?

— Je leur dirai le contraire ; que tu mérites tout
leur attachement, et que j'ai besoin de toi pour
être heureux. Tu crois donc, pardienne! qu'on
laisse comme ça sa gentille bonne amie? Que non!
que non! Quand je t'ai choisie, j'ai ben su ce que
je faisais : pour la conduite, je n'ai pas à en parler... c'est pur et clair comme de l'eau de roche;
maintenant, pour la mine, sais-tu, Nicolle, qu'y
en a pas beaucoup de plus jolie que toi, ce qui
veut dire que tu l'es diantrement. Et, ma foi, je te
réponds que j'y tiens.

— Tu me trouves jolie, Joseph?

— Sarpedieu! ma mignonne, je le crois! ce
n'est pas à demander.

Nicolle, franche et naïve, ne rougissait pas trop.
Elle plongeait affectueusement ses yeux dans ceux
du jeune homme, croyant ce qu'il disait et ne s'en
étonnant point.

— J'en suis bien heureuse, Joseph, puisque ça
te plaît.

— Ça plairait à ben d'autres. Tu as une fraîcheur, sais-tu... On dirait que tu t'es lavé les joues
avec de l'eau de Pâques.

A ces derniers mots, Nicolle rougit.

Joseph s'en aperçoit.

— Eh ben! qu'as-tu? lui demanda-t-il.

— Tu devines tout, lui dit-elle gentiment.

— Quoi donc?

— C'est qu'en songeant à toi, mon bon ami, j'ai...

— Achève.

— J'ai essayé du moyen.

Joseph sourit.

— Comment, coquette, tu as?...

— Oui, le jour de Pâques.

— Voilà un moyen inutile!...

— Une bonne demi-heure avant le lever du soleil, j'ai pris le petit sentier qui mène à la rivière, et tout doucement j'y ai puisé, dans un pot neuf, de l'eau, dont je me suis servie, en rentrant, pour me baigner les joues.

— Et tu crois que ça y a fait quelque chose?

— Il le faut bien, puisque tu me trouves si à ton goût.

— Enfant!... Est-ce que tu n'étais pas aussi jolie, aussi fraîche auparavant! Je n'avais pas attendu à Pâques pour distinguer ton teint... et je m'y connais. C'est pour ça, comme je te l'ai dit tout à l'heure, que j'y tiens si ben que je ne veux pas qu'un autre embrasse ta jolie figure.

— Joseph, répond Nicolle, avec une fermeté pleine d'effusion et en revenant à son sentiment sérieux, retiens bien ceci : aucun autre n'en aura jamais le droit. Je serai ta femme, si je peux l'être sans te faire de peine... ou je reste fille.

Joseph, touché, serre vivement la main de la fillette, qui répond :

— Va le dire à ton père. Qu'il se rassure ; je ne deviendrai pas sa bru par force.

— Je le ferai consentir, Nicolle, ou j'aurai ben du guignon.

— Dieu veuille réaliser ton espérance !

— Veux-tu la consacrer ?

— Comment ?

— Laisse-moi t'embrasser.

— Embrasse-moi, Joseph ; je te le permets dans la pureté de mon cœur.

Et le baiser est pris, sonore, parce que c'est la coutume des lèvres rustiques d'avoir l'air libre pour confident, mais tendre et religieux, parce qu'il est un gage aussi solennel que sincère.

Dans cette circonstance, le baiser est sérieux et vaut à l'égal d'un serment.

Après cette consécration de leur plus cher espoir, les deux amoureux se séparent. Nicolle regagne la maisonnette d'où elle est sortie au galop pour joindre un instant son ami ; Joseph poursuit, toujours lentement, sa route dans la direction de la ferme paternelle.

Souhaitons-leur le bonsoir en remercîment de leur touchante idylle.

II

TRAVAIL INTERROMPU

Joseph est le fils du vieux Claude, et Claude est un riche fermier, point méchant du tout, mais qui, en fait d'union, n'entend pas voir son fils déroger : il veut que sa bru apporte une bonne dot; sinon, non. Le mariage, pour lui, le bonhomme, n'est encore qu'un marché fournissant de l'argent aux affaires et une servante active au ménage.

Ce n'est déjà plus ainsi que l'entend Joseph; mais Joseph a un vif attachement pour son vieux père, et il ne veut rien obtenir que de son bon gré.

Ballotté entre deux affections différentes, mais également fortes, il patiente, il temporise, il souffre, et ne se console par instant qu'en espérant à la fin faire consentir papa Claude.

Y a-t-il chance que le vieux consente? Qu'on juge. Voici le bilan de l'espérée de Joseph :

D'une part, Nicolle est sage et travailleuse. Elle est la perle des jeunesses de l'endroit. C'est quelque chose que cet avoir moral, mais c'est tout son avoir.

D'une autre part, Nicolle, orpheline, est née

4

d'une famille pauvre. Recueillie par une sœur de sa mère, elle utilise son habileté à l'aiguille, et va de temps en temps coudre à la journée chez les personnes qui veulent bien l'occuper. Elle se fait aimer par tous pour sa ponctualité et son humeur. Le vieux Claude lui-même l'aime bien.... mais pas pour sa belle-fille. La réalisation de l'espoir de Joseph ne semble pas, avec cela, très-prochaine.

Quelques jours se passent sans que les amoureux se voient. Les affections les plus vives ont parfois des silences.

Joseph vaque tristement à ses travaux. Nicolle répond aux demandes de ses pratiques, ou travaille chez sa tante avec une jeune fille qui vient près d'elle comme apprentie.

Le caractère de Nicolle avait charmé Mariette, et les deux ouvrières étaient devenues deux amies

Sans la grave préoccupation de Nicolle, sans la douleur qu'elle ressentait dans sa résignation, les jours se fussent écoulés doux et heureux pour elle en compagnie de son élève, tandis qu'avec la peine qu'elle éprouve, elle n'a pu faire de Mariette que la confidente de ses tristesses.

Un soir, en finissant une robe après le souper, elles causaient des difficultés de la position.

— Eh bien! chère Nicolle, rien ne s'arrange

donc? Le vieux père Claude ne veut toujours pas
consentir?

— Non, ma bonne Mariette. Je ne le vois que
trop ; je dois renoncer à tout espoir. Dans ce pauvre monde, rien ne va à notre guise, et il faut apprendre à vivre avec son mal. J'entrevoyais là
mon bonheur... Il ne m'arrivera pas !

— Mais, puisque Joseph voudrait bien?

— Il n'est pas seul à vouloir, et je me donnerai
bien garde, moi, de le soulever contre son père.
Autant j'aurais été heureuse d'être acceptée par
eux tous, autant je souffrirais de m'introduire violemment dans la famille. Je saurai me résigner,
et, plus tard, pour me consoler, je pourrai toujours
me dire que Joseph m'a aimée.

— Vous aimera-t-il ainsi toujours?

— Ah!... chère enfant!...

— Croyez-vous qu'il ne se mariera pas avec une
autre?

— Mariette!

— Il faut voir le fond des choses.

— Si je le jugeais d'après moi, je pourrais te
répondre que non ; mais, enfin, qu'il soit forcé de
prendre une autre femme, Nicolle ne lui en restera pas moins fidèle. Il a déjà lutté, il luttera encore... et ça lui est pénible. Quand même il ne
réussirait pas, est-ce qu'il ne faudrait point lui en

savoir gré?... Oh! si, ma bonne Mariette; quoi
qu'il arrive, je reste à lui. Il m'a prise pour fian-
cée. Je n'ai plus d'autre amour à chercher.

— Quand j'entends une promise parler comme
ça, chère mam'selle Nicolle, je me demande ce
que l'amoureux a fait pour qu'un obstacle vienne
empêcher l'union? Est-ce possible qu'un mariage
comme serait le vôtre n'entre pas dans les vues de
Dieu?... Mais vous seriez le modèle des ménages;
on n'aurait qu'à vous citer, et ce serait une bénédiction rien que de vous connaître... Oh! non,
mam'selle, je ne peux croire qu'un si bel arrange-
ment ne se fasse pas.

— Le Ciel est le maître, mon enfant. Il me
semble parfois qu'il y a, dans ce monde, deux
unions : l'union des âmes et l'union des corps.
Pour la première, elle existe déjà entre Joseph et
moi... Quant à la seconde, je te le répète, le ciel
est le maître! Ou elle se fera, et j'en serai dans la
joie; ou elle ne se fera pas, et je suivrai religieu-
sement ma route, comme veuve de mon ami.

— O ma bonne maîtresse, vous méritez trop
d'être heureuse pour que le bonheur ne vous
vienne pas... J'ai comme un pressentiment qui
me dit...

— Quoi?

— Que tout ira mieux que vous ne pensez.

— Un bon cœur a toujours de bons pressenti-
ments. Je te remercie du tien ; mais je n'augure
pas si bien que toi de ces choses. Je ne vois rien
qui puisse me rapprocher du vieux Claude, et, au
point où nous en sommes, il sera toujours inexora-
ble.. Je n'ai pas de quoi devenir sa belle-fille.

Les deux amies en étaient là de leur conversation, lorsqu'un tumulte se fait entendre dans la
rue. Une bande passe devant la fenêtre, envahit
les rues avoisinantes, grandit, grossit, et finit par
remplir la petite localité.

— Qu'est-ce ? qu'est-ce ?... Qu'y a-t-il ?.. de-
mande-t-on de toutes parts.

Et on crie, on court, on se bouscule.

— Au feu ! Au feu ! entend-on de plusieurs côtés dans la foule.

Et la foule se précipite, compacte, officieuse,
empressée, et cherchant l'endroit précis où la
flamme sinistre vient de luire.

— Où est-ce ? Où donc ça brûle-t-il ?

— Mais, dit quelqu'un du milieu d'un groupe,
ça a l'air d'être chez le vieux père Claude.

— As-tu entendu, Mariette ? s'écrie subitement
Nicolle. Il y a le feu, et c'est chez le père de Joseph !

— Oui, c'est bien ce qu'on vient de dire.

— Reste ici tranquille, ma fille. Travaille, si tu
peux... moi, je reviens... tout à l'heure.

4·

— Cela veut dire que vous sortez?

— Oui, attends-moi.

Et Nicolle sort en courant... et se mêle aux masses, qu'elle active et dépasse.

III

DÉVOUEMENT

Celui qui venait de donner l'alarme ne s'était point beaucoup trompé : si l'incendie ne se développait pas précisément chez le père Claude, c'était chez son voisin le plus proche, et, pour tous deux, on pouvait craindre les plus grands dangers.

Le village — car le village se trouve déjà presque tout réuni — lutte activement contre les progrès du fléau. Chacun y va de bon cœur; on se multiplie, et soins et efforts arrivent, à un moment donné, à circonscrire et maîtriser la flamme.

On commence bientôt à ne plus avoir d'appréhensions pour le voisinage. Mais, pour les deux maisons atteintes, on n'est pas tout-à-fait aussi rassuré.

Des portes d'en bas, sort à tourbillons une fumée épaisse; des fenêtres, dont les vitres brisées

tombent, s'échappent des languettes de feu qui lè-
chent et noircissent les murailles.

On est plein d'anxiété pour les habitants.

Tout-à-coup, la foule éprouve un soulagement
immense ; un cri de joie, de joie relative, s'élance
même des poitrines : Claude, sa femme, ses enfants et son voisin viennent de franchir chambres
entamées et couloirs étouffants, et apparaissent
pas trop maltraités sur le pavé de la rue.

Tout en continuant de travailler à éteindre le
feu, dont on diminue beaucoup l'ardeur et les ra-
vages, on adresse des félicitations aux deux familles... Les incendiés sont sauvés, et l'on espère
sauver après eux une assez bonne partie de leurs
meubles.

— Allons, allons, voisins, ne vous chagrinez
pas..

— Il n'y a pas si grand mal encore...

— Vous en serez quittes pour deux murs lézar-
dés et des ustensiles brûlés !

— Le principal est que vous soyez sains et
saufs...

Mais on n'avait pas fini de donner ces premiers
témoignages de sympathie, qu'un nouveau cri se
fait entendre, non pas un cri qui rassure, mais un
cri d'effroi, navrant, désespéré, et comme seule en
peut pousser une mère :

— Et Catherine?... ma petite Catherine?

C'est la mère de Joseph qui, comptant ses enfants, ne trouve pas sa dernière.

— Dieu du ciel... ma Catherine!... où est-elle?... Mais elle est restée!... elle brûle!... Courez donc!... courez donc!... Ah! je...

La pauvre mère suffoque, a un éblouissement... et s'affaisse. La voilà, tombant évanouie, qui ne peut aller au secours de sa fille.

Sa fille, sa Catherine, est une petite fillette de cinq à six ans, qui, en effet, n'est point descendue avec les autres. Un obstacle, tison ou fumée, l'aura empêchée de passer... et elle n'a pu sortir!

Il n'y a cependant pas de temps à perdre, et les plus hardis hésitent.

— J'irais ben, dit un brave garçon ; mais je me cuirai... sans la sauver.

— Tout brûle, tout craque, reprend un autre Pauvre petite! dire qu'elle va...

— Mon Dieu! mon Dieu! que c'est donc dommage!...

— Oh! malheur!

— Pauvre mère!

— Dans quelle chambre est-elle? demande soudain une voix jeune et énergique, dominant toutes ces voix découragées.

— Au premier, sur la cour, répond Claude, en

soutenant sa femme qui ne revient point encore à elle.

Et, d'un bond, une personne franchit le seuil et s'élance dans l'escalier.

Elle a passé comme un éclair. A peine l'a-t-on assez aperçue pour savoir si c'est un homme ou une femme... On croit pourtant avoir vu flotter une robe.

Des hourras frénétiques encouragent le sauveteur :

— Bravo! bravo!...

— Dieu va t'aider!...

— Tu la sauveras!...

D'une autre part :

— Grand Dieu! une poutre qui se détache !...

— Où se trouvent-ils maintenant?

— Sont-ils atteints?...

— Vont-ils revenir?

Cette anxiété ne doit pas durer longtemps.

La porte du bas tombe ; mais elle tombe pour livrer de nouveau passage à la vision de tout à l'heure.

Une femme, une jeune fille, dirait-on, apparaît, — la robe brûlée, les cheveux roussis, les mains noires, — tenant dans ses bras une enfant.

Elle court droit au groupe où l'on continue à soigner la mère évanouie :

— Tenez, dame Claude, voilà Catherine.

Elle dépose l'enfant entre vingt bras tendus pour la recevoir... et elle se sauve.

Elle disparaît comme elle était apparue, ne laissant qu'une odeur de poutre enfumée...

C'était le parfum de sa bonne action.

— Qui est-elle?... Qui est-elle?... interroge-t-on de tous côtés.

— Eh! c'est drôle, je n'ai pas vu sa figure...

— Ni moi...

— Ni moi non plus...

— Comment ça se fait-il?

— Elle s'est pourtant assez approchée de nous.

— Oui...

— Ça n'empêche pas, reprend le premier interlocuteur, que je n'ai pas vu sa figure.

— Eh bien! moi, je ne l'ai pas vue davantage... mais j'ai plus de nez que vous tous.

— Bah! tu sais qui?...

— Pardienne! je l'ai bien reconnue à sa tournure.

— Qui que c'est, alors? demande avec vivacité le père Claude.

Sa femme commençait à se trouver mieux, et elle avait déjà conscience que sa Catherine était sauvée, qu'elle la sentait à côté d'elle.

— Qui que c'est donc? redemande-t-il.

— Une brave fille, allez ! Et c'est bien dommage que Joseph soit occupé ailleurs...

— A cause [1] que c'est dommage?

— A cause qu'il serait content de sa conduite.

— Mais enfin, qui donc?

— C'est Nicolle, quoi !

— Ah !...

Claude reste là, sur ce cri, bras pendants, bouche ouverte ; pour le moment, il n'en peut dire plus long.

Mais, si la surprise l'a rendu muet, la joie lui a bientôt délié la langue.

— Ah ! c'est Nicolle !... Eh bien ! ajoute-t-il d'un ton tout simple et qui n'en est pas moins solennel ; eh bien ! ma « brave fille, » c'est moi qui te le dis, tu peux laisser Joseph te faire la cour. Il n'est pas là, mais, dès qu'il va revenir, je le lui dirai...

L'émotion l'interrompt un instant.

— Je vous prends tous à témoins, continue-t-il, que j'autorise Joseph à demander Nicolle en mariage. Celle qui a sauvé ma fille peut épouser mon fils.

1. Dans diverses contrées de la Bourgogne, cette formule est aussi très-usitée. On l'a ici dans une acception double : dans l'interrogation, *à cause* est l'équivalent de *pourquoi* ; dans la réponse, cela équivaut à *parce que*.

— C'est bien, ça, père Claude ! Dans votre malheur, vous venez d'avoir un grand bonheur, et vous allez faire deux heureux...

— Le bon Dieu bénira la chose...

— Et le ménage prospèrera.

— Là-dessus, prévenez vite les deux futurs. Bientôt il n'y aura plus qu'eux qui ne sauront rien de votre bonne parole.

— Ça sera fait, et sans tarder.

IV

UNE BONNE NOUVELLE

Claude, en effet, eut bientôt donné connaissance de sa récente résolution aux deux parties intéressées :

Pour Joseph, — qu'il rejoignit au détour de la maison où celui-ci, en fils actif, avait dirigé un des groupes du sauvetage, — ce fut l'affaire d'un instant. Quant à Nicolle, qu'on n'avait pu saisir et qui était si rapidement rentrée à son logis, il dépêcha vivement un de ses gars chez elle pour lui annoncer la bonne nouvelle.

Mais cette nouvelle, qui, en tout temps, était de nature à la rendre si heureuse, elle ne l'avait point

reçue ; Mariette, l'apprentie, ne l'avait point trans-
mise à Nicolle, qui, la pauvre fille, n'était arrivée
en courant que pour se mettre au lit.

En traversant la flamme pour sauver la fille de
Claude... ou peut-être mieux la sœur de Joseph,
Nicolle a été brûlée douloureusement et de façon à
inspirer des craintes. Le médecin lui a donné les
premiers soins, a recommandé le plus grand repos
et surtout défendu toute émotion vive.

Mariette sentait trop juste pour ne pas garder
pour elle, jusqu'à nouvel ordre, ce qui eût remué
sa malade à la faire mourir de joie.

— Dès qu'on pourra venir la voir, a dit le médecin, je vous en préviendrai ; et alors Joseph, à
sa première visite, lui apprendra lui-même ce
qu'autorise le père Claude.

Il n'y avait pas danger que la jeune gardienne
forçât la consigne. De sa ponctualité dépendait la
santé de sa chère maîtresse ; et pour la lui rendre,
elle eût, sans broncher, donné la sienne.

Pendant plusieurs jours, Nicolle eut une forte
fièvre, dont plusieurs accès d'une grande gravité.
Le repos le plus absolu lui était toujours nécessaire... La consigne n'était pas encore levée.

Un jour, cependant, la fièvre tomba. Le mieux
revenait à grands pas en cette jeune nature, et le
docteur laissa entrevoir à Mariette le moment, as-

sez proche, où il pourrait accorder à sa pauvre alitée la permission si douloureusement attendue.

Ce moment vint enfin.

— Vous savez, chère enfant, dit le bon vieux
docteur à Nicolle, vous savez que Joseph grille de
vous voir, d'autant plus que je l'ai fait attendre.
Je n'ai pas à vous apprendre qu'il vous aime ; mais
lui, à titre d'amoureux, pourra bien être plus habile que moi... et vous apprendre quelque chose...
Espérez, chère petite !

— Eh ! quoi, mon Dieu ? demande mélancoli-
quement la malade.

— Je ne saurais trop vous le dire. Vous verrez...
mais l'espoir n'est jamais défendu. La joie ne
peut plus vous faire du mal; faites venir Joseph
quand vous voudrez... Seulement, vous savez, pas
de lumière vive.

Là-dessus, le docteur se retire. Il avait jugé nécessaire ce petit mot vague de préparation, transi-
tion bien naïve, mais suffisante à l'esprit de Nicolle.

Dès qu'il est sorti :

— Mariette ! appelle aussitôt l'impatiente jeune
fille.

Mariette, qui n'est jamais loin, répond aussitôt :

— Eh bien ! chère maîtresse, il faut le préve-
nir, n'est-ce pas ?

— Oui.

Puis, se reprenant, après un moment de silence :

— Dis donc, Mariette ?

— Mam'selle ?

— S'il allait deviner la permission ?

— Et arriver sans qu'on lui fasse signe ?... Je comprends, ça serait gentil. Mais il ne faut pas en vouloir trop, mam'selle Nicolle... et, voyez-vous, pour Joseph, ça me semble difficile qu'il apparaisse comme ça juste à point nommé...

— Ce que je dis là, c'est pour rire, bonne Mariette... je m'essaie à plaisanter un peu pour chasser ma tristesse... Je ne veux pas, tu comprends, le recevoir de mauvaise humeur.

— D'autant plus qu'il peut vous apporter une bonne nouvelle.

— Oh ! laquelle ?... il peut m'être reconnaissant de ce que j'ai sauvé sa sœur...

— Quand personne n'osait le faire.

— Devoir d'humanité dont je n'attends aucune récompense...

— Et qui en mérite pourtant bien une !... Enfin, mam'selle, espérez au moins que vous pourrez l'obtenir ; nous verrons si l'espoir a raison.

— L'espoir !... l'espoir !... Le docteur et toi vous ne cessez de me parler d'espoir... Vous vous êtes donné le mot pour m'encourager ?...

— Non, c'est tout bonnement une idée...

— Qui fait preuve d'affection. Je suis déjà bien heureuse d'être affectionnée et secourue par vous deux... Des soins pareils aident forcément à guérir.

— On dit que le dévouement « guérit. » Si c'est vrai, mam'selle Nicolle, dans peu vous vous porterez bien.

— Et, tout-à-l'heure, je niais ma récompense !.. Dieu merci ! deux cœurs comme les vôtres...

— Il en faut un troisième, qui les primera tous.

— Si tu allais l'avertir, Mariette ?

— J'y songeais, je change de tablier, et je cours... Mais...

Mariette s'interrompt par la force de la surprise.

— Qu'est-ce ? demande la malade.

— Ah ! par exemple ! je n'en reviens pas. Voilà que vous êtes sorcière, mam'selle Nicolle...

— Hein ?

— Oui, oui ! voilà votre pressentiment qui se réalise...

— Parle donc, Mariette.

— C'est tout simple, il a deviné...

— Qui ?

— Lui, naturellement.

— Vrai ?

— Bien vrai !... Voilà Joseph ! !

V

FRAPPÉE AU CŒUR

Et, en effet, à la vitre de la petite fenêtre, Joseph apparaît.

Il arrive d'un pas pressé et joyeux. Le contentement est toujours allègre.

Deux secondes, et il entre :

— Bonjour, Mariette ! fait-il affectueusement.

— Bonjour, monsieur Joseph !

— Je viens remercier ta maîtresse.

— Elle allait tout justement vous envoyer chercher.

— On m'a prévenu que je pouvais venir...

— Qui ça ?

— Le médecin, M. Dufour, qui sort d'ici tout à l'heure, et qui arrange si bien les affaires.

— Ah ! le brave homme !

— Eh ben ! où donc qu'est Nicolle ?

— Dans son lit, blottie derrière ses rideaux.

— Toujours ?

— Mon Dieu, oui.

— Comme ça, je ne pourrai guère la voir ?...

— Pas trop...

— Mais tu pourras me parler, Joseph, crie du fond de son alcôve l'impatiente malade.

— Ah! tant mieux! ma bonne Nicolle; sans ça, je serais bien malheureux.

— Pourquoi?

— Parce que je ne pourrais pas t'annoncer la bonne nouvelle.

— Tu as donc vraiment une bonne nouvelle à m'annoncer?

— Je le crois, et tu vas le croire.

— Dis vite, alors.

— Ce ne sera pas long : la conversion du père Claude... qui consent.

— Est-ce possible?

— Oui, ma bonne Nicolle; depuis que tu as remis notre chère petite Catherine entre les bras de sa mère...

— Après?

— Le vieux père, touché de ton dévouement, a mis une fière goutte d'eau dans son vin.

— Et?...

— Et il m'autorise à te faire ma cour.

— Tout de bon, mon ami?

— Si ben tout de bon, que j'arrive pour te le dire, et que ça soit chose arrangée.

— Ah!... merci, Joseph! mon Dieu, merci!... Tiens, vois-tu, tu me troubles tellement de joie, que tu me fais remercier le bon Dieu en second.

— Il te le pardonne, j'en suis sûr. Qu'est-ce qu'il ne pardonnerait pas à un être bon comme toi!... O Nicolle, quelle brave fille tu es! Quelle courageuse femme tu vas être! et quelle bonne mère ensuite!... N'y a-t-il pas là une vraie bénédiction du ménage, et ne vais-je point avoir tous mes camarades pour jaloux?... Ah! ma Nicolle!... ma gentille petite Nicolle!...

— Mon bon Joseph!...

— Sapristi! je suis joliment vexé, tout de même, que tu sois toujours cachée!

— Prends patience.

— Et tout ça, voyons, quand ça va-t-il pouvoir se réaliser?... Comment vas-tu, Nicolle? Que dit le médecin? Quand te lèves-tu?... et quand nous marierons-nous?...

— Mon bon Joseph, maintenant que la permission du vieux Claude est donnée, le plus fort est fait. Nous sommes sûrs l'un de l'autre... Prends patience, te dis-je... En même temps que moi, le beau temps va se lever pour nous, et bientôt, j'espère.

— Que tu as dû souffrir, ma bonne petite Nicolle! Quand j'y pense...

— Je ne m'en souviens guère; et laisse-moi guérir... je ne m'en souviendrai plus.

— Sais-tu que ce que tu as fait, des hommes avaient reculé à le faire?

— Des indifférents, ça n'est jamais bien fort; mais la moindre raison qu'on ait dans le cœur, ça vous donne tout de suite du courage... Et l'on est, alors, bon à quelque chose.

— Oui, à sauter à travers les maisons qui brûlent pour en rapporter un enfant à sa mère...

— Ah! Joseph, si ce n'était la cause de notre union prochaine, je te prierais de ne plus en parler.

— Pour ça, je ne t'écouterais pas, Nicolle. J'ai ce tableau devant les yeux comme si j'y avais été. Je te vois, chère enfant, t'élancer, chercher Catherine, être vingt fois sur le point d'étouffer... et, à travers feu et fumée, revenir nous déposer la fillette... et te sauver.

— Je n'avais pas de temps à perdre; il fallait bien rentrer.

— Atteinte comme tu l'étais, mordue par la flamme, ta robe à moitié brûlée, oui, tu devais rentrer vite... Seulement, le pouvais-tu? Comment as-tu fait?

— J'étais si heureuse d'avoir réussi!

— Bonne et chère fille!... Mais sais-tu que je trouve dur de ne pouvoir te regarder... Ah! ma mie! quand je me rappelle notre baiser du sentier,

en mai dernier, il me prend des envies de tirer les
rideaux, et...

— S'il ne faut que ça pour te rendre heureux,
mon pauvre Joseph, c'est bien facile. En mai, je
t'ai laissé faire; tu le peux encore mieux maintenant. Ouvre les rideaux; j'avance ma tête... et
embrasse-moi!

Tout radieux, Joseph lève le bras, fait glisser
fiévreusement les anneaux sur la tringle, tend les
lèvres, et se dispose à les plonger dans l'ombre de
l'alcôve.

De l'ombre de l'alcôve surgissait déjà la figure
de Nicolle.

Le regard de Joseph la rencontre...

Mais, Dieu du ciel! qu'est-ce que cette rencontre
a donc de si fatal?...

Subitement l'élan du jeune gars s'arrête. Le baiser si espéré, si attendu, le baiser que le promis
brûlait de donner, ce baiser reste en suspens...

— Eh bien! Joseph? demande la jeune fille, interdite, effrayée.

— Eh ben!... Nicolle, répond l'amoureux déconcerté et qui, après ces deux mots, garde un
inexplicable silence.

Tout en s'efforçant de paraître affectueux, il
se contente de prendre la main de la pauvre
enfant.

5.

— Joseph ! reprend impétueusement la promise, que se passe-t-il en toi ?... Tu me supplies. Je me soulève, souffrante, pour que tu m'embrasses... et tu me laisses !...

Mais Joseph reste là, lui tenant toujours la main, immobile et comme pétrifié. Il se retirait d'elle, pour ainsi dire. Le buste de côté, il ne la regardait plus.

Qu'est-ce donc ?...

Ah ! les cœurs fragiles !... Le voici, ce que c'est :

La flamme, — indifférente au dévouement, — a touché la figure de Nicolle.

Nicolle, oubliant toute recommandation, fait un effort, se soulève, atteint le petit miroir pendu au mur... et pousse un cri :

— Je suis laide !...

Et elle appuie sa main sur ses yeux comme pour se dérober sa vue à elle-même.

— Je suis laide ! reprend-elle sombrement ; je suis à jamais défigurée !... Je n'y avais pas pensé... Ah !... Joseph, je te comprends.

Elle retire sa main de la main du jeune homme.

— Laisse-moi me recoucher, lui dit-elle.

Joseph veut parler. Un sanglot seul sort de sa poitrine.

— Retourne à ton père, continue la pauvre fille,

et dis-lui qu'il peut se consoler de son sacrifice...
Il n'a plus à l'accomplir.

VI

LE RENDEZ-VOUS

Il serait parfaitement inutile de chercher à dépeindre la douleur de Nicolle. Dédaignée au moment même où son courage lui conquérait son
amoureux, l'ex-promise de Joseph est frappée au
cœur.

Tantôt elle essaie de ne point croire à son malheur, tantôt elle s'y plonge aveuglément, tout entière.

Arriver à un incident qui détourne Joseph, qui
l'arrache à son amour, ce n'est point un simple
chagrin pour elle; son bonheur y tient, sa vie s'y
trouve en jeu, et il y a gros à parier qu'elle ne son-
gera pas à se soustraire à cette fatale influence.

— Oh! se dit-elle parfois, comment donc aiment les hommes, et qu'est-ce donc qu'ils aiment
en nous! Joseph ne voyait que moi sur la terre; il
luttait contre sa famille pour m'obtenir; il aurait
fait l'impossible pour m'épouser;... et maintenant
que son père a consenti, parce que — en sauvant

sa sœur — j'ai perdu ma beauté, voilà qu'un morceau de glace a fondu sur son cœur... et que je ne
compte plus pour rien dans son existence !... Oh !
c'est bien la fin de la mienne. Indifférente à Joseph,
je n'ai plus de raison de vivre... Dieu me viendra
en aide pour m'appeler à lui.

Après avoir de la sorte retourné en elle ses tristes idées, elle prenait souvent Mariette pour confidente, et recommençait avec cette amie dévouée
les éternelles péripéties de son irrémédiable chagrin.

Quelque grande, quelque vive que soit la douleur, elle trouve toujours un apaisement à s'épan-
cher dans une bonne âme, et, quelquefois, Nicolle
réussissait à s'apaiser de la sorte, — ne fût-ce que
pour un moment.

Un jour, elle avait goûté cette consolation plus
longtemps que de coutume. Les douces paroles de
Mariette l'avaient gagnée, et cette dernière,
croyant à un commencement de guérison, se sentait heureuse :

— Oh ! main'selle, disait-elle à Nicolle, vous
faites bien. Vous ne vous laissez plus tant abattre ; votre esprit se calme... et vous allez mieux.
J'aime à vous voir ainsi résignée. Votre mal diminue, et j'espère que vous pourrez guérir.

Mariette ne remarquait pas une profonde préoc-

cupation de Nicolle, et quand Nicolle lui répondit :

— Oh! oui, je guérirai bientôt !

L'amie ne sentit pas ce qu'il y avait de mélancolique, d'amer,... il faut le dire, de menaçant
dans cette courte réponse.

Elle était bien fine cependant; mais son amitié,
cette fois, faussait son point de vue; elle s'illu-
sionnait par la force même de son affection.

— Ah! mais, dites donc, mam'selle Nicolle,
s'écrie tout à coup l'excellente fille, voilà un
moyen de se désennuyer un peu. J'y songe, et je
vous y fais songer.

— A quoi donc?

— C'est demain le 23.

— Eh bien?

— Le 23... vous ne savez plus? On voit joliment que votre pauvre tête est troublée !... Le 23?
mais c'est le *Loup vert*.

— C'est juste.

— Et vous ne pensez donc plus à une autre
chose?

— Encore?

— Oui... Non, non, reprend-elle vivement. Ça
ne doit pas vous faire plaisir.

— Explique-toi, Mariette?

— Pardine! Joseph qui est le *Loup*.

A ce mot, Nicolle concentre une forte émotion. Je crois même qu'elle réussit à ne laisser rien apercevoir.

— Pourquoi penses-tu, Mariette, que cela ne doive pas... me faire plaisir?

— Je ne sais pas, mam'selle; il me semblait...

— Tu te trompes, mon enfant; je tiens à voir Joseph dans son rôle de *Loup vert*. Je me rendrai chez Jeanne, qui demeure sur la place... Veux-tu m'y accompagner?

A cette proposition, Mariette ne voit pas le moindre obstacle. Au contraire, elle se dit que Nicolle abonde dans son sens, et elle se réjouit de cette concession faite à ses instances par sa triste amie.

— Oh! que oui, mam'selle.

— Je te remercie, Mariette. Alors tu te tiendras prête. Nous partirons à temps pour ne rien perdre de la cérémonie... Surtout je veux bien voir le feu de joie.....

— Qui, dit-on, sera brillant.

— Je le désire d'autant mieux.

— Vous serez parfaitement placée pour ça. Chère demoiselle, ah! que je suis donc contente de votre bonne résolution!... Vous verrez que ça vous changera l'humeur, et que vous...

— Je suis près de penser comme toi, ma fille,

et je te sais gré de m'avoir donné l'idée de ce spectacle.

— Il vous fera diversion.

— Il me guérira, Mariette. Je t'assure qu'après la fête, je serai guérie.

— Tant mieux! et je m'en applaudirai. Je viens vous prendre demain vers la bonne heure.

Les deux amies se séparèrent, chacune comptant sur l'autre pour le lendemain, — et Mariette jubilait d'avoir presque trouvé le moyen de rendre un peu de tranquillité d'esprit à sa pauvre maîtresse.

VII

LA FÊTE

Nous voici au 23 juin. La cérémonie va commencer.

Tout a un air de fête dans le village, que remplit un va-et-vient inaccoutumé.

Des jeunes gens sortent de tous les côtés, et se groupent, affublés de chaperons qui portent l'image de saint Jean; ils se rangent en procession, croix et bannière en tête : c'est la confrérie de Saint Jean-Baptiste.

Ce corps, joyeux et turbulent, et très-préoccupé

d'idées dévotieuses, se dirige vers la demeure de
Joseph, qui est le *Loup vert* de l'année.

Joseph, qui les attendait, se revêt de sa houp-
pelande verte, se coiffe de son bonnet pointu, et,
fort enrubanné, se met à la tête des confrères.

Une gaie fusillade annonce la mise en marche.

La bande s'avance au bruit des sonnettes qu'agite
un jeune homme en surplis et dont le tintement
alterne avec la lente mélopée de l'hymne de saint
Jean, — ce fameux *Ut queant laxis* dont les sylla-
bes initiales de la première strophe ont servi de
marraines aux notes de notre gamme.

On se rend ainsi à un endroit spécialement désigné, en face de ruines célèbres.

Alors, c'est un feu roulant de pétards qui aver-
tissent M. le curé, et M. le curé vient à la rencontre de la procession... un peu singulière et bariolée.

Nouveaux coups de feu quand il arrive, autres
coups de feu quand il part, conduisant la bande à
l'église.

Au seuil du temple, explosions générales, énergiques et multipliées.

On entre ; mais on chante vêpres, attendu que
les préliminaires ont pris toute la matinée. L'of-
ficiant ne les prolonge pas, et, après l'office, la
troupe entière, dont l'appétit est aiguisé, retourne,
toujours avec croix et bannière, chez le *Loup*.

Là, un repas, tout en maigre, mais copieux et alléchant, attend les confrères, et l'on festoye largement jusqu'à la fin du jour.

Dès que le jour tombe, on prépare et on allume un feu de joie.

C'est ce feu de joie que tient à ne pas manquer la pauvre Nicolle. Pourquoi?... Voir Joseph en faire le tour en *Loup vert,* est-ce pour elle une consolation?..... La douleur a ses bizarreries.

Accompagnée de sa fidèle Mariette, Nicolle s'est rendue chez une amie commune, qui demeure sur la place même où le bûcher s'élève et doit flamber.

Douce, mais peu causeuse, elle est restée devant la fenêtre une bonne partie de la journée, et elle a suivi les marches et contre-marches de la cérémonie, et il serait faux de dire qu'elle n'y a point prêté attention. Au contraire, tout a eu l'air de l'intéresser, et, quoique sérieuse, elle s'est édifiée sur les moindres détails de cette fête singulière.

Le soir vient. La nuit tombante est le signal attendu. Un jeune garçon et une jeune fille, prodigieusement parés de fleurs et de rubans, saisissent chacun une torche et mettent le feu aux branchages glissés çà et là pour amorcer la flamme.

Les ordonnateurs de la fête se connaissent en bois sec, et les grosses bûches ne tardent pas à

répondre aux premières caresses des petites branches. Tout crépite, la flamme monte, et les ténèbres d'alentour se faisant, le cône de feu commence à prendre sa valeur lumineuse : la place
et les façades des maisons sont vivement éclai-
rées.

A ce moment, au tintement des cloches et toujours au chant de l'*Ut queant*, la procession, gros-
sie d'une grande partie des habitants, arrive près
du bûcher. Les confrères s'y disposent en cercle,
et la foule s'échelonne derrière eux.

Là, on entonne le *Te Deum*, et, le *Te Deum*
terminé, on reprend encore l'hymne de saint
Jean.

Le *Loup*, en costume, se détache alors de la
troupe. Il adresse une très-courte allocution aux
confrères, puis tous se prennent par la main et
forment une longue file qui s'élance, tourne et court
après celui qui sera le *Loup vert* de l'année suivante.

Vous n'avez pas oublié que c'est Joseph qui est
le *Loup*.

Pendant qu'il court et qu'il tourne, Nicolle se
tient toujours immobile et silencieuse devant les
vitres illuminées.

Mariette la regarde et a l'air de se demander
pourquoi sa maîtresse a tant désiré venir, car

elle ne voit pas que la fête lui apporte une bien grande distraction.

— Mam'selle, lui dit-elle affectueusement, comme vous êtes songeuse!... Est-ce que j'aurais mal fait de vous conseiller de venir ici?

— Non, ma bonne Mariette, au contraire.

— C'est qu'il se pourrait que de voir cet oublieux de Joseph ça vous fasse de la peine?

— Ni lui ni d'autres ne peuvent m'en faire plus que je n'en ai.

— Bon. Mais pourquoi vous en causer vous-même autant... même moins?

— J'ai voulu venir... et j'en suis satisfaite.

— Tout ça vous intéresse, alors?

— Oui, surtout ce bûcher, qui est très-beau. Quel jet! quelle flamme, et comme il...

Elle s'arrête. Mariette complète sa pensée.

— En effet, on n'a pas besoin de lampe; il nous éclaire de belle façon. C'est bien baptisé, ça, un feu de joie.

— Tu trouves?

— Ma foi, oui, mam'selle. Voyez comme tout le monde est content et galope autour.

— C'est vrai, répond Nicolle, mais d'un air si peu convaincu que Mariette, instinctivement, cherche à fortifier l'enthousiasme.

— Tenez! tenez! s'écrie-t-elle, voilà Joseph lui-même qui court. Ah! ils ont enfin attrapé le *Loup* de l'an prochain. Regardez donc! quatre ou cinq des plus forts le montent sur leurs épaules et l'apportent à grands pas tout près du bûcher.

Nicolle semble appliquer son regard vers la flamme, dont elle savoure l'intensité.

— Ah! mais reprend Mariette, étonnée, qu'est-ce qu'ils font là?... Ah! mon Dieu!... ils vont le jeter dans le feu?

En effet, les porteurs du futur *Loup* font semblant de le jeter dans les flammes; mais ils s'en tiennent, par bonheur, à cette fausse alerte, et reconsolident fraternellement sur leurs épaules la victime pour rire.

Au premier élan de ce jeu, Mariette avait tressailli de frayeur. Nicolle, elle, ne quittait pas des yeux le bûcher, n'avait paru éprouver aucun tressaillement. Comment! elle, si bonne, ne pas sourciller quand elle croit que le foyer va dévorer quelqu'un!

Et, de plus en plus, elle s'identifie avec ce spectacle, qui atteint en ce moment à son dernier degré de pittoresque.

Croix et bannière sont encore là, de même que tout le personnel de l'association pieuse; mais il n'y a ni bannière ni croix qui tiennent, la fête doit aller jusqu'au bout.

Un des anciens du pays se détache de la foule. Le ménétrier, au violon discord, le suit et se campe à sa gauche.

Aussitôt, accompagné par le crin-crin, le vieux entonne les paroles suivantes, qui ne sont plus cette fois l'*hymne*, mais bien la *ronde* de Saint-Jean, ce qui diffère :

> Voici la Saint-Jean,
> L'heureuse journée,
> Que nos amoureux
> Vont à l'assemblée ;
> Marchons, joli cœur,
> La lune est levée...

A chaque couplet, la foule entière répète bruyamment le refrain. Six couplets composent d'ordinaire cette ronde, assez vive ; mais, suivant les besoins de la circonstance, la foule sait toujours en ajouter d'autres, et les autres ne sont jamais les plus édifiants.

Les chants finis, le tumulte est au comble. On tourne jusqu'à l'ivresse autour de ce feu clair, et ceux de la fête qui doivent retourner chez le *Loup*, pour souper, se donnent, en guise d'apéritif, une véritable indigestion de ronde.

— Quel bruit ! dit Mariette.

— La joie, répond Nicolle, est souvent bruyante.

— Alors, mam'selle, aujourd'hui vous n'êtes pas précisément joyeuse?

— Pas à la façon de ces braves gens. Mais, sois-en sûre, j'éprouve une satisfaction intérieure.

— Ah!...

— Oui, chère Mariette.

— C'est drôle! à vous voir, j'aurais volontiers pensé tout le contraire.

— Il y a peut-être du contraire aussi.

— Tout mêlé, comme ça? Hum! je crois que c'est « le contraire » qui domine.

— Retiens ton jugement. A juger trop vite, tu sais qu'on se trompe.

— A preuve que je ne me trompe pas, mam'selle Nicolle, c'est que, tenez... là... vous allez pleurer.

Et, en effet, Nicolle laisse échapper une larme, en même temps que ce cri :

— Pas un mot, pas un regard! Pendant toute la journée, n'avoir pas deviné que j'étais là à le guetter, à le suivre des yeux.

— Comme je m'en doutais, que vous n'étiez pas si contente!

— Oh! c'est bien fini, va... Il m'a bien effacée de son cœur! Après cela, que veux-tu, ma pauvre Mariette? Ce n'est pas tant de sa faute. Quand il m'a aimée, j'étais jolie; à présent, je suis laide.

— Un homme qui aime ne doit pas arrêter son regard à la figure.

— Nombre d'amoureux ne vont guère plus loin, et Joseph, je le vois, est un de ceux-là.

— Ça vous semble?

— Et à toi aussi. Peux-tu comprendre un pareil délaissement?

— Oh! mam'selle, que vous feriez donc bien mieux de chercher à vous en « guérir, » comme vous m'avez déjà dit!

— Pour en guérir, Mariette, j'en guérirai... et plus tôt que tu ne penses.

— Vrai, vous trouverez ce courage en vous?

— Certainement.

— Tant mieux! Mais pourquoi rajustez-vous votre fichu? Vous sortez?

— Oui, je veux voir de plus près ce feu, ce feu clair, qui a été pour tous un symbole de joie, et qui, dans ma tristesse, m'attire. Il ne durera pas toute la nuit. Viens, Mariette, en faire le tour avant que le reste du bûcher s'écroule.

Les deux amies sortent. Elles se rendent auprès du foyer.

La foule s'est presque entièrement retirée. Les retardataires sont des enfants qui s'amusent à jeter dans le feu des branchettes qu'ils trouvent sous leurs pieds.

— Ils font bien, ces petits, dit Nicolle; ça alimente la flamme.

— N'empêche pas, reprend Mariette, que ceux qui veulent s'en donner la vue doivent se dépêcher.

— Pourquoi?

— Parce qu'il ne tardera pas à s'effondrer.

— Tu crois?

— Tout me le fait croire.

— Approchons-nous, Mariette.

— Vous désirez voir l'éboulement?

— Oui, j'y tiens.

— Pas de trop près pourtant : ça brûle fort.

— Ça guérit.

— Mam'selle, avec quel air vous me dites ce mot!

Et la jeune fille, étonnée, regarde Nicolle qui, elle, ne détache plus ses regards du colossal foyer.

Un phénomène étrange paraît se produire dans son esprit. Elle s'absorbe, se concentre de plus en plus. Elle est certainement sous l'influence d'une idée fixe, sous le charme d'une fascination puissante.

— Ça guérit, Mariette, reprend-elle; et puisque le feu purifie tout, ça doit redonner la beauté. Joseph m'a laissée parce que je suis devenue laide... Adieu, Mariette, je vais me refaire belle!

Et, avant que l'apprentie ait eu le temps d'étendre le bras pour retenir sa maîtresse, la pauvre maîtresse avait fait un bond et recevait sur elle l'avalanche enflammée des branches, poutres et bûches, auxquelles elle avait donné, en sautant, une secousse déterminante et fatale.

Mariette crie, se gare un instant, puis, l'instant d'après, court...

Mais elle ne peut rien, hélas! devant cette fournaise qui dévore.

Elle appelle. Quelques veilleurs l'entendent. Des voisins accourent. On organise sans retard le sauvetage pour celle qui en avait si vaillamment sauvé une autre.

Bien vaines, toutes ces tentatives : on ne retira qu'un reste de cadavre de dessous les décombres calcinants.

Triste feu de joie !...

Mariette devint presque folle. Elle voyait toujours serpenter les langues ardentes du terrible bûcher, et appelait constamment sa chère maîtresse pour l'empêcher de s'y précipiter.

Joseph, lui, — comme si de rien n'était, — continua de bien boire et de bien manger, se maintint gros, gras et fleuri, ne sortit pas un jour de sa honteuse insouciance, à certains moments ne réprima pas même sa lourde gaieté; puis, avant la fin de l'année, demanda en mariage une autre payse, jolie, cossue, coquette,... et l'obtint.

Il eut matière à regretter Nicolle.

Ce n'était pas difficile, certes, de prendre une femme à sa place; mais il était impossible de la remplacer.

Un cœur d'or ne se trouve pas toujours chez la femme qu'on n'accepte que pour son or.

. . . .

Ce dénouement me pèse.

Terminons vite le récit, et n'envions pas ces fortunes des lâches cœurs.

III

LE PREMIER DE MARS

Un rêve !... Doux mirage ! charmante oasis de la vie !... Et, cependant, rêver coûte cher parfois : — Tel rêve appelle votre âme, et votre âme vous quitte... pour aller, inconsciente, au rêve enivrant qui l'attire.

(...

LE PREMIER DE MARS

LÉGENDE BOURGUIGNONNE

I

PAKIMH

Allons, Pakimh, mes livres! Bouleverse mes
rayons, éparpille les volumes; parsèmes-en mon
tapis; je veux lire. Me voilà comme dans mes beaux
jours de travail, accroupi devant mon poële, éclairé
par ma lampe, et prêt à oublier tout, tout le
monde, et jusqu'à moi pour une phrase, une ligne... Allons, Pakimh, mes livres; je veux lire.

Je veux lire, mais choisis. Jette de côté tous ces
penseurs sévères, ces noirs radoteurs... leur plume
fait la grimace, et je veux laisser sourire mon âme.
Cherche, fouille dans ces tomes légers; détache-
m'en les feuilles les plus gracieuses, les histoires
les plus naïves; fais-les pleuvoir autour de moi. Je
tiens mes frais souvenirs. il faut qu'en lisant m'arrive l'odeur du foin et de la violette.

6*

Il faut que je me retrouve à dix-sept ans, courant
pendant des heures dans la grande herbe des prés,
soulevant la poussière blanche de la grand'route,
ou m'asseyant sur le revers d'un fossé, selon que
j'avais à attendre ou à trouver le rêve que je pour-
chassais alors. Allons, cherche donc bien, mon
compagnon du soir ; feuillette, feuillette encore, il
faut que je revoie tout cela.

Mais tout ce que tu me jettes, mon sylphe, est
faible et sans couleur. J'ai des livres jusques aux
genoux, et pas une page n'a la nuance que je désire ! Une allumette dessous, et qu'on n'en parle
plus ! Le meilleur livre pour moi à cette heure est
celui que je parcours, ma mémoire. Devant le
charme réel de ses souvenirs toute écrivasserie est
bien pâle... Au loin toutes ces feuilles, lutin, et
viens à côté de moi.

Si j'avais un cigare, je te donnerais pour siége
ses spirales de fumée bleue. Mais j'ai là quelques
brins de violette autour d'un œillet ; pose-toi doucement dessus, ferme tes ailes et écoute. — Pendant que je caresserai mon poêle, dont le ronfle-
ment m'égaie, je trouverai ce que je n'ai pu trouver
dans aucun de tes livres : un récit qui me reporte
aux jours qu'un doux penser me rappelle.

C'est simple, c'est limpide comme mes premières années : ni intrigue, ni catastrophe, ni dénoue-

ment, ni rien. C'est une fleur ; on se baisse pour la cueillir, on en aspire le parfum, on la pose, et c'est tout... : le parfum d'une fleur ! — Un fait isolé, un narré gracieux, quelques mots où le cœur a mis sa poésie ; mais encore une fois, je te le répète, Pakimh, ni intrigue, ni dénouement, ni rien.

Avant que je commence, approche. Pose sur ma lèvre ton souffle, frais comme une émanation du matin ; embrasse, ton baiser me portera bonheur. Merci ! maintenant fais osciller sous toi les corolles réjouies de mes deux fleurs, et laisse aller mon dire :

II

COMMENCEMENT DU RÉCIT

Il y a de cela sept ou huit ans.

C'était dans une méchante masure d'un tout petit village de la Bourgogne, village dont la Saône paresseuse baigne presque les murs, et au bord duquel le batelier m'a si souvent déposé.

Depuis deux heures à peu près le soleil était couché, et le mois de février devait finir ce soir-là.

Chacune à un coin, et devant une immense cheminée, où brûlotaient quelques brins de fagot et de paille de maïs, se tenaient, assises sur des chaises de bois, deux femmes : l'une vieille et filant du lin, l'autre jolie, jeune et lisant un chapitre de l'*Imitation* à sa grand'mère. Une lampe, tenue à une planche noire de fumée, les éclairait d'en haut, et au moindre mouvement on entendait hocher leurs chaises sur les aspérités de la terre, dont se composait le parquet de cette humble pièce. Pourtant la porte et la lucarne carrée, qui tient souvent lieu de fenêtre dans ces pauvres habitations, joignaient encore assez ; nos deux femmes ne sentaient pas de courant d'air sur leurs mains. et à tout prendre on ne devait pas s'y trouver trop mal, pour peu qu'on y fût habitué !

La vieille mère Maurice écoutait Francine depuis une demi-heure, quand celle-ci fut arrêtée au milieu d'un mot par un léger accès de toux, auquel elle ne fit pas attention, et qui n'allait même pas l'empêcher de se remettre à sa lecture :

— Allons, ma fille, ferme ton livre ; c'est assez, dit la grand'mère en regardant sa jolie lectrice. Approche tes pieds du feu, ôte tes sabots, et chauffe-toi bien avant d'aller te coucher.

Et Francine posa le livre sur la serge verte du lit, quitta sa chaise et s'accroupit tout près du foyer qu'elle ranima.

La mère Maurice arrêta son rouet et s'approcha

aussi pour prendre sa part de chaleur avant d'aller dormir :

— Pauvre petite, dit-elle en passant affectueusement ses mains ridées sur les mains blanches de la jeune fille ; si au moins ce feu était dans ton cabinet, ce serait bon pour ton rhume. Il n'y a pas de nuages, la lune est claire, la nuit va être froide... veux-tu coucher avec moi, Francine ?

— Oh! merci, bonne maman; mon rhume n'est rien ; et puis vous avez le sommeil si léger que je vous réveillerais. Oh ! non. Je me couvrirai bien. D'ailleurs, bonne mère, je ne suis pas malade.

— Pas beaucoup maintenant, c'est possible. Mais, ma fille, le mal vient vite, et tu pourrais bien ne pas le fuir assez. Vois-tu, continua-t-elle en secouant la tête avec finesse, je sais quelque chose que tu ne me dis pas. C'est cette nuit le *Bonjour à Mars*... et je crois qu'il fera bien froid, Francine. Je sais que vous autres, jeunesses, vous y tenez ; je ne peux pas t'en empêcher. Mais si tu voulais faire un grand plaisir à ta vieille grand'mère, tu n'ouvrirais pas ta fenêtre cette nuit.

Il n'y avait que de la bonté dans cette prière de la mère Maurice, et c'est précisément ce qui peinait le plus Francine. S'il y eût eu quelque peu de taquinerie, elle se serait piquée, et eût pu désobéir plus facilement. Elle ne répondit rien à sa grand'-

mère. Elle se contenta de baisser la tête en regardant le feu, et une petite moue seule vint prouver à la bonne maman que sa demande n'émerveillait pas Francine.

La mère Maurice se souvint peut-être en ce moment qu'elle aussi avait été jeune; qu'elle aussi avait eu au cœur un amour opiniâtre, et elle se mit à regarder Francine avec un regard caressant :

— Chère enfant, lui dit-elle en encadrant la jolie tête de la jeune fille dans ses deux mains jaunes et desséchées, tu sais bien que c'est parce que je t'aime que je te dis tout cela. Allons, ne me garde pas rancune; embrasse-moi, et tu feras, cette nuit... comme tu voudras. Seulement, à minuit, quand je saurai que tu seras à ta fenêtre, eh bien !... je dirai mon chapelet... pour que tu ne t'enrhumes pas davantage.

Et la bonne mère attira Francine sur elle ; elle la serra convulsivement dans ses bras, et sa bouche chercha le front de la belle enfant, à qui, dans ce baiser, une larme, tombant chaude sur sa joue, vint apprendre combien la vieille Maurice l'aimait.

Je ne dis pas qu'alors Francine n'eût un instant le désir d'obéir à sa grand'mère. Il est même certain qu'elle eût voulu pouvoir le faire. Mais résistez donc à l'ascendant impérieux d'un amour de dix-sept ans, à cet autre désir d'une imagination su-

erstitieuse, qui vous fait entrevoir votre plus
grand bonheur dans une chose dont on cherche
à vous détourner!

La grand'maman comprenait sans doute tout
cela, et la facilité avec laquelle elle se désistait de
sa prière n'était sans doute qu'un peu d'adresse
et d'expérience mis en usage. Plus on s'obstine
à lutter contre un cœur amoureux, plus on le
fortifie dans ses plans de résistance. Là où un
conseil amical ne fait qu'aigrir, que produirait
une prière qui aurait l'air d'un ordre?

Et, pour éviter à sa petite-fille jusqu'à l'embar-
ras d'une réponse, elle se leva, eut l'air de chercher, se donna du mouvement, alla jusqu'au buffet,
et en revint avec un chandelier de bois qu'elle tendit à Francine, après en avoir allumé la chandelle
à la lampe en montant sur sa chaise.

— Bonsoir, enfant, lui fit-elle; et elle l'embrassa
de nouveau avec une affection expansive. Bonsoir,
et bonne nuit!

Elle appuya sur ces deux derniers mots avec une
telle expression d'attachement; il y eut, dans ce
souhait, dit presque tout bas et d'un accent dont
l'émotion était mal déguisée, tant d'éloquence et de
saisissement, que Francine, qui se disposait déjà
à gagner son cabinet, s'arrêta immobile. Ce simple
mot l'avait frappée au cœur; elle était vaincue par

l'amour de cette femme ; toute sa sensibilité fut remuée, et une larme vint perler à sa paupière.

— Oh! grand'mère, prononça-t-elle d'une voix vivement accentuée, grand'mère, je t'aime bien! et elle serrait le cou de la pauvre femme, qu'elle avait entouré de ses bras, et qui lui rendait tendrement ses caresses.

Un instant s'écoula ainsi, muet et plein d'épanchement.

Pour sortir de ces douces étreintes, un mot serait difficile à trouver ; il serait pauvre, du reste. Aussi ces deux femmes se séparèrent-elles sans se parler davantage, et néanmoins bien convaincues que l'une et l'autre elles s'aimaient autant qu'on peut s'aimer.

La vieille Maurice décrocha la lampe et s'agenouilla près de son lit pour commencer sa prière.

La porte d'un petit cabinet élevé, où l'on arrivait par une échelle, se refermait en même temps sur Francine.

III

LE BONJOUR A MARS

Il faut expliquer ici, pour ton intelligence, Pakimh, et pour celle de la plupart des lecteurs, ce que la grand'mère de Francine entendait par *Bonjour à Mars*, et qui faisait le sujet de ses appréhensions pour la nuit. A moins qu'on n'ait habité ou fréquenté longtemps quelque village de cette partie de la Bourgogne, on ne doit pas connaître [1] cette coutume superstitieuse de toutes les jeunes filles, coutume dont il serait peut-être difficile de découvrir la véritable origine, mais à laquelle, en revanche, un esprit poétique n'aurait pas grand'-peine à assigner une cause probable et possible.

Voici en quoi consiste cette coutume :

Tous les ans, le dernier jour de février, au moment où chacune d'elles suppose qu'il va être bientôt minuit, les villageoises de nos contrées se lèvent... j'entends dire les jeunes, celles qui ont du rose aux joues et de l'amour au cœur. Elles se lèvent, et, impatientes, attendent la première minute de la première heure de mars.

Ce moment doit être pour elles un moment décisif.

Aussitôt qu'il est arrivé, leur fenêtre s'ouvre. El-

---

1. C'est seulement au point de vue du *Bonjour à Mars* que ce doute est émis ; car, au contraire, les localités sont nombreuses où les jeunes filles pratiquent des cérémonies pour tâcher d'entrevoir leur mari futur. Mais, dans chaque pays, les détails diffèrent.

7

les s'y accoudent, et, personnifiant ce mois dans lequel elles entrent, elles s'adressent à lui pour qu'il leur fasse entrevoir, dans le rêve de cette nuit, le mari que le sort leur destine.

La formule dont elles se servent pour cette prière, est trop naïve, et trop courte d'ailleurs, pour que je songe ici à ne pas te la faire connaître. Aux champs sont les fleurs simples, et tout peintre des champs met la marguerite dans son tableau :

« *Bonjour, Mars,* disent nos jeunes curieuses de « village; *comment te portes-tu, Mars? Montre-* « *moi dans mon dormant celui que j'aurai dans* « *vivant.* »

Et, cette courte allocution terminée, elles retournent attendre dans leur lit le rêve désiré et le portrait, dont plus d'une, souventes fois, a déjà, dans quelque amoureux futur, trouvé le modèle à l'avance.

Cela entendu, Pakimh, nous retournons à mon dire :

IV

SUITE DU RÉCIT

Il y avait bien trois quarts d'heure que Francine

se trouvait dans sa chambre, et elle n'était pas encore couchée.

En entrant, la scène qui venait d'avoir lieu l'avait fait rester debout, pensive; puis peu à peu la rêverie s'emparant d'elle, elle s'était assise machinalement sur son lit.

La réaction imprimée à sa volonté par les derniers mots de sa grand'mère agissait encore. Un second accès de toux avait fortifié sa nouvelle résolution, et, bien qu'un violent regret dût la déchirer, elle songeait à se coucher et à laisser passer minuit sans ouvrir sa fenêtre; mais, par une de ces mutations si ordinaires au cœur humain, après la secousse un peu apaisée, le sentiment le plus vif commença à reprendre le dessus. Une filiation d'idées, qui dut être rapide et qui est naturelle, la conduisit à penser d'un autre que de sa grand'mère, et dans cette douce occupation s'évanouit son beau projet d'obéissance.

Francine aimait. Elle aimait un jeune homme que la vieille Maurice lui disait au-dessus d'elle; mais comme il n'y a plus de distance visible entre eux pour deux cœurs qui s'aiment, Francine ne tenait pas compte des observations de sa grand'mère: elle aimait toujours.

Albert n'était pas un paysan. Albert habitait une ville à quatre lieues de là. Ses parents, sans être

aisés, avaient vu son éducation se terminer, et le
laissaient jouir d'une année de repos qu'il avait
voulu prendre entre le collége et le monde.

Il avait vu Francine dans les fêtes de son village. Tous deux s'étaient vite aimés, et la vieille
Maurice, quoi qu'elle en dit, ouvrait parfois sa masure au visiteur Albert, que dans son langage elle
appelait un *Mossieu*. Néanmoins elle ne le faisait
pas sans une espèce de crainte :

— Il est bien gentil, disait-elle à sa petite-fille.

Puis, elle hochait la tête en continuant :

— Je désire qu'il soit pour toi!

Deux ou trois fois elle avait essayé de faire entendre ses raisons à Francine, mais deux ou trois
fois l'obstination douce et caressante de Francine
lui avait fait lâcher prise.

Notre jeune amoureuse revoyait probablement
en esprit ces jours si pleins et si beaux pour elle;
elle feuilletait son passé, écrit jusqu'à ce moment
en lettres d'or; elle se plongeait dans ses souvenirs.

Sa chandelle usée venait de s'éteindre. La fenêtre du cabinet, placée aux pieds du lit, donnait passage à un blanc rayon de lune; et comme le lit
n'avait pas de rideaux, la tête rêveuse de la jolie
Francine le recevait et se détachait poétiquement
sur le fond noir du mur. On l'eût prise pour une

de ces vierges peintes par nos vieux maîtres, et que le temps fait ressortir blanches du milieu d'une toile obscure.

Longtemps la jeune fille pensa; longtemps la jeune fille resta ainsi.

Cependant, quand son cœur lui dit que minuit pouvait approcher, elle sortit de sa rêverie et attendit, faute d'horloge, que son pressentiment vînt lui indiquer l'heure. Car de même que la moindre sonnerie ou montre eût été une anomalie dans la cabane de la mère Maurice, de même aussi le village, n'ayant ni église ni maison commune, n'avait pas seulement un pauvre timbre pour jeter l'heure à ses habitants. Le dimanche on va à la messe à une lieue de là, et la semaine, ces bonnes gens, à l'organisation seulement instinctive, n'ont que le soleil et les cloches lointaines pour leur faire savoir les différentes phases de la journée.

Poussée par une vive impatience plutôt que par la crainte de manquer l'heure, Francine sauta de son lit à terre, et courut à la fenêtre. Pendant sa rêverie, elle avait laissé tomber de ses pieds sa lourde chaussure. Elle n'y fit pas attention et alla, marchant sur le froid carreau de sa chambre.

Aller à la fenêtre, pour Francine, c'était l'ouvrir. Aussi une légère secousse se fit entendre, et une seconde après, vous l'y eussiez vue, elle, attentive, se penchant et épiant l'air de l'oreille et la campagne du regard.

Il faisait clair à tout voir.

Le ciel avait tendu son écharpe la plus bleue. La lune était radieuse. Jamais les étoiles n'avaient eu des yeux plus vifs pour regarder la terre. Le froid avait séché les chemins... La belle nuit!

Ce doit être une chose bien gracieuse et pleine de poésie, n'est-ce pas, ô mon Pakimh, que le mur grisâtre de la maisonnette, éclairé en entier par cette lune brillante; que le vieux pied de vigne, sec encore, mais dont les mille branches couraient et serpentaient, les unes cachant, les autres faisant remarquer les fissures de cette grossière construction; que le toit irrégulier qui lui servait tant bien que mal de couverture; et, au milieu de tout cela, que cette petite fenêtre aux angles tors et brisés, et qui servait de cadre à la figure toujours plus attentive de la belle villageoise!

Tout à coup, un bruit argentin se répand dans l'air.

Elle écoute...

O bonheur! c'est la cloche de l'église voisine; le vent lui apporte l'heure! tout son visage sourit.

Elle joint les mains, lève sa jolie tête, et jette en haut les rayons de ses deux yeux, bleus comme le ciel.

Sa bouche s'entr'ouvre, et une légère aspiration attirant l'air sur ses lèvres, vient comme les préparer aux douces paroles qu'elles vont dire :

— *Bonjour, Mars,* s'exclame-t-elle alors tout bas, avec une expression d'angélique béatitude; *comment te portes-tu, Mars? Montre-moi dans mon dormant celui que j'aurai dans mon vivant.*

D'ordinaire, après cette supplique, les jeunes filles referment immédiatement leur fenêtre et se recouchent.

Francine ne fit pas ainsi.

Quand sa prière fut prononcée et que ses deux lèvres se furent rapprochées l'une de l'autre, une nouvelle rêverie s'empara d'elle : rêverie non plus semblable à celle où elle s'était plongée quelques moments auparavant, assise sur son lit; mais rêverie calme, limpide, et qui tenait de l'extase.

Son regard, descendu du ciel, parcourait lentement l'horizon. Bientôt il demeura fixe, ainsi que tous ses traits, et sans une certaine animation intérieure que l'on devinait à travers sa peau satinée, on eût pu douter si l'on voyait une belle statue ou une belle jeune fille. Mais un sentiment magique la dominait tellement, il y avait en elle tant de fascination et de prestige, que derrière cette peau satinée, on voyait passer, onduler un souffle, un fluide, quelque chose qui semblait indiquer

comme l'attente d'un charme et d'un indicible
bonheur.

Oh! qui me dira maintenant ce qu'elle vit, cette
vierge mystique et silencieuse? qui me dira ce
qu'elle sentit pendant cette heure d'ineffable ravissement? — Quelle délicieuse vision s'étendit devant sa vue? de quelles mélodies l'air s'emplit pour
ses oreilles? quels suaves parfums firent flotter
leur haleine autour d'elle? et, au milieu de ce mirage céleste, quel portrait vint se placer comme le
dieu de ce rêve? quelle image se fit voir, qu'elle
entoura de sa contemplative adoration? — Voilà,
voilà ce que je ne saurais dire... Qui me le dira?
quoi me le dira?

Est-ce toi qui vas me dire ce que vit Francine la
villageoise, lune, diamant au feu tranquille, à la
lumière vague et douce, et qui éclaires si amou-
reusement ce délicieux tableau; dis, belle lune,
est-ce toi?

Est-ce toi, rayon transparent qui trembles dans
l'espace, et qui, au bout de ta course, viens te poser, tout heureux, sur le visage de la belle Francine; dis, rayon de la lune, est-ce toi?

Est-ce toi, plaine aérienne, masse d'air illuminée
de scintillements, et où s'ébattent peut-être maintenant les ailes des anges invisibles; dis, air,
espace embaumé, est-ce toi?

Hélas! ni la lune, ni ses rayons, ni l'espace où ses rayons voyagent, ne me répondent!....

Rien!.... rien!!...

C'est donc toi, myosotis, qui étales modestement tes feuilles d'azur au pied de sa cabane, et qui frémis quelquefois sous ses doigts et son haleine; dis, bleu myosotis, c'est donc toi?

C'est donc toi, giroflée odorante, qu'un germe égaré fit pousser sur sa fenêtre?

C'est donc toi, mélancolique liseron, qui roules tes feuilles non loin de là?

Lézard peureux, que le bruit fait fuir, et qui ne sors que ta tête hors des fentes du mur, c'est donc toi?

C'est donc toi, ver luisant, qui jettes ton pâle éclat à l'ombre de cette pierre?

Dites, fleurs et insectes, c'est donc vous?...

Hélas! que vais-je demander?

La gelée vive a aiguisé l'air et durci le sol, et giroflée et myosotis ne viennent pas par la gelée! Le lézard ne court qu'au soleil; ce n'est pas le temps du convolvulus, et Février ne voit pas la luciole sur les haies....

Pauvre fou!....

Mais à qui le demanderai-je?...

7*

V

ENCORE PAKIMH. — IL CONTINUE LE RÉCIT

— Eh ! si je te le demande, à toi, Pakimh !

Et mon sylphe imprima un doux balancement aux deux fleurs qui lui servaient de siége, se dressa gracieusement sur elles, et, les ailes toujours fermées, se mit à me parler :

— Ta demande, me dit-il, s'adresse beaucoup mieux que tu ne penses. Les parfums de la Bourgogne ont imprégné ma robe; mes ailes de gaze se sont fermées sur les fleurs de ton pays.

Je le dévorais déjà des yeux :

— Pakimh ! nous sommes donc de vieilles connaissances ?

— Oui, maître.

— Oh ! parle-moi de ma famille, de mon village !...

— Il ne s'agit pas de cela maintenant ; un autre soir je pourrai te satisfaire. Aujourd'hui tu es conteur, tu as besoin d'une note.... je veux bien te la donner.

— Méchant !

— Chaque chose en son temps; si tu la veux, écoute ; sinon, je m'endors sur mon œillet.

Mon silence le laissa dire.

— Le soir même dont tu me parles, reprit-il, je n'étais pas loin de ta province. La fraîcheur de la Saône pouvait m'arriver; je voletais devant la fenêtre de Francine.

J'ai souri tout à l'heure quand tu as cru m'apprendre la coutume des jeunes filles de tes campagnes; je la savais, tu penses, aussi bien que toi; mais aussi bien que moi, tu ne peux savoir ce que vit ta belle villageoise. On donnerait de son sang et de ses années pour un rêve comme le sien !

Et, sans se faire trop attendre :

— Quand ses yeux, continua-t-il, eurent pris la douce fixité qui les immobilisa après son invocation à Mars, son regard se trouva dans la direction de la grand'route, arrêté à l'angle qu'elle forme avec le petit sentier aboutissant à la cabane de la mère Maurice. C'est par là qu'elle avait vu arriver Albert, les deux ou trois fois qu'il était venu la visiter chez sa grand'mère, ce qui explique parfaitement pourquoi elle regardait là plutôt que partout ailleurs.

Elle commença d'abord par songer d'Albert et le voir, mais dans sa ville, dans sa famille; sa pensée fit quatre lieues. C'était trop loin, même pour sa pensée.

La pensée peut posséder d'aussi près qu'elle le

veut, et petit à petit le désir de Francine donna
l'ordre à son imagination. Un point noir se mou-
vait déjà au loin sur la route; ce point noir, c'était
Albert.

L'image de celui qu'on désire, va toujours vite;
Albert approchait rapidement; ses traits se distin-
guent déjà. Le voilà vers le bouquet de peupliers,
il touche à l'angle du petit chemin, tourne la haie,
franchit le fossé!...

Francine, il est sous ta fenêtre. Il est là, encore
essoufflé, les yeux levés sur toi, la bouche entr'ouverte et prêt à te parler, et les mains jointes, te
priant du cœur, t'adorant comme une sainte, et
n'osant pas briser son charme, tant il se trouve
heureux, lui, d'être là, inondé de la bénédiction
de ton regard!

Oh! qu'il dure, belle enfant; qu'il dure longtemps, ton rêve!...

— Albert! s'écria alors la pensée de la jeune
fille.

— Francine! entendit-elle pour réponse.

Et quelque chose de suave passa en elle, comme
si une fleur s'y fût épanouie et l'eût pénétrée de
son parfum.

Pendant des siècles encore, le nom de deux êtres
qui s'aiment sera pour eux l'expression la plus
énergique et la plus complète de leur amour. Quel

mot est plus vaste et résume plus de choses que
le nom de l'objet aimé? Le nom, c'est tout ; c'est
la personne entière. Le prononcer, c'est la mettre
devant soi et la contempler avec les yeux de son
âme.

— Dieu est bon, Albert, de t'avoir amené aujourd'hui. Ta présence ici me fait espérer un long
bonheur.....

— Que je voudrais savoir éternel, mon bel ange.

— Mon amour le sera, Albert.

— Pourquoi pas le mien, Francine? Douterais-
tu? Oui, notre amour sera éternel.

— Et... notre bonheur... aussi?...

— Conçois-tu l'un sans l'autre?

— Mais... tes parents?...

— Ils m'aiment.

— Alors, nous nous... marierons?

— Bientôt.

— Quand le diras-tu à ma grand'mère?

— A ma première visite.

— Dieu est bon, Albert, de t'avoir amené aujourd'hui; notre bonheur sera éternel !

Et, dans la douce joie dont Francine était transportée, son amour sentit l'aiguillon d'un nouveau
désir. Elle trouvait maintenant plus grande la
distance de quelques pieds qui la séparaient d'Albert, que tout à l'heure celle de quatre lieues. La

naïve enfant, aussi candide qu'aimante, avait envie de l'embrasser,... et vite son imagination travaille.

Albert rassembla quelques pierres, s'en fit une espèce d'escalier, et, à l'aide des gerçures de la vieille muraille, il se trouva en un instant à la hauteur de Francine, à qui il tendit sa bouche comme pour un baiser.

Elle l'avait vu monter avec un contentement extrême. Elle pencha un peu sa taille, baissa sa jolie tête sur laquelle ondulaient des mèches de blondes, et, pour poser sur la bouche d'Albert ce sceau d'une union prochaine, ce baiser qui devait être un anneau nuptial pour leurs cœurs, elle tendit les lèvres...

Un bruit subit, parti du fond de sa chambre, l'arrêta. Ses mains s'appuyèrent sur la barre de la fenêtre, que dans sa frayeur elle serra convulsivement; il lui sembla que quelque chose tombait de devant ses yeux; elle y passa ses mains, appela Albert, puis jeta un cri en disant :

— J'ai rêvé !...

Le bruit recommença.

Elle y prêta toute son attention. C'était la porte de sa chambre qui s'ébranlait.

On la secouait du dehors sans pouvoir la faire céder :

— Francine! Francine! appelait une voix.

Et Francine accourut.

— Francine! répétait la voix impatientée.

Et la porte s'ouvrit... et Francine eut à soutenir sa vieille grand'mère ; car c'était elle, la mère
Maurice, qui, malgré le froid, l'obscurité et ses
jambes de soixante-dix-sept ans, s'était mise à
monter l'escalier en échelle pour arriver chez sa
petite-fille.

VI

PAKIMH LAISSE SON RÉCIT. — IL EN ÉCOUTE LA SUITE

Là, Pakimh, mon gracieux sylphe, se tut, se
laissa retomber mollement sur son siége de fleurs,
et me fit signe de continuer le récit. Il m'avait dit
tout ce qu'il savait, ou du moins tout ce qu'il lui
convenait de savoir.

— Après s'être couchée, repris-je alors, la
bonne femme ne s'était pas endormie. Le souci
qu'elle éprouvait pour Francine, l'avait tenue éveil-
lée, et, comme elle le lui avait dit le soir, elle
roulait entre ses doigts les grains de son chapelet.

A minuit, quand la légère secousse qui se produit
souvent alors, était venue lui apprendre que Fran-

cinc ouvrait sa fenêtre, la bonne mère avait res-
senti un coup au cœur :

— Méchante! s'était-elle écriée avec une douloureuse expression.

Et elle s'était appliquée à écouter, pour savoir
quand cette fenêtre se refermerait.

Mais n'ayant pas entendu le moindre bruit qui
pût le lui indiquer ni la rassurer à cet égard, son
anxiété l'avait chassée de son lit et fait gravir jusqu'au cabinet de sa désobéissante.

— Malheureuse enfant! lui dit-elle quand sa petite-fille l'eut aidé à s'asseoir sur la seule chaise qui
meublât sa chambre ; malheureuse enfant, tu me
feras mourir! voilà plus de trois quarts d'heure
que tu t'es mise au froid, et que j'attends dans des
transes mortelles que tu rentres te coucher. Un
moment j'ai cru me tromper. J'ai pensé que tout
était fini, et que tu redormais. Je cherchais à me
faire illusion; mais je n'avais pas entendu refer-
mer ta fenêtre, et je suis montée. Il fallait bien
cette crainte pour me faire mettre le pied sur ton
échelle, où il y a plus de trois ans que je n'ose me
hasarder. Mais j'espère que tu vas te mettre au
lit, et que tu n'en sortiras que bien avant dans la
matinée.

Là une toux, plus sifflante et plus prolongée
s'échappa en secousses aiguës de la poitrine de la

jeune fille qui, pour se soutenir pendant l'accès,
avait saisi d'une de ses mains le dos de la chaise,
et faisait ainsi sentir à sa grand'mère chacune de
ses convulsions.

— Tu vois, imprudente, comme tu as *arrangé*
ton rhume. Et cette fenêtre? elle est encore ouverte! Tu veux donc te tuer, maudite fille! Va,
va donc la fermer.

En ce moment un nuage passait devant la lune.
Il faisait obscur dans le petit cabinet, de sorte que
Francine était déjà près de la fenêtre, et que la
vieille, qui ne l'avait pas entendue aller, lui disait
encore :

— Va donc la fermer.

Et, cette seconde fois, le bruit de la fenêtre qui
se fermait vint couper sa parole en deux.

— Mais comment marches-tu donc aujour-
d'hui? demanda-t-elle, inquiète, et ne s'expliquant
pas ce changement de place fait avec tant de silence.

Et elle se leva elle-même pour se diriger du
côté de Francine, croyant par là se rendre mieux
compte de ce qu'elle ne comprenait pas.

Le premier pied qu'elle avança, se heurta à quelque chose.

— O mon Dieu ! s'écria-t-elle ; comment! tu es
nu-pieds?

C'étaient les sabots de Francine qui venaient de la faire trébucher.

— Oh ! malheureuse enfant ! répétait cette pauvre femme, tu as juré ma mort. Mais qui donc t'a fait quitter tes sabots pour rester une heure les pieds sur le carreau ? Ah ! je vois ce que c'est. Tu as eu peur que je *t'entende ;* et quand on veut désobéir, on s'expose à tout. On est méchante, Francine ; mais le bon Dieu te punira !

Et, suivant la logique ordinaire aux bonnes âmes qui maudissent, la vieille s'était baissée et ramassait à tâtons les sabots de Francine, qui pleurait et toussait à un coin de la fenêtre.

— Allons, mettez les pieds là-dedans, et allez vite vous coucher, mademoiselle. Et une autre fois tâchez de mieux faire ce qu'on vous dit.

Mais le ton grondeur de ces paroles dissimulait mal l'émotion aimante et chagrine dont la mère Maurice était remplie. Elle attira près de son lit Francine, que cette fois elle entendit marcher, lui serra les mains, la caressa, et appuyant sur son front ses lèvres qui tremblaient d'amitié et de crainte :

— Allons, ma fille, couche-toi, lui dit-elle tout simplement, mais avec cette expression qui fait voir que le cœur a tout dit.

Pendant toute cette scène, Francine n'avait pas

arlé. Ses accès de toux, devenus plus forts et plus
réquents, lui avaient laissé de rares intervalles de
epos, et les larmes les avaient remplis. La peine
qu'elle voyait à sa bonne grand'mère l'affligeait
d'une manière horrible ; et devant cette douleur
si vraie, causée par elle, et pas tout à fait involon-
airement, la pauvre petite fille n'avait su que
pleurer.

— Allons, couche-toi, dit donc la bonne mère.

Et Francine, redevenue obéissante, embrassa la
vieille, et se glissa dans ses draps de grosse toile
rousse, filés dans sa cabane et tissés non loin de
son village.

Mon sybarite de Pakimh s'agita négligemment
sur son lit d'œillet et de violette, comme pour me
faire remarquer le contraste ; mais il le fit sans
méchanceté et seulement par espiéglerie... je le lui
pardonnai.

La grand'mère rassembla tout ce qu'elle put
trouver de vêtements, de couvertures et de hardes,
et l'entassa, l'arrangea, le distribua sur sa pauvre
malade avec ce soin et cette attention délicate qui
devraient être un remède pour ceux qui en sont
l'objet. La lune, dégagée de nuages et dont le
rayon avait reparu, l'avait favorisée dans cette occupation toute maternelle.

— Maintenant, ma fille, dit la vieille mère en

embrassant Francine une dernière fois, dors bien, et bonne nuit!

Elle lui répétait les deux mêmes mots qu'elle lui avait dits dans la soirée. Quand l'attachement vrai a trouvé sa formule, — et ce n'est jamais long, — il s'inquiète peu s'il se répète ou non. Pour lui, la chose vaut mieux que le mot... Qui sait si la bonne femme n'allait pas se répéter encore d'une autre façon en recommençant à réciter les dizaines de son chapelet?

— Bonsoir, grand'mère! dit enfin la jeune fille.

Et après une dernière étreinte, les deux femmes se séparèrent.

Mère Maurice descendit l'échelle avec grands soins, et, quelques minutes plus tard, toutes deux reposaient chacune dans son lit.

Je dis reposer. Cela serait, si par là on entendait seulement être couché; mais, au contraire, leur nuit fut, à elles deux, bien cruellement agitée : l'inquiétude, avec tout son arsenal d'idées poignantes, empêcha la grand'mère de fermer l'œil; la fièvre et une toux continuelle firent de Francine une véritable martyre.

— Est-ce tout, fit Pakimh?

— Tu t'ennuies?

— Non.

Et il demeura sur sa fleur.

VII

CONCLUSION

Le matin de la journée suivante, mère Maurice répondait à une voisine qui lui demandait de ses nouvelles :

— Ah ! notre Francine est bien malade !

Quelques jours se passèrent, pendant lesquels tout ce que ces deux femmes avaient d'amis et de connaissances, c'est-à-dire à peu près tous les habitants de ce mince village, vinrent visiter Francine et lui apporter, les uns du bouillon, les autres de petites galettes, les autres des fruits cuits, de la farine de maïs, des confitures, enfin tout ce que, dans leur amitié, ils crurent susceptible de la soulager ou de lui faire plaisir.

Le quatrième jour, on alla chercher le médecin de la ville.

Le soir, mère Maurice était abattue, et disait à ceux qui l'interrogeaient :

— Notre pauvre Francine va plus mal !... j'ai bien peur !...

Et elle pleurait.

Le matin suivant, Albert arriva.

— Ah! monsieur Albert, lui dit la vieille femme d'un ton de reproche amical, mais triste, je ne vous en veux pas... ni elle non plus ;... mais vous lui avez fait bien du mal!

Puis elle lui raconta le fatal prestige de la nuit de Mars.

Albert passa une partie de la journée dans la cabane ; il eût voulu pouvoir y rester jusqu'à la guérison de sa souffrante amie, de sa chère Francine.

Quand il fut parti, la bonne vieille disait aux voisins toujours assemblés :

— Il l'aime bien! il lui a parlé longtemps. Je ne sais pas tout ce qu'il lui a dit, mais elle s'est trouvée plus forte. Elle lui a répondu longuement aussi. Elle parlait haut, vite, ses yeux brillaient, et elle a demandé à manger tout à l'heure... Oh !.. elle va mieux !

Pauvre femme ! elle appelait cela du mieux ; un médecin eût appelé cela du délire!

Le médecin revint le lendemain, mais sa visite fut inutile...

Le jour d'après, le curé du village voisin, suivi de ses deux enfants de chœur, entrait dans la cabane pour en sortir à la tête d'un enterrement... L'ange avait pris son vol.

— Ce n'était pourtant pas à elle de partir la

première! disait la bonne mère en sanglotant. Oh! décidément, l'amour fait bien du mal!

Et elle vivota quelque temps, soutenue par l'amitié et les soins de ses voisins, plutôt que par son désir de rester sur la terre. Puis, un beau jour, dans son lit, tenant son chapelet à la main, et finissant le chapitre de l'*Imitation* que sa petite-fille lui avait lu le soir de Mars, elle se sentit faible, eut un éblouissement, poussa un soupir, et son corps laissa partir son âme, qu'un ange, Franline, attendait sans doute pour l'accompagner jusqu'à Dieu.

Albert est maintenant à Paris. On croit qu'il étudie. Nul ne sait s'il songe encore à la jeune fille du petit village de la Bourgogne.

— Merci! me fit Pakimh, au dernier mot de mon récit.

— Crois-tu qu'on le lira?

— Je l'ai bien écouté.

— Il n'est pas trop long?

— Que ne l'as-tu fait en vers?

— Je te répète que je veux qu'on le lise. Je l'avais d'abord commencé ainsi; mais, voyant le direction du moment, j'ai chevauché à travers mes alexandrins. J'ai frappé d'estoc et de taille, tronquant des hémistiches, décapitant des rimes; et de et abattis, j'ai fait ce que tu vois.

— Faire de la prose avec des vers !... c'est peut-
être du progrès ! Bonsoir, à demain.

— Bonsoir, Pakimh, adieu !

Et une légère secousse imprimée à ses ailes fit
disparaître mon sylphe...

Il s'envola, je crois, par le tuyau de mon poêle.

— Tu m'as conté là une singulière histoire,
me dit encore de loin sa voix maligne.

Je souris sans lui répondre...

. . . .

Mon œillet et ma violette me semblèrent plus
frais qu'auparavant.

IV

LA PIPE DE JEAN ROUSSOT

LE FEU

AUX INCENDIÉS DE LA BOURGOGNE

Désormais sous vos toits vous ferez sentinelle :
Plus de sommeil tranquille, et plus de doux repos!
Un monstre à l'œil ardent vient d'étendre son aile :
Le terrible incendie allume ses drapeaux!

Fuyez, tendres enfants, la maison paternelle;
Jeunes mères, sauvez vos innocents dépôts;
Le tocsin jette au loin sa terreur solennelle...
Pour porter les vieillards, jeunes, soyez dispos!

Le démon embrasé s'abat sur le village.
Héraut dévastateur, l'étincelle voyage;
La flamme luit et court, et monte, et rougit l'air...

Hélas! ce sont vos biens que ce foyer dévore,
Pauvres gens! votre pain, vos lits!... — Et dire encore
Qu'en ce brûlant orage un crime a fait l'éclair!!...

F. F.

LA PIPE DE JEAN ROUSSOT

I

L'AMADOU QUI NE VEUT PAS PRENDRE

— Allons! c'est décidé! tu ne t'allumeras pas!
on dirait que le diable s'en mêle!... C'est-à-dire que
s'il s'en mêlait, ça s'allumerait tout de suite; car il
doit récompenser ceux qui le servent... et plus
d'une fois je lui ai rendu service : c'est le bon
Dieu qui est cause de ça;... je ne suis guère des
siens, et nous ne devons pas être camarades ensemble... Gredin de sort! dire que je ne pourrai
pas seulement allumer ma pipe!... oh! je te!...
oh! oh! oh!!...

Et l'homme qui prononçait ces paroles, jeta de
rage contre la pierre sur laquelle il était assis un
méchant couteau *de six liards,* qui, fermé, lui tenait lieu de briquet.

Depuis un certain nombre de minutes, il le frappait en vain au coupant d'un fragment de silex,
moitié de pierre à fusil ramassée par lui sur la

route. Surmontée d'un morceau d'amadou, elle lui servait ordinairement pour allumer sa pipe, *culottée* avec un grand soin et, malgré cela, tout au plus aussi noire que l'étaient ses mains et sa figure.

— Puisque tu n'es bon à rien, va-t-en au diable ! lui crie-t-il en le jetant...

Mais tout à coup il se reprend dans son dire :

— Oh ! ça devait être ! murmure-t-il d'une voix âpre et déjà ironique ;... le voilà qui fait feu, maintenant !

En effet, la force avec laquelle il l'avait lancé sur le caillou, avait suffi pour faire jaillir de ce dernier plusieurs étincelles.

— Voyons s'il va continuer de bien faire, dit-il en se baissant.

Et il ramasse le malencontreux couteau, qui s'était ouvert, qu'il referme, et qu'il frappe de nouveau contre l'arête ébréchée de sa pierre à fusil.

Mais nous finirons par croire que ce qu'il a dit tout à l'heure est vrai : le diable s'en mêle, ou, pour mieux dire, sa maladresse à lui, Jean, sa mauvaise humeur, et, disons tout, le trop de vin qu'il a bu.

Car il lui arrive souvent de boire trop, à cet être méchant et colère. Voyez-le donc, assis sur sa pierre, comme un boudeur sauvage, l'œil animé, le sourcil froncé, les muscles du visage contractés, serrant les dents et les lèvres, qui ne s'ouvrent que pour laisser échapper d'énormes et cyniques jurons. Un chapeau, dont les larges bords sont échancrés de vétusté, le garantit à peine du soleil ; sa blouse et son pantalon tombant en loques ne suffisent plus à le couvrir, et ses pieds nus se perdent dans d'énormes sabots fendus et rejoints avec des brides de fil d'archal. Pour dernier coup de crayon, ses cheveux sont roux ; il s'appelle Jean... et on l'a surnommé Jean Roussot.

— Allons, voyons ! prendras-tu, cette fois ; dit-il en recommençant à battre sa pierre avec le dos de la lame de son couteau.

·Mais, cette fois comme l'autre, le diable s'en mêlait encore ; Jean avait beau frapper à s'écorcher les doigts, l'étincelle ne voulait point voler sur l'amadou...

— Eh ben ! tiens !! reprend-il alors avec un nouvel accès de rage plus violent que le premier ; tiens !!...

Et du même coup il lance de toutes ses forces, au revers de la vallée, couteau, pierre à feu et amadou.

Il les regarda rouler pendant quelque temps, puis il se rassied en rugissant comme un tigre las

8*

de tourner dans sa cage... Il jurait à fendre le roc contre lequel il s'appuyait.

Il avait gardé à la bouche son *brûle-gueule* noirci; il le roulait avec fureur, il en mordait le court tuyau qui restait;.., pour peu qu'on y eût mis de la bonne volonté, je crois qu'on aurait vu de l'écume blanchir ses dents.

Il était dans cet état de hideuse excitation lorsqu'une petite fille d'une douzaine d'années vint à passer par là.

Vive et gracieuse, elle marchait presque coquettement sous son jupon d'indienne, modeste, mais bien ajusté; elle avait la tête nue, ne pouvant lui trouver de plus bel ornement que sa riche chevelure noire, et ses pieds étaient pris dans des souliers découverts et assez mignons. Ces diverses choses dénotaient infailliblement une certaine aisance, et, à l'air de santé qui s'épanouissait sur sa fraîche figure, on se confirmait complétement dans cette idée.

Elle portait, passé à son bras nu, un petit panier contenant plusieurs menues provisions qu'elle venait de chercher pour sa mère.

Ces provisions étaient la plupart visibles, le petit panier n'étant pas pourvu de couvercle; et, entre toutes, celle qui sautait le plus à l'œil était, par un singulier hasard dans la circonstance présente,

un paquet qui devait exciter à un bien haut degré
la convoitise de Jean Roussot...

Un paquet d'allumettes chimiques !

Avec le regard ardent que lui donnait son désir
inassouvi, le furibond arrêta ses yeux sur cette
trouvaille. Son premier mouvement fut de tendre
la main, non pas comme pour demander, mais
comme pour prendre.,. Cependant, par je ne sais
quel sentiment ou quelle réflexion, il ne prit pas,

Roussot n'était pas précisément voleur ; on le connaissait plutôt comme un être haineux et vindicatif,

Paresseux, il vivait en vrai lazarone ; et, la vie paresseuse ne fournissant pas amplement aux besoins
de tous les jours, il se trouvait souvent au dépourvu,
Ce n'était, il faut lui rendre cette justice, que dans
ces moments d'impérieuse nécessité que l'irascible
Jean se laissait aller à prendre;... il aurait pris
un pain pour ne pas mourir de faim, jamais il
n'aurait pris un sou pour thésauriser. Remarquons
bien que cette distinction n'est pas le moins du
monde faite pour l'excuser ni le justifier; Jean
Roussot n'en valait certes pas mieux pour cela.

L'enfant vit le mouvement du vagabond, qu'elle
connaissait de vue.

Effrayée, sans trop savoir pourquoi, elle avait
déjà tâché de l'éviter ; mais, là, le sentier trop étroit
l'avait forcément rapprochée de lui.

Aussitôt qu'elle vit se tendre la main de cet homme, elle se retira; son cœur battit, le rouge lui monta à la figure, et elle voulut courir...

— Ne va pas si vite, la petite; on ne veut pas te manger, lui crie Roussot d'une voix rauque, mais qui ne manquait pas d'une certaine fascination. Je te reconnais ben; t'es la petite Louisette. Ton père demeure là-bas dans cette grosse ferme qui tient au village.

La petite fille s'était arrêtée; ses pieds semblaient collés au sol par la peur. Elle regardait Roussot fixément; elle ouvrait la bouche sans rien dire; elle tremblait presque de tous ses membres.

Sans doute que Roussot, voyant la faiblesse de la pauvre enfant, se piqua d'honneur et ne voulut rien obtenir de force; mais, comme il était d'une grande tenacité dans ses idées, et qu'il avait, du reste, envie de la chose, il voulut voir s'il l'obtiendrait par un moyen plus doux.

— Tu ne veux pas m'en donner une! lui demande-t-il sans le moindre préambule diplomatique.

L'épouvante, à ces mots, gagne Louisette.

— Non! répond-elle tout court, d'un ton sec, et en se détournant...

Elle n'en put dire davantage.

Quelque chose la faisait souffrir dans la vue de

cet homme. Qu'y découvrait-elle donc? Un peu de ce que nous y avons vu, probablement. Il est de ces physionomies que l'instinct seul suffit pour deviner.

— Tu ne veux pas? répète-t-il aussitôt avec un assez vif accent; tu ne veux pas?

A cette seconde attaque, la frayeur de Louisette lui rend tellement l'usage de ses jambes, qu'après avoir jeté un cri, elle se prend, la pauvre petite, à s'enfuir aussi vite qu'elle a de forces.

Roussot paraît étonné de ce refus d'une chose de si faible importance. Un moment ébahi, il regarde l'enfant prendre sa course en s'éloignant de lui....

— Ah! tu ne veux pas m'en donner! lui crie-t-il tout à coup en se remettant et en éclatant de rage; tu ne veux pas m'en donner... eh ben! tu verras!

En disant cela, il s'était levé, et sa dernière parole était accompagnée d'un geste significatif;... il tendait le bras et menaçait du poing le côté par où demeurait le père de Louisette.

— Ah! tu ne veux pas! continue-t-il; ça ne m'étonne pas, du reste... je sais d'où ça peut venir : une fois ton père m'a déjà refusé une ficelle pour attacher l'aile de mon chapeau... je ne lui avais pourtant rien fait, à ton père ;... mais il ne dira pas toujours ça,... je te le jure.

A ce mot, il fit un si brusque mouvement que son reste de pipe en tomba de sa bouche à terre et se brisa...

Je ferais sans doute se fendre sous vos doigts les feuillets de ce livre, si je vous transcrivais les horribles jurements que Roussot vomit dans sa fureur. Il ne se possédait plus ; il frappait du poing sur le roc ; il écumait tout de bon ; il était au paroxysme de la colère.

Tout à coup son regard, en se baissant, s'arrête sur les fragments de sa pipe :

— Ah ! brigand, s'écrie-t-il toujours hors de lui ; non-seulement tu n'as pas voulu me l'allumer, mais encore il a fallu que tu me la *casses !*...

Et, après s'être baissé pour en ramasser les morceaux :

— Tiens ! se met-il à hurler en les lançant devant lui, tiens ! en voilà les *briques !*... Mais, continue-t-il en donnant une intonation plus sourde et plus menaçante à sa voix, je te réponds que, si tu ne m'as pas prêté du feu pour celle-là, tu m'en allumeras une autre !...

Puis, son geste fini, il ressaisit le bâton sur lequel il s'appuyait toujours dans sa marche, et tourna le coude de la route d'un pas précipité.

Il avait vite, dans son esprit, remonté de l'effet
à la cause.

— Le refus de la fille vient du refus du père,
murmurait-il entre ses dents;... mais je ferai ce
que je viens de dire, quand je devrais y rester!...
Ah! le Roussot ne vaut pas seulement une pipe
de tabac!... Eh ben! tu verras un jour ce que vaut
ta ferme!...

Puis, tout en faisant sonner ses sabots et son
bâton sur la terre sèche et les cailloux de la route,
le vagabond disparut bientôt derrière une touffe
de bois, près de laquelle il avait à passer pour re-
gagner son gîte.

Laissons l'ours rentrer dans sa tanière, et ren-
dons-nous, à cette heure, au lieu où la suite de
l'épisode nous appelle.

II

L'AMADOU QUI PREND TROP BIEN

Le village qu'habitait le père de la Louisette se
trouve tout proche d'une des villes les plus vivan-
tes de la Bourgogne.

La jeunesse de cette ville est joyeuse et aime
assez le plaisir, et, comme la danse est pour beau-

coup dans les plaisirs de la jeunesse, la ville de C***
renferme plusieurs salles de danse qui ne man-
quent ni de goût ni de fraîcheur, ni de coquetterie
ni de confortable.

C'était par une belle soirée de la fin de sep-
tembre.

En Bourgogne, de même que dans les autres
provinces, chaque village a sa fête ; et c'était précisément, ce soir-là, la fête du village de S.-C***
dont faisait partie la ferme du père de notre petite
fille.

Les villages n'étant pas montés sur le même
pied que les villes, les salles de danse ne s'y ren-
contrent guère qu'à l'état un peu primitif de granges, et, dans certains cas, leur décoration par trop
simple ne peut suffire à l'exigence des danseurs.
Que fait le village alors ? Il s'en va trouver la ville
sa voisine, et, moyennant un accommodement, la
prie de lui prêter pour une nuit un de ses splendi-
des salons. Le marché accepté, le village, — danseurs, danseuses, familles et parents, — se trans-
.porte dans le local obtenu, qui souvent n'est pas
déparé par les jolis petits minois campagnards
qui lui arrivent.

Le village de S.-C*** avait donc fait comme tous
les autres, et, à l'heure où nous reprenons ce récit, il avait déjà fourni à l'une des salles de la ville

de C*** son contingent de jeunesse alerte et jo-
viale.

Le bal villageois allait son train dans le salon
citadin. Les quadrilles y étaient déjà animés ; les
valses y succédaient alternativement aux quadrilles
et n'y fatiguaient pas les valseurs, attendu que les
jeunes filles les exécutent comme en Allemagne ;
et entre chaque valse et chaque contre-danse les
conversations, les causeries, les petits mots échan-
gés faisaient leur jeu avec la rondeur, la franchise
et quelquefois, il faut le dire, avec le sans-gêne
qui caractérise les bruyants habitants de S.-C***
aussi bien que ceux des autres communes.

N'oublions pas de mentionner que, parmi les
plus jeunes des danseuses, on distinguait notre
enfant de tout à l'heure, la gentille petite Louisette.
heureuse de se croire déjà grande fille parce qu'elle
se voyait au bal, et qui riait et folâtrait avec tout
l'abandon et toute la légèreté de son âge.

Malgré le peu de sympathie qui règne souvent entre les jeunes gens des villes et ceux des
villages, les habitants de S.-C*** avaient laissé pénétrer parmi eux quelques braves garçons de C***
avec lesquels ils étaient liés. Du reste, ces derniers
n'avaient point usé de la permission d'une manière indiscrète. Ils étaient allés, avaient dansé
une heure ou deux, et, n'ayant pas le désir d'y

passer la nuit, s'étaient retirés à peu près vers les onze heures.

Avant de se quitter et de rentrer chez eux, ils avaient, suivant l'habitude bien consacrée dans la ville, pris refuge dans un café, où ils causaient gaiement autour d'un bol de punch, qui devait clôturer pour eux la soirée commencée par la danse.

L'esprit ne manque pas à ces réunions cordiales, et il en pétillait assez à côté de la flamme bleue et rouge de la provoquante liqueur. A défaut d'esprit, la sympathie et la bonne entente des causeurs aurait déjà rendu leur groupe agréable; la réunion des deux choses en faisait vraiment une société des plus gaies et des plus attrayantes.

L'un des plus rieurs portait un verre de punch à ses lèvres, lorsqu'il s'arrête tout à coup, laissant son bras suspendu et immobile :

— Dis donc, Jules, dit-il sérieusement et en prêtant l'oreille, n'entends-tu rien ?

— Non, pas encore...

— Ecoute.

Chacun se met à écouter.

— C'est vrai ! l'on dirait...

— Où sonne-t-on comme cela ?

— Mais c'est le tocsin ? s'écrie le premier.

En effet, une cloche jetait, dans le calme et la

sonorité de la nuit, son tintement d'alarme, lugubre et précipité.

— Le bruit redouble, reprennent-ils tous...

— Le feu est quelque part...

— Voyons, mes amis, courons!

Et les braves jeunes gens se lèvent, quittent rapidement leurs verres et leurs places, et cherchent à s'orienter.

— Où cela peut-il être?

— De quel côté aller?...

— Attendez, dit l'un; moi, je connais le son des cloches.

Et il écoute en retenant jusqu'à son haleine.

— Eh bien? demandent toutes les voix.

— C'est à S.-C***, répond-il nettement après une seconde d'attention.

— Oui, oui, c'est bien cela, dit un autre; je reconnais le son, maintenant.

— Courons, alors; courons! crient-ils tous ensemble.

En même temps les voilà qui laissent tout, qui ne pensent plus qu'au danger, et qui courent comme ils viennent de le dire, avec un élan, une impétuosité et un entrain sans pareils.

Arrivés au commencement de la *levée* qui sépare le village de la ville, ils ont sur le champ les yeux frappés d'une immense lueur rouge, qui s'étend comme un éclatant bandeau sur l'horizon...

— Quel incendie! Oh! mes amis, quel malheur! s'écrient plusieurs d'entre eux en frissonnant;... la moitié du village est en flammes!...

— Du cœur, amis! reprennent-ils; aidons!...

— Voilà la chaîne!...

— Bon! en place!...

— Vite, des seaux! organisons-nous!...

Et en quelques minutes, avec l'intelligent dévouement et l'activité extrême de ces braves jeunes gens, les seaux arrivent, et la chaîne longue et serrée s'organise, puisant d'un bout à l'eau abondante du canal qui passe au bas même de la levée, et de l'autre bout jetant des torrents sur les murs et les toits de chaumes enflammés et craquant de toutes parts sous les pieds de ceux qui aident.

Avant que ce service parfait fut organisé comme il l'était à ce dernier moment, on avait d'abord voulu demander de l'aide aux habitants de S.-C.*** eux-mêmes; mais on n'avait trouvé que quelques vieillards et quelques enfants... La plus grande partie du village, — le cœur ne se fend-il pas à ce contraste? — la plus grande partie du village était à C***, et dansait joyeusement pendant que l'incendie dévorait leurs toits, leurs meubles et leurs lits...

Vite un exprès était parti, pour annoncer aux villageois dansant la terrible nouvelle...

Quelle physionomie indéfinissable dût prendre cette assemblée, lorsqu'au milieu des évolutions d'un quadrille une voix saccadée et moribonde, se faisant jour dans les bruits de la salle, lui jeta cette foudroyante parole :

— Courez!... vos maisons brûlent ! !...

Je renonce à m'en faire et à vous en donner une idée... Ma plume s'arrête comme leur danse et leurs rires durent s'arrêter.

Ceux qui s'occupaient à la chaîne, les jeunes gens de C*** surtout, en devinèrent bien quelque chose.

Ils bordaient de chaque côté la chaussée dans toute sa longueur ; pour aller et venir, il fallait donc passer au milieu de ces deux rangées de travailleurs officieux et ardents ; et, une demi-heure après le départ de l'envoyé, les plus hâtifs des danseurs désolés longeaient, dans leurs habits et leurs chaussures de fête, cette levée qui ruisselait d'eau, qu'illuminait l'incendie, et qui retentissait déjà de sanglots et de cris lamentables.

Oh ! quelle plume assez puissante pourrait jamais peindre ce qui se vit alors!... des hommes, l'œil convulsif et hagard, obligés de soutenir leurs pauvres femmes, les unes en larmes, les autres sans connaissance ; de jeunes garçons portant presque de jeunes filles défaillantes ; des frères pleu-

rant avec des sœurs, des filles avec des mères ;...
et tous avançant vers le fléau lentement, tristement, machinalement, comme des gens brusquement surpris dans leur joie et frappés d'un inexo-
rable vertige.

Pour ma part, je n'oublierai jamais, — car enfin
je puis vous le dire, puisque le mot m'échappe : je
faisais partie des jeunes gens qui quittèrent si
promptement la ville de C***, — je n'oublierai
jamais l'épisode dont j'ai, là, été le témoin et auquel je me suis le plus attaché.

Nous faisions la chaîne depuis plus d'une heure.

Parmi les personnes désolées venant du bal
pour assister au spectacle de leur ruine, je distin-
guai une jeune fille de douze à treize ans, marchant seule par derrière sa mère.

Elle pleurait aussi, mais semblait, sans doute à
cause de son jeune âge, moins abattue que les autres villageois à la vue des tourbillons de flammes
s'élançant dans l'air.

A voir l'état de ses habits de fête, on jugeait du
désordre au milieu duquel tout le monde avait dû
quitter la salle de danse ; et, par je ne sais quelle
précaution à travers ce désastre, elle tenait à la
main, avec un bouquet qu'elle avait détaché de devant elle, sa légère et délicate chaussure de bal...

Pauvre enfant ! qui songeait à se conserver deux

souliers de satin, en présence d'un enfer dévorant
qui la laissait peut-être sans asile et sans vêtements!...

Cette naïveté m'émut et me fit peine. Je voulus
voir de plus près cette nature candide qui ne soup-
çonnait qu'à moitié son malheur ; et comme la
chaîne commençait à avoir rempli sa mission, je
me mis à suivre cette chère petite.

Je ne m'étais pas encore autant approché d'un
incendie. C'est désolant à dire ; mais, au premier
moment et seulement pour une ou deux secondes,
cet embrasement me parut admirable.

Je m'en voulus aussitôt de cette impression in-
séparable de tout grand et imposant spectacle ; et
en songeant aux malheureux qui m'avaient précédé, m'accompagnaient et me suivaient, mon
cœur se brisa ; un frisson de douleur me parcourut
des pieds à la tête, et mes yeux se mouillèrent.

Si la chaîne n'avait plus besoin de fonctionner
aussi activement, c'est que des mesures habiles
avaient fait la part nécessaire du feu ; mais le foyer
était encore dans toute sa puissance.

Les courants d'air, qui s'animaient à chaque
instant par la chute des murs et l'éboulement des
toits, faisaient voler avec une force inouïe d'énormes langues enflammées au-dessus des maisons.
C'était un véritable volcan vomissant dans l'air

des trombes de feu et de fumée, remplies de débris lancés au loin comme des projectiles. La nuit, noire partout ailleurs, était là éclairée d'un épouvantable éclat, d'une navrante splendeur. A un certain moment surtout, le vent se mettant de la partie, comme s'il n'eût pas trouvé le mal assez grand, s'engouffra brusquement sous les décombres en combustion; il en souleva un nuage d'étincelles rougeâtres qui monta, monta et fut porté, répandant autour de lui sa clarté terrible, jusques au-dessus du toit de l'église. Par bonheur que ce toit, le seul ainsi fait du village, est en tuiles; s'il eût été de chaume ainsi que tous les autres, l'église même eût été consumée. Quand cette nuée pétillante eut été transportée jusque-là, le vent cessa; alors des millions d'étincelles descendirent comme une pluie sur le simple monument, qui malgré tout et par bonheur fut préservé et ne s'enflamma pas.

Heureusement aussi cette bourrasque violente fut la dernière grande secousse du fléau. Les aliments venant à lui manquer, sa voracité s'apaisa, et la sinistre lueur diminua.

Oh! quelles plaintes et quels gémissements on entendit alors en reportant son attention autour de soi!...

De pauvres gens qui cherchaient le seuil de leur

porte, et qui ne retrouvaient plus même la place de leur demeure! D'autres qui voyaient fumer les restes de leur maison! D'autres dont les meubles avaient été jetés par les fenêtres, et qui, pour se voir au milieu de ces objets mutilés ou détruits, n'avaient pas plus d'abri que les premiers!... Tout, tout brulé!... tout consumé! cendres et tisons partout!... Où coucheront-ils? où mangeront-ils? De quoi se vêtiront-ils?...

Oh! quelle pitié, mon Dieu!!...

Et la candide enfant que j'avais suivie?... Qu'é-tait-elle devenue?...

Elle était toujours là, sous mes regards, tenant d'une main ses souliers, de l'autre la robe de sa mère, et suivant son père, qui, morne, abattu, venait de se reconnaître pour une des victimes les plus vivement frappées dans ce terrible malheur...

Les yeux de cet homme étaient secs, mais ses narines tremblaient, et l'amertume de sa position débordait dans son cœur.

Tout à coup il se retourne. Il serre en silence la main de sa femme; et, se baissant pour embrasser sa petite fille, il se précipite à son cou.

— Louisette, lui dit-il avec un sanglot, mon en-fant,... tu n'as plus de lit pour te coucher!!...

De la ferme, où ils devaient tous les trois ren-trer au sortir du bal, il restait seulement des pou-

9*

tres fumantes, un pan de mur et des pierres calci-
nées!... Désolant monceau de décombres! ruines
que toutes les larmes du monde n'auraient pu
éteindre, et que, éteintes, toutes les larmes du
monde n'auraient pu, hélas! réédifier!

Le père de Louisette avait à peine terminé sa
poignante parole, qu'une ombre se dessine et se
lève de derrière le reste de muraille...

C'était un homme à la face avinée et féroce. Il
avait le corps couvert de haillons, un large chapeau sur la tête, des sabots aux pieds, un bâton à
la main ....

— Eh ben! rugit-il en s'avançant tout près de
la jeune fille et de son père, et en faisant éclater
un horrible ricanement ; eh ben ! t'avais-je pas dit
qu'un jour tu m'en allumerais une autre?... ça y
est aujourd'hui !...

Et, saisissant un morceau de poutre enflammée,
il le porte avec célérité à sa bouche, et en allume
en effet l'amadou d'une pipe qu'il serrait convulsivement entre ses dents.

Il rejette aussitôt le tison loin de lui, et s'enfuit
avant qu'on ait eu le temps de le reconnaître et de
l'arrêter... (Il le fut cependant plus tard.)

Vous l'avez tous reconnu :...

C'était Jean Roussot, le vagabond.

Quant à la petite fille, son père vous l'a également fait reconnaître ;... il vous l'a nommée tout à l'heure : c'était bien notre petite Louisette !...

Le tumulte diminuait.

L'incendie, maîtrisé de toutes parts, commençait à assouvir sa terrible faim ; il était dompté, réduit, et dévorait le reste des aliments qu'on avait jugé indispensable de lui abandonner.

L'heure était avancée dans la nuit, et, comme les soins de chacun ne pouvaient plus avoir grande utilité, on songea à se retirer.

Les habitants de C***, qui s'étaient successivement accrus et retrouvés au moment du danger, revinrent et rentrèrent par bande dans leur ville.

Les jeunes gens de tout à l'heure marchaient encore ensemble, se félicitant d'avoir été des premiers à découvrir le mal et à lui porter remède.

Leur groupe du départ s'était augmenté, au retour, de quelques autres jeunes gens.

Il me reste en mémoire que l'un de ces derniers se plaignait, le long de la route, d'avoir mouillé, sali, déchiré ses vêtements à faire la chaîne...

— C'est vrai ! lui répondit-on durement ; certains habitants de S.-C*** ne l'ont pas faite... C'est dommage que ta maison n'ait pas brûlé comme la leur, afin de t'éviter cette peine... et de sauver ta culotte !...

Il fut immédiatement délaissé par tous les autres, qui ne voulurent plus, dans la suite, aller avec lui.

A C***, si les jeunes gens savent peut-être un peu trop s'amuser, ils ont en revanche du dévouement et du cœur.

Les maisons épargnées du village s'ouvrirent et donnèrent asile aux malheureux habitants ruinés par le feu.

Ce ne fut qu'après un assez long temps que les chaumines, fermes, granges, etc., purent être réédifiées... Quinze jours s'étaient passés depuis la nuit fatale, que les villes et les communes voisines allaient encore, poussées par une triste curiosité, voir à S.-C*** les cendres toujours chaudes et les débris toujours fumants...

Pauvre village! je me souviendrai de ta triste fête!...

Le père de Louisette mourut des suites de la commotion; elle et sa mère furent reçues provisoirement chez une bonne vieille tante qu'elle avait à l'autre extrémité du village.

Jean Roussot, je vous l'ai fait entrevoir, fut plus tard arrêté, jugé et puni comme devait l'être un criminel de sa sorte... car ce désastre épouvantable n'était pas son coup d'essai.

Hélas! où peuvent conduire la paresse et la perversité!... que peut amener surtout une soif d'aussi stupide, d'aussi sauvage et d'aussi atroce vengeance!...

V

J'IRAI BIENTOT LES VOIR

Le sacrifice! Elan suprême, élan divin! A qui l'a donné, celui qui l'a reçu vient le rendre. Le cœur est solidaire du cœur... — L'humanité vit de cet échange, et n'a pas de plus beau spectacle.

(...)

J'IRAI BIENTOT LES VOIR

I

LA RENCONTRE

— Où est-il?... Fidèle! Fidèle !...

Et Fidèle, qui s'était éloigné de son maître, reprit sa course à cet appel, et fut, en quelques bonds, de retour auprès de lui.

Le maître de Fidèle était un jeune militaire, dont la tournure distinguée se trahissait sous son modeste uniforme, et dont les épaulettes de laine semblaient infailliblement en appeler pour bientôt de plus brillantes.

Il se promenait, par un bel après-midi, dans une petite gorge sillonnant les montagnes voisines de Bagnères-de-Bigorre, où une chute assez grave l'avait forcé d'aller prendre les eaux, dès le début de sa carrière.

Il aurait bien pu, près du village, trouver d'autres promenades plus fréquentées ; mais ces lieux, un peu détournés, plaisaient à notre jeune soldat

par leur solitude et surtout par leur pittoresque,
autrement grandiose que celui de simples allées
d'arbres. Comme sa guérison, d'ailleurs, était prochaine, il s'exerçait déjà à la marche pour l'époque
de sa rentrée au régiment; et puis, enfant des
montagnes d'un département voisin, il se sentait
là le cœur plus à l'aise qu'au milieu du va-et-vient
fiévreux et inoccupé des baigneurs.

Il était brave; mais il savait que ces endroits,
propres à la rêverie, n'étaient pas toujours sans
danger, et, à l'audition d'un bruit assez distinct, il
venait de siffler et d'appeler Fidèle.

Fidèle agitait déjà sa queue en sautant après
son maître, lorsque, derrière un rocher qui se
trouvait en face de lui, notre militaire convales-
cent distingue parfaitement le trot régulier de
deux chevaux.

Au détour du roc, ils paraissent...

Un vieux prêtre et un jeune homme les mon-
taient et cheminaient paisiblement côte à côte.

Le promeneur, dont l'inquiétude était déjà dis-
parue, s'approche; il regarde. Au premier coup
d'œil, il porte vivement la main à son képi...

— Tiens! c'est toi, Valentin! lui dit le prêtre
étonné, qui le regarde à son tour.

— Eh! oui, mon cher maître! oui, mon bon
monsieur Jacob! oui, c'est moi!... répond aussitôt

Valentin, reconnaissant avec joie, dans son interlocuteur, le vénérable ecclésiastique qui a fait son
éducation, et qui est encore curé de son village.

Le bon curé serrait, tout ému, la main de son
ancien élève.

— Comment, reprend celui-ci avec une surprise
presque inquiète, comment voyagez-vous dans ces
montagnes?

— Un de mes plus chers amis, qui se meurt,
m'a demandé ce voyage; il veut recevoir de moi
ses consolations dernières. Son neveu, que voici,
me conduit auprès de lui... Et toi, Valentin, que
fais-tu également par ici?

— Moi, monsieur le curé, je viens d'être malade, et je finis de me guérir à Bagnères... Mais,
mon bon monsieur Jacob, vous n'en direz rien à
ma mère, quand vous la reverrez... ni à ma pauvre sœur... ça les ferait pleurer, voyez-vous, de
savoir que j'ai souffert; et comme j'espère...

— Quoi, mon ami?

— Aller bientôt faire un tour au village.

— Comment cela?

— On prépare une expédition contre des bandes de *gitanos*. Je rentre sous deux ou trois jours
pour en faire partie; et, après le coup de main, on
permettra aux soldats dont les familles sont pro-
ches d'aller y passer quelques semaines.

— Ainsi, mon bon Valentin, je pourrai, en rentrant à ma cure, annoncer cette bonne nouvelle à ta mère? Ah! si elle avait pu prévoir que je dusse te rencontrer!... pauvre femme! comme elle m'aurait dit de t'embrasser!...

Valentin sauta au cou du bon curé, qui se penchait sur sa monture :

— Embrassez-moi pour elle, monsieur Jacob, et, à votre retour, embrassez-la pour moi!...

Après ce moment de douce effusion, chacun dut songer à reprendre sa route.

— Dieu vous garde, cher maître, dit affectueusement Valentin.

— Ainsi donc, mon ami, répète avec bonheur le curé, je pourrai dire à la vieille Marthe et à la gentille Catherine?...

— Que j'irai bientôt les voir, interrompit vivement le jeune soldat en appuyant sur ses paroles.

Et les deux voyageurs tournèrent le sentier et disparurent derrière les roches voisines.

Ils n'avaient pas fait vingt pas, qu'un cri d'effroi se fait entendre.

Valentin se retourne, court à toutes jambes.

Un coup de feu part, se répercutant sèchement dans les échos des rocs.

.   .   .   .

Quelques minutes après, l'œil n'aurait pas deviné sur la route la moindre trace de lutte ou de combat.

II

L'INQUIÉTUDE

Quinze jours s'étaient écoulés depuis la scène que nous venons de voir se terminer si brusquement, et une habitation modeste d'un petit village du Béarn se trouvait envahie par l'anxiété la plus vive : une bonne mère et sa fille y attendaient tous les jours l'arrivée d'une personne aimée... et la personne aimée n'arrivait pas !

Une lettre du bon curé Jacob, qui était, lui, resté forcément chez son ami, avait annoncé que le fils et le frère chéri de ces deux femmes ne devait pas tarder de paraître au village :

« J'ai rencontré Valentin, disait cette lettre à la
« vieille Marthe, et il doit aller vous voir aussitôt
« qu'il sera rentré d'une courte expédition contre
« les *gitanos*... Je quitterai bientôt moi-même mon
« ami, qui se porte mieux que moi, pour rejoindre
« votre fils dans notre cher village... »

Le matin, le tantôt et le soir, Marthe et Catherine relisaient la missive du bon curé. A chaque

minute, elles s'attendaient à voir entrer Valentin ;
et, à chaque minute nouvelle, déçues dans leur espérance, elles tournaient leurs yeux et leur cœur
vers le ciel, invoquant son intercession pour le
retour du jeune soldat dont l'absence prolongée at-
tisait tout le long du jour leur mortelle inquiétude.

Une croix, croix en grande vénération parmi les
habitants du pays, s'élevait dans le voisinage de
leur chaumière, et l'on n'était pas surpris de voir
chaque jour, agenouillées au pied du saint monument, la sœur, priant Dieu de lui ramener son
frère, et la tendre mère, le suppliant de lui faire
embrasser son enfant.

— Valentin tarde bien, ma pauvre fille, disait
la vieille Marthe.

— Prenez courage, mère, répondait Catherine,
qui, découragée elle-même, dérobait souvent à la
vue de la chère femme des soupirs et des larmes
furtives.

Puis un silence, pénible et contraint, succé-
dait à ces premières questions, — silence qui n'en
était pas un pour ainsi dire, car ces deux âmes affectueuses se comprenaient tristement encore à
travers l'absence, hélas ! trop significative de leurs
paroles.

— Que lui sera-t-il arrivé, Seigneur? se demandaient-elles ensuite toutes deux avec angoisse, en accomplissant leur pieux pèlerinage à la croix du chemin...

— L'expédition se prolonge peut-être...

— Il n'aura peut-être pas obtenu de permission...

— S'il avait été blessé! s'écrie tout à coup la mère.

— Ou bien...

La sœur allait probablement pousser sa question plus loin que la question maternelle, mais la force lui manqua. Elle s'arrêta court, portant précipitamment la main à ses yeux sur lesquels elle l'étendit, comme si elle eût voulu se dérober l'horreur de l'idée qu'elle venait d'entrevoir.

— S'il avait été blessé!... répète la pauvre Marthe dont la crainte s'arrête là.

Et c'était, en effet, déjà bien assez de tortures pour ces deux âmes aimantes; ni l'une ni l'autre n'avaient besoin d'aller au-delà dans ses cruelles appréhensions.

— S'il avait été blessé!... reprenait donc souvent la mère.

Et cette question, répétée entre Marthe et Catherine bien des jours de suite et à bien des minutes de ces jours, demeurait perpétuellement sans réponse.

III

L'ARRIVÉE

Les fortes douleurs qui viennent frapper l'âme, n'ont pas le don d'abréger leur durée en raison de leur intensité. Un certain temps se passa pour les deux habitantes de notre pauvre chaumière dans la terrible anxiété que nous avons essayé si faiblement de vous dépeindre.

Cependant le moment vint où elle devait finir.

Un matin, les deux pieuses femmes étaient encore allées s'agenouiller devant la pierre sainte; leur fervente prière avait monté de leur cœur au ciel, et des larmes désespérées commençaient à couler de leurs yeux...

Tout à coup Catherine se relève.

— Mère, s'écrie-t-elle, quelqu'un se dirige par ici.

Et elle regardait aussi loin que son regard pouvait s'étendre.

— Vraiment!... tu crois?... demande la vieille Marthe, émue à cette lueur d'espoir.

— C'est, bien sûr, un voyageur.

— Il y en a plus d'un qui peut passer par ce chemin.

— C'est un soldat, mère!...

— Regarde donc bien, ma fille... Moi, j'ai la vue si faible, si courte.

— Oui, oui; mais je l'ai bonne, moi... et je le distingue. Il marche... lentement...

— Il est peut-être fatigué.

— Il a un chien!...

— C'est un compagnon de route.

— Mais le chien... le conduit!...

— Que dis-tu?

Et Marthe, touchée au cœur sans savoir encore pourquoi, se redresse avec une force fébrile.

— Le vois-tu, mère?

— Il s'approche... Oui, oui... je le distingue à mon tour. En effet, son pied... tâtonne... à chaque pas... Mon Dieu!...

Les deux femmes poussent chacune un cri à fendre l'âme.

— Il a un bandeau sur les yeux!...

Et Catherine, interdite et frappée elle-même, n'eut que le temps de recevoir sa vieille mère dans ses bras.

Elles avaient dit vrai.

Le voyageur aperçu par Catherine était bien un militaire; ce militaire avait bien les yeux bandés..., et ce soldat, au pied indécis et tâtonnant, c'était bien Valentin.

Il approchait, le brave jeune homme, marchant à pas comptés et mené par Fidèle.

Marthe revenue à elle, toutes deux allèrent à lui et le rejoignirent. Fidèle les caressa, mais sans joie bruyante, et comme un serviteur aimant qui sent l'infortune de son maître.

Elles l'entourèrent de leurs bras, ce pauvre maître, et le couvrirent de baisers et de larmes...

— Mon fils!...

— Mon frère!...

— Que t'est-il arrivé?...

— Pauvre mère!... chère Catherine!... le plus affreux malheur pour moi qui vous aime... Je m'étais promis de venir plus tôt, jouir de votre vue...

— Et je vois, mon Valentin, qu'une maladie t'a retardé?...

— M'en a, hélas! empêché pour toujours!...

— Que veux-tu dire?

— Que je viens bien vous trouver... mais que je ne viens pas vous *voir*.

Il appuya tristement sur ce dernier mot.

— Valentin!... s'écrièrent simultanément les deux femmes.

— Non, mère..., non, sœur, je ne vous verrai plus... Je suis aveugle!!!... Conduisez-moi.

Leur cœur se brisa.

Chacune d'elles le prit par un bras. Fidèle les suivit... Le groupe consterné regagna silencieusement la triste maisonnette.

Après qu'ils se furent tous un peu reposés, Valentin raconta aux deux femmes sa rencontre avec le bon curé Jacob, dans les montagnes :

— A peine m'avait-il quitté, ajoute-t-il, qu'un cri d'effroi me fait retourner. J'accours... un pillard de routes tenait en joue mon cher professeur... « Brigand !... » m'écriai-je ; et je saute sur l'assassin. Son coup part, néanmoins ; mais heureusement je l'avais fait dévier... M. Jacob n'a été que très-légèrement blessé.

— Ah! c'est pour cela qu'il est resté chez son ami, dit la bonne Marthe, et qu'il ne nous a annoncé ta visite que par une lettre ; mais, continua-t-elle avec une voix tremblante de douleur, toi, mon Valentin?... quel rapport y a-t-il entre cet acte de courage et tes yeux aveuglés?... comment ce malheur t'est-il arrivé?

— Moins d'une minute a suffi.

— Dis-nous cela.

— En me précipitant, mère, sur l'arme qui devait tuer M. Jacob, je me trouvai, je ne sais comment, la figure au-dessus de la batterie, et l'amorce, qui devait être excessivement forte, en brûlant, me brûla les prunelles...

10

— Oh! mon enfant!... s'écrie la mère avec un accent déchirant.

— Nous ne crûmes tous, d'abord, reprend le malheureux soldat, qu'à une cécité momentanée. Le jeune compagnon de M. Jacob me mit avec soin sur son cheval, et, nous escortant à pied tous les deux, il me mena jusqu'à Bagnères, où il me déposa...

— Quoi! ton vieux maître vous suivit?

— Oui, le cher brave homme.

— Malgré sa blessure?

— A la rigueur, il le pouvait.

— Bon M. Jacob!

— On n'aurait pu, d'ailleurs, lui faire entendre le contraire. Je venais d'être blessé pour lui; quoiqu'il le fût aussi, il m'aurait soigné jusqu'à la dernière goutte de son sang.

— Et ensuite?

— Aussitôt qu'il m'eut déposé, le jeune homme revint à notre digne curé, et se hâta de le conduire chez l'ami malade, dont la supplique instante l'avait fait mettre en route.

— Et toi?...

— Recueilli à l'hospice, je souffrais; mais je ne connaissais pas encore l'horreur de ma situation. De minute en minute, j'attendais de revoir la lumière;... mais la lumière ne revint pas, et le mé-

decin me dit enfin qu'il ne fallait plus espérer,
qu'il serait nuit pour moi tout le reste de ma vie...
J'eus mon congé.

— Ainsi, répète la pauvre Marthe en l'étrei-
gnant, pour ainsi dire, de ses sanglots, tu ne verras jamais plus ceux qui t'aiment!...

— Non, plus jamais.

La pauvre femme suffoque. Pour peu, elle aurait succombé.

L'infirme reprend courage. Il sent surtout qu'il
a besoin d'en donner.

— Mère, écoute; il ne faut pas se désoler. Les
décisions de la Providence sont grandes. Tu sais
que M. Jacob a eu pour moi toutes les bontés d'un
second père, et, sans moi, il serait certainement
mort à cette heure, tandis qu'il nous reviendra
bientôt. On doit sa vie à ses parents; il est bien
mon second père, et je ne lui ai donné que ma
vue... que Dieu a estimée un bien grand prix, puisqu'avec elle j'ai conservé à son troupeau le plus
chéri de tous les pasteurs!...

La mère ne répondit rien à ces paroles de pieuse
résignation.

Elle soupira profondément en levant les yeux au
ciel...

Puis, elle embrassa son fils.

— Je verrai pour toi, lui dit sa sœur en prenant

ses mains dans les siennes; je serai ton guide de
tous les jours.

Et elle embrassa son frère.

Etreintes salutaires et efficaces! Ces bonnes
âmes se réconfortaient réciproquement. Rien de
tel que ces secousses pour remonter les cœurs...
Les douleurs ont leurs joies.

. . . .

Tout le village vint féliciter Valentin de sa belle
action et le plaindre, en le consolant, de son malheur.

On y attendait, chaque jour, le retour prochain
du bon curé Jacob, — qui, en effet, ne tarda pas
à revenir, et consacra sa vie entière à adoucir le
sort de son cher élève.

VI

LA MAISONNETTE DE JEAN ROCQUET

Qu'allez-vous convoiter?... Le bien vous manque, et vous croyez rétablir l'équilibre en portant la main sur le bien des autres? Folie! folie! On se trompe en prenant... Bien d'autrui n'est pas richesse.

(...)

LA
MAISONNETTE DE JEAN ROCQUET

I

UNE TROUVAILLE

C'est samedi, jour de marché, jour de grand brouhaha.

Le calendrier ne le dirait point, que, rien qu'à tendre l'oreille, on le saurait d'une manière aussi certaine... Un immense bourdonnement s'élève des groupes comme d'une ruche.

Le temps a favorisé la descente des montagnards, et la place-couverte, sorte de halle-bazar où chacun a son coin, est encombrée de vendeurs et d'acheteurs.

Voyez le coup d'œil :

Un marchand de rouenneries y a étalé ses pièces bariolées à côté de la poterie d'une marchande de faïences; une bonne femme y vend des mitaines et des fanchons de lainage tout près d'un repasseur en grand, dont la roue a l'air d'un petit volant d'usine ; des oranges y côtoient des pommes d'api, remplissant des paniers et des corbeilles ; quelques chatteries pour les enfants font briller leurs couleurs attrayantes ; non loin, des sacs de pommes de terre et de châtaignes ; plus reculés, les herbages et cent autres menues choses nécessaires à la vie matérielle, — point capital, sinon unique, pour les habitants du pays.

Les rues de la petite ville, — qui serait beaucoup mieux nommée grand village, — se ressentent de cet accroissement de population, et des passants nombreux y font foule. C'est à peine si l'on s'aperçoit de l'incommodité des galets, bien pointus pour les pieds des chemineurs, et ceux qui n'ont pas la ressource des trottoirs, — chaînons intermittents de pavés pas toujours assez larges pour qu'on s'y tienne, — vont bravement sur la partie boueuse de la chaussée. Dans cette localité, les rues sont tellement étroites, tortueuses, montueuses et mal soignées, que les routes avoisinantes l'emportent de beaucoup sur elles en sécurité pour la marche et en propreté.

Depuis quelques minutes, du milieu animé de tout ce monde, vient de se détacher un individu que, à son costume semi-rustique et semi-citadin, on peut facilement prendre pour un négociant des environs. Sa veste à pans courts et rebondis forme la partie la plus caractéristique de son ajustement.

Il suit la Grande-Rue du pas d'un homme affairé ; et comme au haut bout de cette voie demeurent huissier, banquier et notaire, il y a cent à parier contre un qu'il va par là effectuer quelque paiement.

Et parmi ces paysans il se trouve souvent des richards ; les paiements qu'ils font peuvent donc parfois avoir une certaine importance.

Dans sa marche, notre homme arrive en face d'une remise. Une voiture en sort inopinément, et le cheval, sans faire de mal au passant préoccupé, s'entrave, piaffe et l'éclabousse des pieds à la tête.

Jamais jet pareil n'avait couvert aussi complétement son homme ; ce n'étaient pas quelques taches.. ce n'était plus qu'une tache.

Le marcheur, tiré de sa préoccupation, reste comme étourdi de la brusquerie de cette averse...

— Bon ! me voilà propre ! s'écrie-t-il.

Et, désirant au moins faire changer de place à la boue qui vient de l'inonder, il tire d'un des pans de sa veste un large mouchoir de couleur, et s'en essuie tant bien que mal aux endroits les plus indispensables.

Une fois cette demi-opération terminée, il continue sa course.

Derrière lui, depuis un bon moment, marchait avec assez d'insouciance un enfant. Le gamin peut avoir une dizaine d'années environ, et, à sa mine, on le dirait en même temps espiègle et bonace.

A l'éclaboussage du marcheur, il s'est arrêté aussi. Il a bien contemplé l'épisode, et un incident a attiré son attention. Arrivé à l'endroit même où le négociant s'est un peu approprié, il se baisse, cherche un instant, et ne tarde pas à ramasser quelque chose...

Ce quelque chose est un porte-monnaie, primitif et grossier de forme, mais dont le contenu ne doit pas être à dédaigner, à en juger par le poids et certaines apparences de rotondité.

Le premier mouvement de l'enfant est la surprise.... mais pas précisément le désir de rendre l'objet trouvé.

Sans prendre le temps de l'examiner, il enfonce prestement le petit meuble dans l'une de ses poches, puis jette ses regards tout autour de lui, afin de savoir s'il a pu être vu de quelqu'un.

Ayant vite acquis la certitude que l'événement n'a pas eu de témoin, il songe à gagner un lieu sûr où, en cachette, il puisse se rendre compte de sa trouvaille, dont il est loin de soupçonner l'importance.

Il s'enfonce, sans choisir, dans la première route dont il rencontre l'embouchure. Il va, d'abord, toujours regardant, et, de fossé en prairie, de tertre en monticule, de muraille en maison, il chemine, il avance, ne se fixant sur aucun endroit, ne trouvant aucun coin assez sombre, assez abrité pour la révélation qu'il espère.

Enfin, il arrive près d'une habitation terminée par une voûte, reste d'un four à chaux en ruine. Il s'arrête.

Cette voûte, pierreuse, encombrée, lui semble propice à l'étude du secret qu'il veut connaître, et il s'y engage. Un angle l'y dérobe à la vue des passants, et un vide provenant de quelques pierres tombées y laisse glisser un suffisant rayon de soleil.

De deux de ces pierres, qu'il consolide l'une sur l'autre, il s'improvise un siége, et, lorsqu'il s'y est assis d'aplomb, il sort timidement le porte-monnaie de sa poche.

— Décidément, se dit-il, c'est bien arrondi, et ça pèse!... Ouvrons-le.

Et, sans plus attendre, il pose son doigt sur le bouton d'acier, qui fonctionne aussitôt. La double charnière s'ouvre, les deux parois s'abattent... et le trésor apparaît au bonhomme.

Jamais l'enfant n'avait vu pareille aubaine. Il en est ébloui. Ses yeux, sa bouche, ses bras, tout reste grand ouvert; et l'exclamation qui aurait envie de se frayer un passage, lui demeure étouffée dans la gorge.

Il ne sait même pas le montant de tout ce qu'il tient dans sa main : il y a de grands papiers, des papiers moindres, de l'or et de l'argent!...

— C'est gros, tout ça, continue le marmot, et c'est joli!... Mais combien ça fait-il?

Et ses regards interrogateurs ne peuvent se détacher de ces richesses;... il en est comme enivré. Oh! fatal effet de la vue de l'or!!...

Il retourne tout cela entre ses doigts, frotte les papiers, billets de banque qui sont pour lui des images, fait reluire le soleil sur les pièces d'or et d'argent...

Peu à peu son ivresse se change en une sorte de crainte; de l'éblouissement il passe à la peur.

Quelques piécettes trouvées lui auraient fait plaisir. Il aurait pu les dépenser, en jouir, acheter quelques friandises, régaler ses camarades; mais ces sommes inconnues, que va-t-il en faire? Il est vraiment effrayé, non de sa faute, mais de l'emploi possible de ce qu'il a ramassé :

— Qu'est-ce que je vais devenir avec *tout ça!*... Je me rappelle que maman disait : « L'argent brûle les mains. » Eh bien! c'est drôle, on dirait presque que ça me brûle! Pourtant papa dit toujours: « Plus on en a, mieux ça vaut. » Et en voilà, j'espère!... C'est égal, j'aurais peut-être mieux fait de le rendre au monsieur qui l'a perdu; je ne serais pas embarrassé comme je le suis... Ça m'ennuie, tout ça; tout ça, c'est trop... Peut-on perdre un porte-monnaie si gros!... Il n'y a pas de plaisir à le trouver... ça gêne.

A ces mots, le bonhomme quitte son siége. On dirait qu'une secousse nerveuse l'a fait se lever de dessus ses deux pierres.

Il a la tête chaude, et ses mains tremblent. Le moins mal qu'il peut, il réintègre le contenu dans le contenant, mêlant le métal au papier en froissant les billets avec les pièces. Il referme le meuble tentateur, et le replonge, avec une vivacité machinale, au fond de sa poche.

Après être sorti de sa voûte, il jette un regard de curiosité sur la maison à côté de laquelle il s'est abrité, puis il se retourne, et, profondément troublé, remonte la route qu'il a descendue tout à l'heure.

Il rêvasse en parcourant de nouveau son chemin, — qu'il parcourt très-lentement.

Lorsqu'il est prêt d'en atteindre le bout, il porte par hasard la main à sa tête:

— Tiens! s'écrie-t-il, je n'ai plus ma casquette!

11

je l'ai perdue, alors. Il ne souffle pourtant pas grand
vent... Je parie que je l'ai laissée dans le four à
chaux. Ma foi, tant pis! je ne cours pas la chercher... Mais c'est papa qui va me gronder... Bien-
heureux encore si je ne reçois pas un « emplâ-
tre »!... Décidément, tout ça m'embarrasse... Et
je ne sais plus qu'en faire... Ah! ça m'ennuie joliment de rentrer!...

Et, n'osant retourner au logis, vaguant sur la
route, il reste là, dans le tourment et l'indécision.

II

LES REGRETS DE JEAN ROCQUET

— Que veux-tu, ma femme! Les affaires ne
vont pas; mon métier ne va guère... Je ne sais
pas trop ce que nous pourrons devenir!...

Ces phrases, expression d'un assez profond dé-
couragement, étaient dites en réponse à quelques
mots à l'aide desquels la pauvre femme avait tâché de réconforter son mari. Mais elle était loin de
réussir toujours, et aujourd'hui encore elle vient
d'échouer dans cette affectueuse tentative.

— Tu es toujours le même, Jean, reprend-elle;
pour un mauvais moment, tu perds patience... Ah!

c'est cependant quelque chose, va, de savoir attendre.

— Attendre quoi? Tout va de mal en pis... Plus nous attendons, et plus mal nous allons. L'année dernière, le travail marchait un peu ; cette année-ci, il n'y a plus moyen!... Pas le moindre meuble à faire... pas même à réparer... Si ; depuis deux mois, j'ai raccommodé une table ronde à un voisin... Ah! Reine, il en faudrait beaucoup, des raccommodages comme ça, pour faire bouillir la marmite!...

— Je ne dis pas, Jean ; la chance n'est pas pour nous à cette heure. Mais rien ne dure, en ce monde ; par conséquent, la mauvaise chance doit un jour finir.

— Je ne crois pas qu'elle finisse jamais assez pour...

L'humeur sombre empêche Jean de formuler complètement sa pensée. Il secoue tristement la tête, et garde le silence.

Reine était habituée à ces humeurs-là. Quand elle les voyait venir, elle ne les aigrissait pas par une lutte inutile. Elle avait son habileté à elle. Elle ne battait pas en retraite, mais elle temporisait.

Que voulait dire son mari dans cette plainte qu'il n'a pas achevée?...

Si elle avait voulu chercher un peu, elle l'eût probablement deviné.

Mais le voilà qui se dérange de sa posture de rêveur. S'il reprend la parole, il va peut-être nous instruire lui-même sur ce point obscur.

— Vois-tu, Reine, dit-il tout à coup, je ne peux pas me figurer ça. Quand je songe que j'ai été à deux doigts de...

— De quoi donc, Jean?

— De pouvoir acheter une maisonnette...

— Ah! voilà ton mot! ton mot éternel!... ta toquade!... Cette idée-là deviendra une maladie; il va te pousser une maison dans le cerveau... Qu'est-ce que ça nous fait, mon ami, cette maisonnette?...

— Ce que ça nous fait? Moi qui m'étais habitué à nous voir logés chez nous, dans nos murs, sans plus être obligés de « payer ferme » à un « loueur... » C'est dur maintenant de voir tout le contraire, le pauvre projet tomber dans l'eau, et nous, hélas! gratter nos tiroirs et nos poches... sans pouvoir seulement toucher les deux bouts... Ah! s'il m'arrivait une aubaine!...

— Tu ne sais pas te résigner.

— Ça t'est facile à dire. C'est vrai que la résignation n'est pas ma vertu. Mais quand je repasse en mémoire mes ennuis; quand surtout je songe que, sans ce mauvais gredin de Granger...

— Ah! oui, celui qui t'a emporté 1,500 francs.

— J'allais faire de nous deux bons petits pro-
priétaires... je ne peux pas garder mon sang-froid.
Dire que ce brigand-là me fait travailler et que,
au lieu de me payer, il file avec mon argent!

— Comme ça lui a profité, hein!

— Il ne fait pas belle figure, je l'avoue.

— Détourner le bien d'autrui ne porte pas bonheur, et parfois ceux qu'on dépouille finissent par
être moins nus que ceux qui les ont dépouillés.

— Jusqu'à présent je n'ai pas trop expérimenté
ça pour moi.

— Tu comprends bien qu'il y a une justice là-
haut, et que ce qui n'arrive pas un jour arrive
l'autre...

— Tu le dis « prou », toi; tu as volontiers confiance!...

— Eh! oui, mon pauvre homme.

— Ça ne t'est pas mieux venu pour ça.

— Je partage ta fortune; il ne peut rien venir à moi, sans venir à toi... Un peu plus tôt, un
peu plus tard, compte que le bon Dieu tient toujours quelque chose en réserve pour les honnêtes
gens.

— Je veux te croire;... mais j'aurais joliment
envie de le voir.

— Je ne peux pas te promettre que tu le verras.

Pourtant « il y a encore des jours derrière la montagne, » et, comme je te le disais tout à l'heuer, si tu savais attendre, un beau moment comblerait ton désir...

— Ta, ta, ta!... mon désir... Tiens! laisse-moi tranquille avec toutes tes consolations... Ce bavardage, vois-tu, ne m'entre pas dans la caboche, et, à force de vouloir prendre patience, je finis par m'impatienter.

— A ton aise... D'ailleurs, je vas te « laisser tranquille » un brin. J'ai une ou deux commissions à faire pour le souper, et, comme je pense que notre drôle sera rentré, il faut la part à tout le monde... Si malheureux que tu te dises, il y a encore de quoi manger.

— Je crois bien, ma pauvre femme! Pour manger comme nous mangeons. ce n'est pas difficile.

— Tu n'es pas maigre, pourtant.

— Je finirai par croire que les privations engraissent;... car nous ne nous en privons pas, de privations!...

— Ce serait à mon tour de faire : ta, ta, ta!... mais je ne veux pas me retarder davantage. Je descends à mes provisions... Pendant ce temps, continue tes réflexions, si ça te plaît.

En terminant ces mots. Reine passe le bras sous

l'anse de son panier, et va aux emplettes pour le
repas du soir.

Jean se trouve donc seul pour un instant. Em-
ploie-t-il cet instant à continuer de réfléchir? C'est
probable, car il se jette sur une chaise, et là, le
front dans sa main, demeure sans mouvement.

A promener un coup d'œil investigateur autour
de ce songeur de Rocquet, on eût vite acquis la certitude qu'il n'exagérait pas beaucoup en parlant
de privations. La chambre où il se trouve et qui,
avec une autre, constitue tout son logement, n'a
jamais eu la moindre chose à démêler avec le luxe.
Carrelée de vieux carreaux hexagones, elle a d'a-
bord les quatre murs, qui sous leurs tons gris paraissent soutenir mollement la « voûte poutrière. »
Un petit poële en fonte y sert concurremment pour
le chauffage et la cuisine. On y compte quatre
chaises plus ou moins dépaillées, sous l'une desquelles dort une chaufferette que l'on ne garnit,
bien entendu, que dans les gros froids. La table
est ce qu'il y a de mieux dans la pièce; à titre de
menuisier, il a tenu à honneur de la soigner, et
en effet l'on voit qu'il a travaillé là une question
d'amour-propre. Dans un renfoncement entre la
cheminée, presque nue, et le lit, qu'on ne voit
qu'à moitié, se prélasse une immense armoire en
chêne. pas jeune, hélas! mais d'une telle capacité

que, plus d'une fois, en la contemplant, le *pauvre*
Jean s'était pris à dire : — « Voilà un meuble qui
en contiendrait, des fortunes !... »

Toujours la même idée qui lui revient ! Quant aux
ustensiles, ils brillent de deux manières : les uns
par leur absence, les autres par la propreté ; le bon
état relatif dans lequel ils se trouvent, est le plus
grand éloge à la ménagère.

Rocquet songe toujours.

Tout à coup il est tiré de sa rêverie par le grin-
cement de la porte qui s'ouvre :

— C'est toi, Reine, demande-t-il sans tourner
complètement la tête du côté du bruit.

Pas de réponse.

Il regarde, alors, un peu mieux.

— Ah ! c'est toi, Charlot ? Et d'où diable viens-
tu ? On t'a attendu pour dîner, et l'on est sorti de
table sans toi.

Charlot, tout troublé, tout ému, même tout essoufflé, reste debout, adossé au chambranle, et
semblant attendre qu'un phénomène vienne lui
délier la langue.

— Et ta casquette? Q'en as-tu fait?... lui crie le
père en le voyant tête nue.

La frayeur qui « galopait » le pauvret double
d'intensité. Il sait le terrible homme intraitable au
sujet de cette coiffure, qu'il a déjà perdue une fois.

— Approche! lui dit Jean.

— Oui, papa.

Et Charlot s'approche, en tremblant, de son père.

III

JEAN ROCQUET REBATIT SA MAISONNETTE

— Ah ! ça, demande le père d'une voix menaçante, dis-moi un peu d'où tu viens.

L'interpeller de cette façon, ce n'est pas rassurer Charlot. Aussi, s'il avance à l'ordre, il n'avance pas gaillardement. De ses petits doigts, pas très-propres, il roule avec confusion un angle de sa veste...

— Réponds donc, reprend l'interrogateur ; tu me fais perdre patience.

— Je viens... je viens de...

— De galopiner, je parie. Où as-tu couru comme ça, nu-tête ?

— J'ai passé d'abord par la place du marché...

— Ce n'est pas si loin pour être si en retard.

— Et puis après,... je me suis trouvé sur la route.

— Pour s'y trouver, faut y avoir été.

— Bien sûr, papa. C'est que... je voulais...
voir...

— Qu'est-ce qu'il y a de si nouveau à voir sur
la route?

— Il faisait beau soleil... et c'était bon de s'y
promener.

— C'est ta manière de travailler, ça! Elle est
jolie, et tu iras loin avec des idées pareilles!

— Mais, papa...

— Souviens-toi qu'avec la paresse on n'arrive
à rien.

Quoique un peu découragé, comme nous l'avons
vu, Rocquet n'est pas mauvais travailleur. Ce
n'est point pour satisfaire à des goûts de désordre
qu'il désirait acquérir quelque « avoir, » mais bien
pour posséder et se trouver plus à l'aise. A part
quelques moments de brusquerie, venus de sa gêne,
il est même « assez gentil » pour sa femme, à laquelle il a toujours pensé dans ses idées d'ambition. La seule chose que Reine, femme intègre, a
pu de temps en temps lui reprocher, c'est une
certaine facilité de conscience, une probité élasti-
que, une brèche dans la délicatesse, qui lui a toujours fait grand'peine et qu'elle n'a jamais pu corriger.

— Je travaillerai bien, papa, répond l'enfant.

— Songes-y. Il t'en faudrait. des journées

comme celle d'aujourd'hui, pour gagner ton pain et te nipper... A ce propos, où as-tu laissé ta casquette, une casquette toute neuve?

Charlot fait une moue accentuée, mais qui ne suffit pas aux questions précises de Jean.

— Si je te renvoyais la chercher? continue le père d'un ton bref.

— C'est bien loin, hasarde timidement le bonhomme.

— Sapristi! jusqu'où as-tu donc couru, alors?

— J'ai été jusqu'au vieux four à chaux, à côté d'une maison toute seule avant le pont,

— Dieu merci! voilà une promenade! Eh quel besoin d'aller jusque-là?... Les souliers coûtent pourtant assez cher.

— Je voulais regarder... à loisir...

— Ce four à chaux?... Tu le trouves si curieux que ça?

— Ce n'est pas le four que je voulais regarder.

— Je ne te comprends plus. Qu'est-ce que tu voulais donc?...

— Voilà! tiens, regarde... Je ne viendrais pas à bout de te le dire autrement.

En disant cela, il cherche dans sa poche, et en sort ingénûment le portefeuille qu'il a trouvé.

Il le tient suspendu, et fait mine de le montrer.

— Qu'est-ce que c'est que ça? demande Jean comme frappé d'un éclair subit.

Et sa main droite saute sur l'objet, se crispe, le saisit, et l'arrache d'entre les doigts de Charlot.

— Qu'est-ce que c'est que ça? répète-t-il ébloui.

D'un mouvement fébrile il presse le ressort de la charnière, qui joue comme entre les mains du petit, et s'entr'ouvre aussitôt.

— Ah!!! s'écrie Rocquet pris de vertige.

L'enfant ne sait plus quelle contenance tenir.

— Je suis riche! reprend le père d'une voix éclatante; je suis riche!!...

Et il serre convulsivement le trésor contre son flanc.

Puis soudain, mettant une sourdine à son exclamation :

— Tais-toi, Charlot!... ne dis rien!... Pas un mot à personne... Il ne faut pas que l'on sache que tu as trouvé ça...

— Non, papa; s'il ne le faut pas, je ne le dirai pas.

— Excepté à moi... Où as-tu fait cette trouvaille?

Le bonhomme, enchanté de n'être pas mal reçu, raconte la chose telle qu'elle s'est passée.

Pendant le récit, le père avait flairé, contemplé, retourné et compté les billets, pièces et piécettes...

— Il y a onze morceaux de papiers, dit le petit

garçon, cinq jaunets, et dix-neuf pièces blanches.

Le père compte de nouveau.

— Tu te trompes ; j'ai bien les cinq pièces d'or, les 19 fr. de monnaie blanche, mais je ne trouve que dix « morceaux de papier, » comme tu les appelles.

— J'en ai compté onze.

— Viens là, et recompte avec moi. En voilà deux qui sont plus grands que les autres.

— Oui, il y avait bien ces deux-là.

Et en voilà huit plus petits...

— Il y en a neuf.

— En ce cas, tu en as perdu un. Comment as-tu compté ça sous ta voûte du four à chaux ?

— J'ai tout mis dans ma casquette. En les sortant, j'en aurai laissé tomber un petit au milieu des pierres... Veux-tu que j'aille le reprendre ?...

— C'est inutile ;... et même, si on trouvait ta casquette perdue, tu soutiendrais qu'elle n'était pas à toi.

On comprend tout ce qu'il contient de précaution et de réserve, le prudent avis de ce père.

Le gamin ouvrait toujours ses grands yeux, tout en ignorant l'importance de ce qu'il venait de rapporter.

— Enfin, papa, tu es riche ? demande-t-il à tout hasard.

— Riche?... Non, non...

— Tu le disais tout à l'heure.

— Avant d'avoir compté.

— Alors, ça n'était pas trop la peine de le ramasser, ce?...

— Si, si, pardine !

— Vas-tu le rendre?

— Moi? Non pas ;... je le garde.

— C'est donc à toi, ce que j'ai trouvé?

—·Dieu me l'envoie. Je suis pauvre ; il a pitié
de moi... Attends!

Il compte encore une fois, et, cette fois, tout bas
en lui-même.

Voici sa récapitulation :

— Deux billets de 500 fr., ça fait. .   1,000ᶠ
Huit billets de 100 fr., ça fait . . .   800
Cinq pièces d'or, ça fait   100
Dix-neuf pièces de 1 fr., ça fait . .   19
L'addition était facile.

— Dix-neuf cent dix-neuf francs en tout. Si cet
étourdi de Charlot n'avait pas perdu un billet de
cent francs, cela ferait deux mille dix-neuf
francs!... Quelle journée! Ça va joliment m'aider
pour l'acquisition et la reconstruction de ma maisonnette... Pour le coup, je la tiens! Elle m'avait
échappé ; je la retrouve... Ça devait être... Ah! je
serai propriétaire! je logerai chez moi, dans « mes

quatre murs!... » Je n'aurai plus à « payer ferme!... » Ah! Reine, nous serons enfin heureux!... Qui sait si la Providence?...

Pendant un bon moment, il continue à se rassurer de la sorte, voulant à toute force faire intervenir la volonté divine dans l'alléchant détail de sa mauvaise action.

Un peu après, éprouvant le besoin de frapper un dernier coup sur l'esprit du petit :

— Ecoute, garçon, lui dit-il.

Il le prend entre ses jambes, et, lui parlant presque à l'oreille, il lui donne certaines instructions. Quand il a fini, il reprend la parole plus haut :

— Charlot, tu aimes ta mère?

— Oh! oui, papa; tu le sais.

— Eh bien! jure-moi, sur son nom, que tu ne révèleras à âme qui vive ce qui vient de se passer ici... C'est une aubaine qui m'arrive... Je veux, je dois en profiter!..

L'enfant promet, jure tout ce que son père veut lui faire promettre et jurer.

— Mais, demande Charlot, après son serment prononcé, je peux bien le dire à maman?

— Pas du tout... au contraire;.. c'est à elle qu'il faut le dire le moins... Tu comprends, je veux lui ménager une surprise... pour plus tard...

Le moment viendra où je lui ferai la confidence.
Mais — il s'agit de notre bonheur, — jusque-là,
je te le répète, pas un mot!... Charlot, tu me le
promets?

Cette dernière question a pris un ton solennel.

— Je te le promets, répond l'enfant tout à fait
gagné.

— Bon! maintenant voilà trente sous. Cours
vite acheter une casquette... pareille à la tienne, et
rentre tout simplement et tout naturellement pour
souper.

Le bonhomme sort, et, sans en comprendre plus
long, se conforme aux désirs paternels.

IV

L'ANNIVERSAIRE DE REINE

Huit jours de passés, c'est-à-dire une semaine,
et cette période a ramené le jour du marché.

Ce jour a été choisi pour une tentative. Au point
de vue de l'attention publique, Jean croyait avoir
besoin d'un dérivatif.

Charlot, conseillé par son père, a essayé d'abor-
der le monsieur au porte-monnaie; d'un ton ave-
nant, il lui a dit qu'il en connaissait le trouveur, et

que, s'il le désirait, il le mettrait sur sa piste.

Le négociant, désolé, après avoir accepté avec empressement, s'est laissé guider par le bonhomme. Il va de soi que la recherche a été infructueuse. Le petit menteur a conduit le perdeur n'importe où, et, une fois arrivé, l'on n'a plus rencontré personne... L'individu — ce devait être — était déjà reparti.

Cette petite mystification, mal habile et même dangereuse, n'a point d'autre résultat pour le moment. Le négociant remercie l'enfant de sa bonne volonté ; l'enfant rentre à la maison, et Jean Rocquet, dont le plan ne paraît pas épuisé, temporise et en remet la suite au marché prochain. — Singulière contradiction, que celle qui se produit entre la prudence de sa première conversation avec Charlot et l'extravagance de sa ruse, d'ailleurs si inutile, vis-à-vis du pauvre perdeur !... Le fauteur manque toujours de visée d'un côté ou de l'autre.

Depuis la journée de huitaine, la journée aux émotions mystérieuses, rien de nouveau ni de saillant ne s'est produit dans le modeste ménage... Au contraire, quelque chose a disparu : la mauvaise humeur de Jean.

Reine a commencé de constater cette agréable modification dès le lendemain de la rentrée tardive

du petit. Le matin, Jean se mettait plus guilleret à
l'ouvrage ; il devenait causeur à l'heure du repas ;
il lui était arrivé même une fois ou deux de fredon-
ner à la veillée...

— Est-ce que je me trompe ? se disait Reine. Il
me semble que Jean est complétement changé?...
Je me demande ça!... Ce n'est pas difficile à voir;
son humeur est tout autre. Comme c'est venu vite,
ce changement !... Et d'où peut-il venir?...

Et Reine continuait de broder son thème interrogateur, dont le début tournait à l'agréable.

Quelques moments après le retour de Charlot, on
se met à table pour le dîner. Le repas se commence
et se termine avec la même bonne humeur. Les
dernières bouchées de pommes de terre avalées, la
mère, travailleuse assidue, expédie son garçon chez
une parente qui doit lui prêter un patron pour un
vêtement qu'elle veut façonner elle-même.

La voilà donc seule avec son mari.

Jean boit un dernier coup de vin, le « coup de la
digestion, » et Reine se lève pour s'installer à
coudre près de la fenêtre.

En prenant ses étoffes et son fil, elle met la
main sur un papier, qu'elle a placé là momentanément en réserve.

— Tiens, dit-elle en le tendant déplié à Jean.

— Qu'est-ce que tu me donnes là, femme?

— Ma foi, je sais bien que c'est un papier ; mais pour savoir ce qu'il y a dessus, c'est autre chose. Il me semble pourtant que j'y reconnais tes zig-zags ;... oui, c'est toi qui y as tiré des raies avec ton crayon...

— Fais voir, dit Jean avec vivacité.

— Voilà, regarde.

Et Reine tend le feuillet, que Jean saisit... et qu'il a bientôt reconnu.

Reine constate qu'il y jette les yeux avec com-plaisance.

— Eh bien ! ça valait-il la peine d'être ramassé ?

— Oh ! mon Dieu, ça dépend, répond le menui-sier en laissant percer un demi-sourire.

— Comment ! ça dépend ? Il me semble que c'est oui, ou que c'est non.

— Ce serait *non* pour mettre la chose d'accord avec notre mauvaise chance habituelle....

— Alors j'ai bien peur que ça reste *non*.

— Et qui sait ?...

Jean prononce ces derniers mots d'un ton riant et dégagé.

Reine, peu habituée à voir l'horizon s'éclaircir autour d'elle, en est surprise. Elle voit si rarement autre chose que des nuages.

Jean continue.

— Et ça serait *oui* si...

— Si quoi? interrompt la questionneuse fortement intriguée.

— Si notre mauvaise chance... avait chance de tourner.

— Ah! soupire Reine, voilà un espoir inutile!...

— Tu crois, femme? Tu sais pourtant bien que ce qui n'arrive pas un jour arrive l'autre.

— Je t'ai dit ça, et je le pense sincèrement; mais...

— Mais *quoi,* à mon tour?

— Mais il y a loin de dire à faire, et, toute confiante que je puisse être, je n'attends pas si tôt...

— Attends toujours, au contraire.

— Jean, tu me dis ça d'une drôle de façon... As-tu donc fait un beau rêve, cette nuit?

— Depuis plus longtemps que ça, j'en ai fait un bon. Seulement je ne pouvais pas le réaliser...

— Jean, tu as quelque chose, affirme Reine en le regardant fixement dans les yeux, quelque chose qui m'étonne... et m'inquiète.

— Pas moi, réplique Rocquet.

— Enfin, qu'est-ce que c'est donc que le papier que je viens de te passer?

Rocquet cligne de l'œil, et regarde Reine avec une certaine malice joyeuse :

— Veux-tu, femme, que j'avance la chose d'un jour ou deux?

— Qui avance ne recule pas. Dis toujours... Je
saurai plus tôt.

— Tu sais la date de notre mariage?

— Je crois bien; nous nous sommes mariés le
jour de ma naissance.

— L'anniversaire, tu veux dire.

— Oui, ce qui nous donne, ce jour-là, un anniversaire double.

— Alors, ça vaut la peine de le fêter, pas vrai?

— Sûr, quand on a une raison pour ça.

— Eh bien! j'en ai une.

— Ce papier, peut-être, a une signification?

— Sans doute.

— Comme tu me fais languir! Dis-moi vite.

— Reine, je gardais la chose... là!... juste pour
ton anniversaire.

— C'est donc bien joli, ce qu'il y a sur ce bout
de papier?

— Mais oui; c'est le plan des réparations que
je... rêvais pour notre maisonnette.

— Et c'est un rêve que tu m'offres pour cadeau?

— Un rêve, autrefois; aujourd'hui, une réalité.

Reine plonge de nouveau son regard dans les
yeux de son mari.

— Tu as beau me regarder, va; c'est vrai.

— Jean, je continue à n'y rien comprendre.

— Je m'explique. Dans les affaires, vois-tu, il

y a des hauts et des bas, « des trous et des che-
villes, » comme on dit parfois dans le langage du
métier. J'en suis à une cheville... Dernièrement,
j'ai fait une rentrée.

— Toi?

— Oui. Un ancien débiteur... sur lequel je ne
comptais plus... une vieille, vieille créance, quoi!...

— Tu ne m'en as jamais parlé?

— Pourquoi en parler, tant que c'était mauvais? Depuis que c'est bon... je te ménageais une
surprise.

— Ah! dit la femme d'une voix contrainte, c'est
bien gentil, ma foi!...

— Tu ne parais pas contente?

— Jean, je serai toujours contente, heureuse
d'un bonheur qui nous arrivera franchement, loya-
lement...

C'est au tour de Jean d'étudier le regard de
Reine. Il se demande s'il doit continuer sur ce ton.
Il se décide, et continue :

— Ne m'as-tu pas dit que « Dieu tient toujours quelque chose en réserve pour les honnêtes
gens? »

— Et je te le redirai encore.

— En ce cas, ne sois pas si surprise que la Providence...

— Je sais que la Providence aide le pauvre.

— Bénis-la donc, puisqu'elle vient à notre secours.

— Avant de la bénir, je voudrais savoir si ta Providence est... la bonne.

— Que veux-tu dire?

— Ce n'est pas d'aujourd'hui que j'ai des doutes là-dessus. Jean, dis-moi, de quelle somme es-tu devenu riche? Elle doit être importante, cette somme, pour que tu songes de nouveau à ta maisonnette?

— Elle n'est pas énorme; mais, en travaillant encore et faisant quelques économies, j'arriverai.

— Enfin, dis-moi toujours.

— Deux mille dix-neuf... non; je veux dire dix-neuf cent dix-neuf francs.

Il s'est fourvoyé, l'inhabile enrichi; mais il espère que son hésitation n'aura pas frappé Reine.

Reine, au contraire, la relève :

— Comment! tu n'es pas sûr du total?

— Si, si, répond-il en cherchant un subterfuge. Seulement le premier chiffre est celui qu'on me devait; le second est celui qu'on m'a payé... C'est pour les intérêts, ajoute-t-il en riant.

Cette plaisanterie, qui ne manque pas de naturel, ne détourne pas Reine de ses réflexions sérieuses.

— Jean!... dit-elle...

Mais elle s'arrête. Sa voix tremble.

— Que me veux-tu, femme?

Reine s'avance et prend la main du menuisier...

Au lieu de continuer de lui parler, elle laisse tomber une larme sur cette main qu'elle vient de saisir.

Rocquet sent cette larme chaude. Une secousse se produit en lui; mais il garde le silence et se tient sur la réserve.

— Tu me trompes, continue l'épouse avec un pénible effort. Cette somme... je la connais.

— Tu connais... cette somme... Explique-toi.

Ce n'est pas sans appréhension qu'il provoque ainsi un éclaircissement.

— Oui, Jean, je la connais, dit-elle en reprenant enfin un peu de fermeté. Quelqu'un l'a perdue, et, ces jours-ci, en mettant la tête à la fenêtre, je l'ai entendu publier par le tambour de la ville.

A cet aveu, le menuisier ressent un coup; il craint que Reine ne voie trop clair. Pourtant, décidé à ne rien avouer, il dissimule toujours:

— Ah! la somme perdue par un négociant, il y a une huitaine? Moi aussi je l'ai entendu publier... C'est drôle, en effet, cette ressemblance!...

— Très-drôle... trop drôle...

— Eh bien! c'est un pur hasard.

— Le hasard serait grand, s'exclame la pauvre

femme. Une somme ronde, je ne dis pas ; mais un rompu comme celui-là !...

Et elle s'interrompt avec douleur.

Elle se laisse tomber sur une chaise, en essuyant de l'extrémité de ses doigts de nouvelles larmes.

Tout à coup elle porte la main à sa poitrine, où elle semble vivement souffrir...

Au même moment, la porte s'ouvre.

C'est Charlot qui rentre.

— Voilà ton patron, maman.

— Laisse ta mère, riposte Rocquet, elle est malade.

Effectivement Reine est faible. Elle reste les yeux fermés.

L'enfant, avec une belle précocité d'intelligence, profite de ce moment :

— Tiens, papa, dit-il tout bas, voilà l'autre.

— Quel *autre?* demande le menuisier, qui ne comprend pas d'abord.

— L'autre « morceau de papier » que j'avais laissé tomber de ma casquette.

— Comment ! tu as?...

— J'ai eu l'idée d'y retourner.

— A ton four à chaux? depuis huit jours?

— Oui. Pour le patron de maman, j'étais sur le chemin ; j'ai vite couru.

12

— Et tu as retrouvé?...

— Pas la casquette, mais le papier. Il avait glissé, et m'attendait tout plié entre des cailloux. Prends-le!...

Rocquet regarde sa femme. D'un bond il saute sur le billet de banque, le saisit...

— Que rapportes-tu là, Charlot? demande la mère, qui bouge et rouvre les yeux.

Interdit, Charlot ne répond rien.

Le père, expéditif, a déjà glissé le billet dans sa poche.

Mais la mère qui n'a pas tout vu, en grande partie a deviné :

— Mon Dieu! mon Dieu! s'écrie-t-elle assez haut, secourez-moi, je vous prie!... Qu'il n'ait pas fait...

La parole s'éteint dans sa gorge. Un sanglot seul s'y fait jour.

D'un mouvement involontaire et rapide, elle quitte sa chaise, fléchit sur elle-même, et se trouve à genoux sur le carreau.

La chaise qu'elle vient de quitter, sert d'appui à ses bras... La pauvre mère, navrée, est accoudée là dans la posture de la prière. Son cœur s'inonde d'une immense amertume...

Mais, dans la frayeur de ce qu'elle entrevoit, et dans l'impossibilité de s'exprimer haut à cause du petit, elle se contente d'une exclamation intérieure et silencieuse, qui n'en est que plus déchirante :

— O Dieu juste, que je me trompe!... Que son père n'ait point fait... un voleur... de mon enfant!...

Et elle s'affaisse sur sa chaise, d'où Jean, en présence de Charlot stupéfait et consterné, la retire... pour la porter sur son lit.

— Jean, dit-elle en perdant presque connaissance, il n'est pas joli, notre anniversaire!

A cette accablante exclamation, le menuisier reste muet.

V

LA DERNIÈRE RUSE DU PLAN

Rocquet, on l'a vu, n'a point épuisé le singulier répertoire qu'il a imaginé pour lui servir de dérivatif. Les démarches de Charlot au marché dernier n'ayant pas amené le résultat qu'il en attendait, il a voulu corroborer son plan. Dès le marché d'après, ce plan doit être mis à exécution.

Le jour désigné est venu ; et Charlot, que son père a cru mieux diriger pour cette seconde fois, se met à la recherche du malheureux négociant.

Il fait le tour de la place-couverte, regarde dans tous les groupes, à tous les coins, guette, et ne découvre pas son personnage. Il ne perd point patience, fait « le tour et retour... » Enfin il le voit poindre.

Sans hésiter, il court à lui.

De son air candide, il l'aborde :

— Monsieur, monsieur!

— Ah! c'est toi, petit? Que me veux-tu encore?

Vis-à-vis de ce bonhomme, le dépossédé était tout-à-fait sans défiance. Une idée avait certainement traversé son cerveau devant les offres et démarches stériles de l'enfant ; mais cette idée n'approchait .point de la vérité : il supposait tout bonnement d'innocentes tentatives pour obtenir un *pourboire* quelconque. De son côté, comme il ne voulait négliger aucun moyen de retrouver sa somme perdue, il se laissait aller volontiers à tout ce qui lui semblait une possibilité, même un espoir.

C'est donc avec une certaine bienveillance qu'il accueille de nouveau son jeune cicerone de la semaine dernière :

— Que me veux-tu? lui répète-t-il.

Le jeune guide, un peu craintif quand même, est rassuré par ce ton.

— L'autre jour, vous m'avez demandé si je savais où demeure...

— Le trouveur de mon argent. Mais tu n'as pu me répondre.

— Non ; mais aujourd'hui...

— Tu viens me l'apprendre?

— Oui, monsieur.

— Tu pourrais m'y conduire?

— Tout de suite, si vous voulez.

— Bon ! partons à la recherche de la maison ; et si tu me mènes bien, sois tranquille, tu seras content de moi.

A cette promesse, qui devait le satisfaire, le bonhomme ne témoigne qu'une joie modérée. Cette modération produit encore un bon effet sur le négociant, qui se dit en lui-même :

— Le petit n'est pas intéressé, et il aime à rendre service... c'est bon signe.

Et il se dispose à se mettre en route.

— Allons, petit, marchons.

Les deux compagnons se mettent en mouvement. Le jeune guide dirige le négociant vers le chemin qu'il a pris lui-même pour aller se rendre compte de la trouvaille.

— C'est par là? demande le perdeur en se voyant en face d'un long trajet. Est-ce loin où tu dois me mener ?

— Tout à l'heure nous y serons... en allant vite.

12*

— Allonge le pas, alors.

L'un et l'autre marchent un bout de temps, dé-passant maintes maisons, — à chacune desquelles le « monsieur » demande toujours si ce n'est pas là ?

Puis, un moment après, continuant sa réponse, qu'il accompagne d'un geste significatif et as-suré :

— Tenez, monsieur, ajoute-t-il, c'est cette mai-son là-bas !

— Viens avec moi, reprend le négociant ; c'est toi qui m'y introduis.

En disant cela, il prend la main du bonhomme, et tous deux trottent allègrement jusqu'à la de-meure indiquée.

Ils arrivent en face.

— C'est bien là ? Tu es sûr ?

— Oui,... oui,... monsieur...

— En ce cas, entrons.

Et, délibérément, il pose le pied sur la dalle grossière qui, par-dessus le fossé, fait pont, de la route aux maisons ; il monte les deux marches in-formes ; de la main il saisit la poignée et du pouce presse le loquet de fer, que tout passant peut faire jouer du dehors : il pousse la porte, et se trouve, avec son guide, dans une pièce où ils ne voient d'abord personne.

Il est vrai que la pièce n'est pas d'une clarté éblouissante, une simple fenêtre à quatre carreaux y étant percée sur une cour.

A force de regarder, le monsieur finit par apercevoir un lit comme incrusté dans l'angle le plus noir.

A cette heure de la journée, il n'a aucune raison de s'approcher d'un lit.

Mais un gémissement ne tarde pas à se faire entendre. Le visiteur se tourne aussitôt du côté d'où vient le bruit pénible, s'avance et tire de gros rideaux de serge.

Il découvre, étendu dans des draps peu blancs, un vieillard, malade, très-affaibli, presque moribond.

Etonné de la rencontre, il se retourne vers le bonhomme :

— Et mon individu ? où est-il ?

— Ici, répondit l'enfant.

— Pas à cette heure ?... Je ne vois personne à côté de ce malade.

— Il demeure ici... bien... sûr...

A ces affirmations hésitantes, une singulière machination apparaît à l'esprit du négociant. Il reprend la main de son guide, qu'il avait lâchée pour entrer, et s'assure que le malade n'est pas endormi.

— Bonjour, brave homme, lui dit-il. Je passais devant chez vous. J'ai appris votre maladie... et j'ai ouvert la porte pour savoir comment vous allez?

Le malade soulève un peu la tête, et après un accès de toux :

— Vous êtes ben honnête, monsieur... mais ça va « prou » mal...

— Il y a longtemps que vous souffrez?

— Les douleurs me tiennent... depuis tantôt sept mois.

— Depuis sept mois. Alors vous êtes plusieurs personnes dans cette maison?

— Non, monsieur... une brave voisine vient... dans le courant de la journée me rendre service... mais je suis seul ici.

— Seul?... Et vous gardez le lit depuis ce temps?

— Vous le dites..., monsieur...

Ici le négociant sent un effort de l'enfant, qui cherche à dégager sa main. Mais il la lui serre de plus belle, et le retient ferme à sa place.

Il songe un instant; puis, péniblement affecté, il semble prendre une subite résolution.

Avec bienveillance, il se penche vers l'alité :

— Brave homme, soignez-vous; je reviendrai vous voir.

— Adieu, monsieur, répond le malade émerveillé... et grand merci... de votre politesse!

Le monsieur sort, tenant toujours la main de son petit guide, qu'il soupçonne déjà fortement d'être un guide trompeur.

Tous deux ne sont pas plutôt sur la route :

— Que m'as-tu dit, toi? demande-t-il à l'enfant avec sévérité.

Charlot sent qu'il est pris. Il se trouble, et, au lieu de répondre, balbutie quelques paroles inintelligibles.

— Tu connais le trouveur de mon argent?

Le petit se gratte l'oreille.

— Tu m'as déjà fait courir après lui, le marché dernier.

— Je... je... l'avais trouvé...

— Tu étais certain de sa demeure, et tu me conduis chez un malade, cloué au lit depuis sept mois !... D'un côté et de l'autre tu as menti... D'où vient ce jeu? Pourquoi ces mensonges?

Le menteur ne répond que par l'épaisse rougeur qui envahit ses joues. C'est à peine s'il ose lever les yeux.

Le monsieur continue :

— Quelle démarche me fais-tu faire là? Si je n'avais pas soupçonné quelque chose, je demandais mon argent à ce pauvre homme... Tu vois comment c'est lui qui peut l'avoir trouvé !...

— C'est... c'est pourtant bien... la maison...

L'enfant, là, n'est plus maître de lui. Depuis un
moment il se contenait; les larmes éclatent et
roulent sur son visage.

— C'est... pourtant bien, reprend-il tout ému,
la maison... que papa... m'a dit... de...

Etait-il besoin d'une plus lucide explication?

Les soupçons déjà éveillés se changent en certitude :

— Ah ! papa te l'a dit ?... Eh bien ! viens le trouver avec moi.

Et, animé d'une assez vive indignation :

— Tu m'as trompé en me conduisant par ici ?
Tâche de trouver juste pour me conduire chez ton
père.

Là, il se tait, puis tous deux arpentent le terrain
sans plus rompre le silence.

VI

CE QUE DEVIENT LA MAISONNETTE

Triste chose que le mensonge !

La dernière ruse du plan de Rocquet a été bien
mal menée et n'a obtenu qu'un fâcheux résultat.

Quoique assez précis dans l'exécution matérielle des instructions de son père, l'enfant avait

néanmoins manqué complètement d'habileté diplomatique. Et ce n'était guère sa faute !... La
première maison sur laquelle il avait jeté son dé-
volu, lui avait paru bonne pour y conduire le
« monsieur... » De ce qu'il l'avait examinée le jour
de sa trouvaille, il ne devait pas s'ensuivre qu'elle
dût répondre et venir en aide au stratagème.

Reine n'a pas quitté le lit depuis que son mari
l'y a transportée.

Comme rien n'a pu alléger son esprit de la douloureuse conviction qu'elle a de plus en plus ac-
quise, son état maladif, qui tient autant du choc
moral que du choc physique, n'a fait qu'augmenter.

Pendant cette semaine, Rocquet n'a pas été un
trop mauvais garde-malade, et, si l'on n'avait à lui
imputer la cause de la maladie, on pourrait lui accorder quelques éloges pour ses soins.

Bien entendu, Reine les a acceptés, mais avec
quelle peine !... Elle avait toujours à se dire que la
main qui la soigne, est à celui qui l'a blessée.

Au nombre des médicaments donnés à la femme
par le mari, — médicaments peu nombreux et
pourtant exceptionnels, les gens du pays ayant
pour principe que tout mal se guérit seul, — figure
une infusion de quatre fleurs, généralement préfé-
rée par la malade.

Son gardien vient précisément de lui en apporter

un bol. Il l'a posé sur le coin de la table voisine du lit, et s'est retourné vers l'établi où il travaille.

Reine y porte les lèvres, la trouve un peu trop chaude, et la laisse un instant refroidir.

Pendant ce temps, le petit escalier qui mène au « bas étage » habité par le couple, se remplit d'un bruit de pas.

On monte.

Jean écoute... mais la porte a déjà livré passage aux deux marcheurs quittant le moribond si indûment accusé.

Le gardeur indélicat a devant lui et le « monsieur » qui a perdu la somme, et son garçon Charlot qui l'a ramassée.

A cette entrée, le menuisier ouvre les yeux sans pouvoir parler. Un grand trouble intérieur l'envahit, et il a du mal à ne pas trahir son émotion. Néanmoins il se maîtrise, et prend la résolution de tenir tête, quel que soit l'orage qui doive éclater.

Le négociant n'a pas quitté la main du bonhomme. Il lui semble qu'il tient une preuve vivante.

Il abaisse son regard vers lui et l'interroge avec lenteur et fermeté :

— Tu m'as trompé une fois ; je ne veux pas

que tu me trompes une autre... C'est bien ici chez ton père?

Toute simple qu'elle paraît, cette question est bien chargée pour Rocquet, qui, craintif et résolu, laisse dire.

— Oui... monsieur, répond le petit très-émotionné.

Jean est comme le soldat qui attend le coup d'une balle ; mais il tient bon quand même.

Le négociant s'adresse à lui :

— Vous êtes le père de cet enfant?

— Oui... monsieur, est exactement aussi la réponse du père.

— Quelle raison peut-il avoir eue en me disant qu'il connaissait... la personne inconnue qui a trouvé mon argent?

Silence général, — et, hélas! bien éloquent!

— Comment, reprend le monsieur, sait-il même que je l'ai perdu?

— J'ignore... vraiment, commence à répondre le menuisier, ce que Charlot a pensé...

— Cette démarche, reprise à huit jours de distance, ne peut pas être sans but. Elle ne peut être non plus une simple fantaisie d'enfant; elle a été bien trop compliquée pour cela...

Puis, regardant fixement dans les yeux mêmes du travailleur :

13

— Certainement, continue-t-il, elle lui a été conseillée...

— Pas par moi, toujours, interrompt Jean avec autant de maladresse que de vivacité.

— Je n'accuse personne ; mais je viens à vous, d'abord, pour obtenir des renseignements sur la combinaison...

La phrase du « monsieur » est coupée net par un bruit qui fait retourner toutes les têtes et se confond presque aussitôt avec un cri sans nom qui lui succède.

Reine venait de reprendre le bol où avait un peu refroidi son infusion favorite.

A moitié cachée par l'encoignure qu'occupe son lit, elle n'avait pas été vue par le visiteur.

Au moment où elle portait la boisson à sa bouche, l'entrée du négociant avait attiré son attention.

Aux premières paroles de celui-ci, une révolution terrible s'était produite en elle ; et plus son esprit s'était tendu pour saisir les nuances de ce dialogue, plus elle en ressentait la pression poignante.

A un moment de là, sa souffrance se réveille avec la plus vive intensité. Un sanglot monte de sa poitrine. La gorgée qu'elle vient d'aspirer, coule de travers... et l'étrangle. Une forte secousse s'ensuit. Le bol lui glisse des mains, tombe sur le carreau et se brise. Puis la pauvre Reine, inondée de larmes, laisse échapper un de ces cris comme une mère seule peut en pousser dans les déchirantes angoisses du cœur.

Les trois autres personnages sont interdits :

Charlot, complétement muet, baisse la tête ;

Jean, comme un homme qui se noie, cherche à quelle branche il pourra bien se rattraper ;

Le négociant oscille entre deux sentiments : il pressent un malheur à côté d'une mauvaise action.

Ce dernier se tourne enfin doucement vers l'alcôve de l'alitée.

— Pardon, monsieur, dit Jean, espérant qu'un incident sincère détournerait le cours rembruni des choses ; pardon... ma femme est bien malade.

— Je le vois ;... il lui faut des soins...

— Je les lui donne.

— Ne les ménagez pas. Vous pourriez même compter sur moi, s'il lui en fallait d'autres.

— Grand merci, monsieur !

— Au revoir. Dans les circonstances présentes, je vous laisse ;... mais forcément je reviendrai.

A la fin de cet échange de mots, où rien de ce qu'on voulait dire n'a été dit, mais où tout a été deviné comme à l'aide d'un rayon révélateur, Jean, pris d'un double souci, reconduit le monsieur, qui se retire... tristement convaincu.

Le mari revient en hâte près de sa femme.

Il la trouve immobile, la croit évanouie, et cherche à lui porter secours :

Tentative qui reste un instant sans résultat.

Peu à peu elle reprend connaissance :

— Jean, lui dit-elle enfin avec un accent désolé, ce jour m'a plongée... dans une mort... sans remède !...

Quelle lumière !... ou plutôt quelle confirmation de ses craintes !...

Un poignard ne l'eût pas frappée d'une blessure plus aiguë ni plus cruelle.

. . . .

VII

CONSÉQUENCES FINALES

Le lendemain, suivant les dernières paroles du monsieur, l'on revint chez Rocquet.

Là, par les soins d'hommes de loi, eut lieu sans retard un examen, suivi d'un commencement de minutieuse instruction...

Où sont les projets?... Hélas !...

Cette instruction se continua.

Elle fut sévère, — cela ne pouvait manquer, — et finit par une catastrophe :

Arrachant les deux hommes à leur intérieur, elle envoya Charlot dans une maison de correction et Jean en prison.

Quel retour!... Quelle chute!!... Quel écroulement de la maisonnette!!!...

Adieu les plans, les devis!... Adieu l'aisance entrevue!... Adieu les coudées franches entre ses chers quatre murs!... Adieu la joie, la douce ivresse de devenir propriétaire!...

Ah! certainement c'est agréable de rêver son bien-être; c'est même louable dans certains cas, et quand la probité marche parallèlement avec la petite ambition et la tient par la main. Mais lorsqu'on lâche la bride à sa convoitise; que l'indélicatesse est là, laissant faire ou se prêtant à de secrètes et sourdes évolutions, alors tant pis! et malheur!

Les aliments malsains, pris pour satisfaire des appétits trop vifs, ne sont jamais profitables...

Mais à qui la leçon servira-t-elle maintenant?

Terminons notre récit.

Le négociant, qui avait offert ses services pour la malade, n'eut pas la peine de s'exécuter...

La pauvre femme, après avoir traîné quelques

jours, avait rendu l'âme, brisée par la violence de sa douleur morale, et en s'écriant :

— O Jean !... qu'es-tu devenu ?... et qu'as-tu fait de mon garçon ?

. . . .

Quelle fin navrante !

Elle, la femme honnête, la voilà qui paie de sa vie la faute de celui qui devait être son compagnon, au besoin son guide, et qui, au lieu de la guider, a vicié et fait dévier son enfant !...

Terribles anomalies dans les unions !

Oh ! oui, terribles... et je comprends qu'un semblable chagrin tue !

. . . .

Le mauvais calcul que de s'approprier le bien des autres !

VII

L'ERMITE DE MONTAIGU

Le criminel sait-il jamais quel inconnu va se dresser devant lui? Est-il sûr du silence de sa victime? Et, des éléments sur lesquels il comptait pour sa réussite, ne va-t-il pas surgir quelque ressort providentiel, qui devienne arme contre lui... et le châtie?...

(...)

L'ERMITE DE MONTAIGU

I

L'ERMITAGE

Dans une des parties les plus fraîches de la
Basse-Bourgogne, à quelques lieues de Chalon, cette
petite ville coquette qui baigne complaisamment
ses pieds dans les eaux paresseuses de la Saône,
l'œil du voyageur curieux peut, du milieu de la
grand'route qui mène au Bourgneuf, parcourir
un gracieux horizon de montagnes et de villages.

Ce n'est pas qu'il s'y rencontre des choses bien
extraordinaires, des accidents de terrain bien re-
marquables ; mais une certaine harmonie dans les
ondulations du sol, de la verdure groupée comme
si la nature savait l'art, et la riche lumière qui
glisse par larges nappes sur les sommets décou-
pés : tout cela donne du prix à ces sites tranquilles, tout cela fait que de ces lieux émane une
douce quiétude pour le spectateur dont l'imagina-

tion calme s'épouvanterait peut-être des rochers à perte de vue ou des routes suspendues sur des précipices.

Quand on s'amuse à promener ses regards sur ces lignes bleuâtres, vivement repoussées par un ciel d'un bleu plus clair, on est tout étonné de voir, parmi ces montagnes que parsèment seulement quelques maisons, des bois, des vignes et des moulins à vent ; on est tout surpris, dis-je, de distinguer l'une d'elles dont la crête est surmontée d'un objet volumineux, et détachant sur le ciel sa silhouette plus foncée encore que celle de la montagne. Objet fantastique et ne gardant pas de proportions avec tout ce qui pourrait être ou habitation ou monument ; mince, plat, élancé, plus étroit à sa base qu'à son faîte, ayant l'air de vaciller et inspirant la crainte de le voir s'écrouler dans une chute, il vous force à vous demander ce qu'il peut être ?...

Pour se répondre, on n'a qu'à couper la route à angle droit et la laisser pour suivre, pendant trois quarts d'heure environ, un sentier pittoresque, aux haies touffues d'aubépine ou aux fossés bordés de liseron et de l'élégiaque myosotis. On arrive, à travers les dernières maisons du village de Touches, au pied de la montagne ; et ce qui le surmonte, ce qui vous étonnait si fort de loin, est tout simplement une ruine, un reste de mur qui peut bien avoir de vingt à vingt-cinq mètres d'élévation sur trois ou quatre de large dans le bas, six dans le haut, et peut-être un d'épaisseur.

Ce fragment de pierres entassées est, avec deux portiques et quelques décombres disséminés plus bas, tout ce qui reste des ruines de l'ancien et puissant château de Montaigu!

Seulement, et comme pour montrer que la mort porte en elle le germe de la vie, que toute chose qui s'en va peut servir d'origine à une chose qui vient, et que les ruines mêmes peuvent être fécondes, on voit, je ne dirai pas à côté de ces débris, mais sur le sommet de ces débris, sur les pierres les plus élevées de la montagne, abritée au pied d'un grand mur et perdue dans son ombre, une petite boîte de pierres, chapelle, réduit solitaire juste assez grand pour contenir l'homme qui est venu y chercher, ou l'oubli des choses d'en bas, ou la paix nécessaire pour songer aux choses d'en haut. On l'appelle l'*Ermitage,* et le vieillard qui l'habite, l'*Ermite de Montaigu.*

C'est lui-même qui s'est bâti cette cellule, dont une cloche interrompt seule le silence aux heures de l'*Angelus,* et qui n'a pour gardien que la croix de bois dont sa pieuse industrie l'a décorée.

Une porte et une petite croisée, voilà par où le

jour lui vient ; une planche, recouverte d'un morceau de vieille draperie, voilà le luxe de sa couche ; quatre branches d'arbre, à peu près égales, et
soutenant une autre planchette, voilà l'unique
chaise qu'il possède. Quant à sa table, elle est
clouée à demeure à l'un des angles de la maisonnette, dont les murs intérieurs ont le même ornement qu'au dehors, la pierre et le ciment.

Cette nudité n'est cachée que par quelques ins-
truments de culture rangés à l'un des coins, et
dont il se sert pour tirer parti d'un carré de terrain qu'il a défriché sur sa montagne. Une seule
chose lui tient compagnie et l'aide à vivre dans sa
solitude élevée, dans sa thébaïde aérienne... C'est
sa Bible. Ce livre des livres est la seconde âme de
sa retraite ; c'est lui qu'il consulte, c'est avec lui
qu'il s'entretient... à moins cependant que les visi-
teurs alertes ne soient allés le visiter, ce qui arrive assez fréquemment.

Il n'y a pas de noces dans les environs, pas de
nouveaux *bourgeois* venant passer les vacances à
Touches, Mellecey, Etaules, etc., qui ne fassent
une ou plusieurs fois le pèlerinage de Montaigu.

On choisit un beau temps ; on se groupe ; on
part bras dessus bras dessous ; on passe sous un
portique branlant et près de crouler ; on parcourt
des sentiers pierreux ; on fait une ascension rapide

sur une pente remplie de décombres et on arrive à l'ermite, qui s'empresse de vous faire voir l'ancien puits qu'il a déblayé, un casque et une moitié d'armure qu'il y a trouvés, et les portes ou entrées des souterrains comblés par les ruines.

Il vous mène ensuite, avec une certaine complaisance, au coin de terre qu'il cultive... l'amour-propre trouve à se nicher jusque dans l'âme d'un ermite ; après quoi l'on rentre dans la maisonnette, ou plutôt on s'assied à l'entour, car deux ou trois personnes à peine y tiennent ; et là on se rafraîchit... non pas avec ce que le pauvre homme vous offre, mais avec ce qu'on a eu le soin d'apporter et qu'au contraire on lui fait partager.

Le bonhomme vous remercie, prend son bâton, vous reconduit jusqu'au bas de la montagne, et, avant de remonter dans son réduit, vous promet — et l'on peut y compter — qu'il fera pour vous de ferventes prières.

Ce n'est pas, je vous assure, pour les quelques pièces de monnaie qu'on lui a laissées ; il ne thésaurise pas. Il a foi dans la Providence, et il ressemble aux petits des oiseaux qui, sans jamais s'inquiéter, reçoivent d'elle leur pâture de tous les jours. Ordinairement, il fait cuire pour ses repas des légumes qu'il récolte dans son petit champ ; et quand le besoin d'autres provisions commence à se faire sentir, il descend au village de Touches, dont il parcourt les maisons et où il fait, au grand plaisir des habitants, une récolte qui sert à le substanter pendant plusieurs jours.

Ne croyez pas qu'on ait jamais pensé à lui reprocher de venir ainsi, de temps à autre, mendier dans les villages. On l'accueille partout ; partout on lui donne ; dans plusieurs endroits même il est aimé, et cela, « parce que, disent les braves gens qui le secourent, il est là-haut, tout près du ciel, priant le bon Dieu pour nous. » Ils trouvent bon de pouvoir compter sur des prières ;... mais une autre raison que ces bonnes gens ne s'avouent pas, c'est probablement parce que cet homme travaille, que son goût de solitude n'est pas pris dans la paresse, et qu'au besoin il pourrait se passer des légers dons qu'on lui fait. Rien n'engage plus à donner que ces raisons-là.

Une preuve qu'on s'intéressait à lui, c'est que, parfois même quand il était resté plus de huit jours sans descendre à Touches, Claudine, la *fille à Jean-Pierre*, comme on l'appelait, disait à son père, gros cabaretier du village, qu'elle allait porter la pitance à Honoré Madelin. L'ermite, disait-elle, pourrait être malade ; il avait peut-être besoin de quelque chose, et cela l'inquiétait, la bonne fille ! Alors, elle passait la revue dans sa maison, ramassait les morceaux de vieux pain, les restes de viande froide et les lui portait, presque toujours accompagnés de quelques gros sous que les habitués du cabaret donnaient volontiers pour le bonhomme isolé, quand il ne venait pas les recevoir lui-même.

Vous voilà, maintenant, possédant bien votre ermitage de Montaigu. Quelque scène que j'aie à vous dépeindre, vous pouvez suivre les personnages et tout voir comme les familiers de la localité. — J'entre donc en plein dans mon récit. — Qui m'aime, me suive !

II

LE CABARET DE JEAN-PIERRE

Nous sommes en hiver. Malgré la saison, la journée a été belle. Le temps est sec, le soleil a réussi à percer les nuages, et il a lancé quelques joyeux rayons au village de Touches. Le timbre fêlé de la cloche de l'église nous sonne cinq heures ; et si l'on n'entendait déjà les chants et les cris sortir des différents bouchons, on s'apercevrait infailliblement, au costume des deux ou trois passants qui pressent leur marche, que c'est aujourd'hui dimanche. Les *bouchons*, vous le savez sans

doute, sont les cabarets des petits endroits de la
Bourgogne. On les appelle ainsi parce que les ca-
baretiers font pendre à leur porte, au lieu d'enseigne, un bouchon de paille, de sarments ou
d'orties : signe que comprennent très-bien nos
paysans, et à l'interprétation duquel ils se montrent toujours fort empressés.

Vous en voyez un, à l'angle de ces deux rues,
qui se balance plus coquet que les autres, décoré
d'un nœud de rubans multicolores, et comme pro-
tégé par un saint qui les regarde du fond de sa
niche; c'est l'enseigne du plus gros cabaret du
village. Le saint, qui est en pierre, est saint Pierre,
patron de Jean-Pierre, — dont nous avons parlé
tout à l'heure, et qui se gonfle non moins d'être le
plus fort débitant de son endroit qu'un adjoint
municipal dans l'exercice de ses fonctions.

Les autres débits de vin ont leur porte de bois
au niveau du sol; celui de Jean-Pierre a un perron
de trois marches et une porte vitrée. Sa maison,
comme il l'appelle, c'est l'orgueil de son maître.
Si vous voulez, nous pouvons y entrer. Jean-
Pierre est bon diable ; sa femme est accorte, et il
a de la bière qui n'est pas trop mauvaise... Nous la
laisserons, quoique passable, aux consommateurs
d'habitude.

La nuit est déjà tombée depuis plus d'une heure,

et toutes les pièces que Jean-Pierre a de disponibles pour les buveurs ne sont pas encore remplies. Dans l'une d'elles, même, où se trouvent cependant trois tables d'assez belle dimension, on ne remarque qu'un seul individu.

Encore s'est-il presque effacé à l'une des extrémités, dans l'angle formé par le buffet et le lit de serge, où l'ombre des rideaux tordus autour des colonnes ne laisse voir que sa figure, éclairée par la lampe de cuivre qui pend au plancher. Sa mine n'est pas le moins du monde avenante; il est d'humeur maussade, et semble poursuivre une idée fixe. Ses vêtements ressemblent plutôt à des haillons qu'à autre chose; et aux regards qu'il jette du côté par où l'on entre, et plus encore aux deux verres qui sont devant lui et dont l'un reste vide, on devine aisément qu'il attend quelqu'un.

Tout à coup il tourne la tête, comme si un bruit attendu l'eût tiré de sa songerie; il tend le cou, cherche de l'œil, et ne voyant rien venir :

— Feignant de Larivé! marmotte-t-il entre ses dents. Me donner rendez-vous, et se faire attendre! Il va me faire boire plus que mon saoûl, tout à l'heure, et puis ça ira mal!

Et en finissant ces mots, il vide une bouteille, qui n'est que le prélude des amitiés qu'il veut faire au jus bourguignon.

Il se remet un instant à attendre ; mais l'impatience le travaille. Il prend la bouteille vide, et, frappant fortement trois coups sur la table :

— Claudine ! une seconde..

Jean-Pierre s'avance avec une bouteille pleine à la main.

— Tiens ! vot'fille n'est donc pas là, à ce soir ?

— Non.

— Non ! tout court !... Non, Jean Virou, qu'on dit. J'vaux peut-être ben la peine qu'on m'appelle par mon nom ! Allons, posez c'te bouteille ; on la boira tout de même... Elle n'est donc pas là, Claudine ?

— Eh ! non, répond sèchement le cabaretier ; vous savez ben que c'est aujourd'hui dimanche.

— Ah ! oui ; elle danse avec ses amoureux !...

Cette phrase fut suivie d'un rire que Virou tâcha de rendre plaisant, mais qu'un observateur eût trouvé terrible. Jean-Pierre ne l'avait pas entendu ; il avait immédiatement tourné les talons.

En ce moment entrait un nouveau personnage.

Il n'était guère mieux que le premier pour la mine, la démarche et les vêtements. A les voir tous deux en présence, il y aurait bien eu une légère comparaison à faire en faveur de ce dernier ; il avait l'air plus mou que son camarade, et un peu moins rude et grossier ;... mais, en définitive, je

n'aurais confié ma bourse pas plus à l'un qu'à
l'autre.

Dès que Virou aperçut le nouvel arrivant, il
l'interpella d'un ton brusque :

— Eh ben ! Larivé ! tu te fais attendre ?

— Y a donc long-temps que t'es là ? demande
Larivé, comme s'il cherchait presque une excuse.

— Ma foi ! tu vois ben ! j'en suis à ma seconde !
Et elle est vide encore, ajoute-t-il en la prenant et
regardant la lumière à travers. Allons, assis-toi, et
fais venir la troisième... Après ça, j'causerons.

Et ils s'assirent en face l'un de l'autre, séparés
par la table chargée de la troisième bouteille, que
Jean-Pierre venait d'apporter.

Pendant ce court dialogue, une des tables res-
tées vides s'était remplie. De nombreux buveurs
l'entouraient et des regards s'échangeaient entre
eux, après s'être furtivement dirigés du côté de
nos deux premiers individus.

— Vois-tu pas les deux sauvages, là-bas, dans
le coin ? disait tout bas l'un des derniers entrés.

— Oui, oui, répondait de même un autre ; Virou, et son intime.

— Ils ne s'quittent pas, ajoute un troisième.
C'est comme saint Roch et son chien.

— Dis donc saint Antoine et son...

— Ah ! ça ! t'as ben raison, ajoute un autre, qui

empêche son voisin de finir sa phrase ; sans compter qu'ils ne sont guère plus propres ?

— Que diable font-ils ? Y a longtemps qu'ils ne travaillent pas ? Ils ont donc trouvé la poule noire ?

— Ils ne sont pourtant pas ben cossus !

— Je ne sais pas ; mais, voyez-vous, mes amis, quand on n'a pas moyen d'avoir une blouse des dimanches, et qu'on ne fait rien, ce n'est vraiment pas bon signe.

— C'est des paresseux, vois-tu ; et la paresse...

— Ça mène à tout, c'est vrai. Aussi je ne vas jamais avec eux.

— Ni moi...

— Ni moi...

— Ni moi non plus !...

. . . .

— Dis donc, Larivé, dit de son côté le vaurien, qu'est-ce qu'ils se chuchotent donc par là-bas ?... Ils ont l'air de nous regarder ?

— C'est des bêtas, qui s'étonnent de tout... et des feignants, qui ne savent pas boire, et qui jasent. T'inquiète pas !

— Eh ben ! tiens ! faisons-leur voir que j'sommes plus forts qu'eux.

Et la troisième bouteille se vida dans les deux verres, qui se vidèrent immédiatement dans les gosiers.

A la table des nombreux interlocuteurs, on n'avait pas entendu cet épisode de la conversation de Virou et de Larivé...

— Ni moi non plus, continuait-on dans le groupe animé des paysans ; ni moi non plus, je ne vas pas avec eux !

— Ils n'ont pas bon cœur.

— C'est des ladres.

— Ils n'ont jamais *fait la charité* d'un sou.

— Un sou, pourtant, c'n'est guère.

— Ma foi, non, si pauvre qu'on soit.

— Ils n'en ont tant seulement jamais donné un à Madelin.

— C'est des cancres !...

— Je t'ai déjà dit que c'est des prop' à rien !...

Et cette conversation, quoique faite à voix basse, n'en atteignait pas moins le degré d'un violent *crescendo*, qui fût inévitablement parvenu jusqu'à Virou, si un mot, heureusement amené par le hasard, n'en eût changé le cours.

Ce mot était le nom de Madelin l'ermite.

— Eh ! à propos de Madelin, est-ce qu'il est venu aujourd'hui ? interrompt l'un des braves paysans.

— Je ne crois pas. Je ne l'ai pas vu faire sa journée.

— Est-ce qu'il serait malade, le bon homme ?

— Tiens! tiens! c'est drôle! Il ne manque pas souvent les dimanches!

— Eh! Jean-Pierre? (En ce moment le cabaretier remplaçait les bouteilles vides par des pleines sur la table des consommateurs.) Eh ben! dites-donc? Est-ce que je n'avons pas vu Madelin, de la journée?

— Ne m'en parlez pas, répond Jean-Pierre; j'en suis si étonné que je n'y comprends rien! .

— Ça n'empêche, reprend un autre; quand il viendra, faudra lui faire portion double. Faut pas qu'il perde, parce qu'il n'a pas pu venir.

— C'est ça! c'est ça! portion double!

— Moi, d'abord, je lui baillerai quate sous.

— Moi, je lui en baillerai quate aussi.

— Moi aussi, quoi que ma femme...

— On dit pourtant qu'il a un petiot magot dans sa niche, là-haut.

— Qui... qui dit ça? C'est des menteurs!

— Où donc qu'ils l'ont vu, ceux-là qui le prétendent?

— Est-ce qu'on vient demander l'argent du pauvre monde, quand on a des magots?

— Non, non; ça serait nous voler.

— Et il n'est pas comme ben d'autres, que je sais...

— Des feignants, n'est-ce pas?...

— Parle donc pas si haut ; si Virou nous entendait...

— Eh ben ! qu'est-ce qu'il ferait ?

— Qu'est-ce qu'il ferait ! qu'est-ce qu'il ferait !...
C'est bien sûr qu'on l'empêcherait de le faire ; mais
c'est qu'il n'est pas bon, quand il s'y met.

— Tiens ! mais regarde donc, il vient de jouer
aux cartes avec son Larivé.

— Qui n'a pas l'air plus content qu'il ne faut,
encore.

— Les voilà qui finissent la partie. Ils remet-
tent les cartes dans le tiroir. Qu'ils ont l'air drôle,
dites donc !

— Ah ! tiens, ne m'en parle pas ! Je les aime si
guère que je voudrais déjà les voir...

— Comme ton âne de l'an passé, bien loin.

— Parbleune ! te v'là servi à souhait.

En effet, Virou et Larivé se levaient de table. Ils
avaient la face un peu avinée, mais se tenaient
néanmoins ferme sur leurs jambes. Pour sortir,
ils passèrent près du groupe que nous venons d'entendre converser et qui se replia dédaigneusement
sur lui-même, comme pour éviter tout contact.

Virou lui jeta un regard provocateur.

— Vous croyez peut-être qu'on sort sans payer ?
Eh ben ! tenez, v'là qui vous défrise.

Et il faisait sonner dans sa main les pièces de

monnaie qui devaient servir de prix aux bouteilles
consommées.

Jean-Pierre, qui se trouvait là, reçut l'écot sans
rien répondre.

— Vous faites ben le fier, aujourd'hui, lui crie
sa *mauvaise mine de pratique.*

Puis, s'adressant de nouveau au groupe :

— Faites donc pas tant les faquins, vous autres !... Mais c'est égal, ajoute-t-il en faisant cla-
quer ses doigts contre son pouce et changeant
encore d'interlocuteur; c'est toi le premier. Allons! en route, Larivé!

— Hou! hou! qu'il fait froid! dit celui-ci en
mettant le nez dehors.

— Froid? reprend l'autre d'une voix gogue-
narde et dure; ça ne fait ni froid ni chaud; quand
on souffle dans ses doigts, on fait de la mauvaise
besogne. Allons!

Puis, comme il allait sortir, il se retourne et,
apostrophant le maître de la maison d'un ton traî-
nard et grossier :

— Elle n'est donc pas rentrée, vot'fille?

— Qu'est-ce qu'il a donc à parler de Claudine,
celui-là? murmurèrent les paysans attablés.

Jean-Pierre ne lui riposta rien, haussa les
épaules et vint retrouver ses autres clients, après
avoir laissé les deux buveurs déguenillés franchir

la porte d'un air grogneur et peu fait pour rassurer.

III

CLAUDINE

Quelques heures avant que Virou fût entré au
cabaret de son père, Claudine, qui avait vu la
journée s'écouler sans que Madelin parut, s'était
mise à fureter les armoires et les buffets. Elle était
ensuite montée dans sa chambre, où, laissant
croire à son père qu'elle s'habillait pour aller faire
un tour au bal, elle s'était, au contraire, affublée
de sa mante, en avait relevé le capuchon sur sa
tête, et, un petit panier plein passé au bras, était
sortie en se dirigeant du côté de Montaigu.

Qui pourra nier l'extrême étendue de la bien-
faisance, quand on la voit, dans une âme aimante,
l'emporter sur l'amour lui-même; quand Claudine, attendue au bal par un amoureux qu'elle
aime, commence par prendre sur le temps que son
père lui donne, pour porter quelques provisions à
un vieillard qui l'intéresse et dont elle s'inquiète?

— Pauvre homme! disait-elle en hâtant le pas
à travers le chemin pierreux, c'est peut-être le

14

froid qui l'a empêché de descendre! S'il n'avait
pas de quoi manger, là-haut dans sa cellule! Allons! allons! la bise *pince* un peu; mais en courant, on s'échauffe.

· Et elle se mit à courir de si bon cœur en montant la pente (assez douce, il est vrai) de la montagne, qu'elle faisait craquer sous ses sabots les
cailloux et les petites pierres de la route.

Il lui fallait toute la connaissance qu'elle avait
des détours du sentier pour ne pas se tromper
dans sa marche, car la nuit était déjà épaisse. Mais
rien ne pouvait la ralentir. Elle songeait bien à
son Toine, qui comptait sur elle pour sa première
bourrée; mais elle courait toujours. Cette pensée
était peut-être aussi pour quelque chose dans la vitesse de sa course.

Quand elle eut cheminé ainsi quelque temps,
elle vit se dresser devant elle le grand colosse de
pierres au pied duquel habite l'ermite. Il est si
vieux, ce mur, et si noir, qu'il est plus noir que
la nuit, et que l'œil le devine malgré les ténèbres.

Elle avance encore quelques pas et se trouve
tout à fait sur le sommet de la montagne, en face
de la pieuse habitation. Elle regarde la fente d'un
méchant volet, et se rassure en en voyant sortir
un rayon de lumière. Elle frappe aussitôt trois petits coups rapides :

— Qui va là? répond une voix surprise.

— Ouvrez vite à Claudine ; elle a froid.

— Qui?... toi, Claudine! à cette heure?

— Oui, puisque vous ne venez pas.

Et la main tremblante du vieillard ouvre précipitamment la porte, qu'il calfeutre de son mieux, pendant que la jeune paysanne essoufflée se laisse tomber sur la chaise de bois que Madelin occupait devant son foyer, foyer qu'alimentait toute seule une pauvre petite bûche, et qui ne jetait guère plus de chaleur que ce qu'il en fallait pour dégourdir un peu les membres refroidis de la jeune fille.

— Mais qu'avez-vous donc? lui demande-t-elle en le voyant revenir en boitant.

— Peu de chose, ma chère enfant ; une pierre que je me suis laissé tomber sur le pied en déblayant...

— Holà ! fit tendrement la visiteuse ; et c'est ce qui vous a empêché de descendre aujourd'hui chez nous?

— A la rigueur, j'aurais pu y aller ; mais je me serais fatigué...

— Ah ! étourdie ! interrompt Claudine en se levant ; vous êtes boiteux et je vous prends votre chaise. Tenez, asseyez-vous.

— Et toi, qui viens de monter la montagne? et de nuit, encore?

— Bah ! j'ai des yeux au bout des pieds ; je sais
le chemin par cœur. Et quand on sait la route, on
ne se fatigue pas.

— Tiens ! si j'étais ton père, je te mettrais sur
mes genoux, s'écrie Madelin avec une affectueuse
expression. Mais comment vas-tu t'asseoir? continue-t-il en regardant la jeune fille. Eh ! eh ! tu es
leste, dit-il en riant une seconde après ; car, pendant qu'il parlait, Claudine s'était déjà mise à genoux devant le feu et, accroupie sur les talons de
ses sabots :

— Voilà comment je me mettrai, répond-elle en
riant ; comme le jour où je faisais cuire des mar-
rons chez nous, et que vous n'en avez pris que
deux ou trois.

— Tu prends bien ta revanche aujourd'hui, réplique l'ermite en soulevant le panier que Claudine
avait déposé à côté d'elle.

— Oh ! il n'y a presque rien, reprend-elle avec
une charmante petite moue. Voyons, laissez ce
panier.

— Qu'on vienne donc me dire chez vous, ma
bonne enfant, dit le vieillard en prenant les mains
de sa visiteuse dans les siennes ; qu'on vienne donc
me dire que j'ai tort de ne pas m'inquiéter de moi
davantage ! Est-ce qu'il y a de l'inquiétude à avoir
avec une Providence comme celle qui me protège?

Tu viens dans ma cellule, comme l'oiseau allait à
Paul dans son désert, m'apporter de quoi vivre
chaque jour ; de telle sorte que je n'ai rien à faire,
sinon à rendre des actions de grâces. O mon Dieu !
je te remercie ; par les soins d'un de tes anges, tu
me fais une existence heureuse, une vieillesse en-
chantée... je te remercie, Seigneur !

Je ne répondrais pas qu'une larme ne roulât, en
ce moment, sous les paupières ridées du vieil
ermite ; mais ce dont je suis sûr, c'est que ses
mains tremblaient d'une douce émotion. Il savou-
rait une de ces heures suaves qu'il n'est pas donné
à beaucoup de riches de connaître.

Un silence d'un moment s'établit dans la petite
cabane.

— Je crois qu'on serait coupable, interrompt
timidement la jeune fille, de ne pas faire une
bonne action, quand elle coûte si peu, et surtout
quand elle fait tant plaisir.

— Tu serais capable de raccommoder le solitaire avec les hommes, charitable enfant. Un
monde de créatures comme toi, et l'on aurait le
paradis sur la terre... C'est pour cela que tes semblables sont rares, et que nous avons à aller chercher le ciel dans l'autre monde. Dieu te bénira, ma
fille ; tu seras l'honneur de tes parents et la joie
de ton ménage. Car, continue-t-il en passant sa

11*

main sur les cheveux noirs de la gentille villageoise, car tu vas bientôt te marier, n'est-ce pas,
Claudine?

— Mon Toine arrange ça avec mon père; je
crois que ça se fera bientôt. Mais c'est égal, je
viendrai toujours vous voir, reprend-elle vivement,
comme si elle eût craint que Madelin ne vit dans
son mariage la cessation de ses visites.

— Si ton Toine t'aime autant que tu mérites d'ê-
tre aimée, vous ferez à vous deux le couple le plus
heureux que le curé de Touches ait uni et vu danser depuis longtemps.

— Ah! à propos de danse, vous ne savez pas? Il
compte sur moi pour une bourrée, mon Toine.

— Et tu le fais attendre? Peste! quelle amoureuse!... Mais il va te gronder?

— Non, il ne gronde jamais.

— Il est commode!

— Il sera si aise de me voir venir qu'il oubliera
que je l'ai fait attendre.

— Eh bien! s'il ne te gronde pas, c'est moi,
Claudine, qui vas te gronder.

La jeune fille regarde l'ermite d'un air spirituel-
lement incrédule :

— Quand mon Toine ne gronde pas, lui, c'est
qu'il ne veut pas; mais vous, vous, Madelin, je ne
vous en crois pas capable.

. — Pas pour une aussi charmante espiègle que
toi, réplique le vieillard. Non, je ne gronde pas ;
mais partons vite, car je te reconduis jusqu'au bas
de la montagne.

— Bon ! pour que ce soit à moi de gronder ensuite, boiteux !

— Ah ! j'oubliais ! s'écrie Madelin d'un air
étrangement peiné, mais qu'importe ! continue-
t-il en quittant le ton quasi badin qu'il avait affecté
tout à l'heure ; je ne te laisserai certainement pas
partir seule, ma chère enfant. A l'heure qu'il est !
et la lune pas encore levée !... oh ! non, non. Allons, viens !

Et il essaie de se mettre debout.

Mais un cri de douleur, qu'il ne peut tout à fait
comprimer, trahit son courage. Il retombe sur sa
chaise...

— Restez, restez, lui dit Claudine, qui verse le
contenu du panier sur la table, le remet vide à son
bras, et ouvre et franchit la porte, en criant du
dehors à Madelin :

— Adieu ! je vas trouver mon Toine pour danser notre bourrée.

— Va, va, digne enfant, lui répond le vieillard
d'une voix émue et rapide ; va, je n'ai plus peur :
Dieu doit veiller sur toi !

En même temps il se lève pour voir, au moins, .

de son seuil, s'éloigner l'officieuse petite créature.
Bah! quand sa jambe boiteuse l'a transporté devant
sa maisonnette, la jeune paysanne est déjà loin. Il
ne la voit donc plus. Mais il ne peut s'empêcher de
répéter dans les ténèbres, et de lancer du haut de
la montagne sur les bas sentiers que doit déjà parcourir Claudine, cette phrase qu'il lui a dite tout à
l'heure et qui plane probablement sur la jeune
fille comme une bénédiction céleste : « Va, je n'ai
plus peur ; Dieu doit veiller sur toi ! »

Puis il rentre, ferme sa porte à la bise qui se faisait toujours sentir, se remet péniblement à sa
place, devant son modeste foyer, et reste un instant, les yeux sur les tisons, pensif et recueilli
dans le silence qui s'était rétabli au fond de sa solitude.

Il avait à côté de lui sa Bible. Il la prend instinctivement sur ses genoux, et se met à la feuille-
ter. Il tombe sur le passage du livre des Proverbes
où Salomon dit : « *Celui qui donne aux pauvres
n'aura point de disette.* » Il parcourt cet autre, où
Paul dit à peu près la même chose aux Corin-
thiens ; puis sa lecture s'arrête ; son front s'appuie sur sa main ; il pense, il pense ; sa figure
devient grave, ses traits prennent une expression
sublime... Tout à coup :

— Oui, chère enfant, s'écrie-t-il en sortant de

sa rêverie; oui, Dieu seul sait combien tu mérites d'être heureuse !...

— Hein? fait du dehors, et avec une ironie grossière, une voix stridente qui interrompt brusquement Madelin.

L'ermite surpris écoute un instant, immobile; puis, cherchant à se persuader qu'il s'est trompé, mais n'étant pas rassuré complétement, il se lève, ferme sa Bible, qu'il serre dans un petit coffret de bois façonné exprès, et se tourne du côté de la planche qui lui sert de lit, se disposant à se coucher.

IV

VISITE SUR VISITE

Laissons Madelin vaquer au soin de son repos, et prions Dieu qu'il lui fasse une bonne nuit. Nous avons besoin, maintenant que Claudine est sans doute à danser avec son Toine, de faire quelques pas en arrière pour voir l'allure et la direction de nos deux vauriens en guenilles.

Quand ils eurent fermé sur eux la porte du cabaret et qu'ils se furent orientés, Larivé toujours peureux et refroidi, Virou toujours dur et gourmandant son camarade, ils se mirent en marche côte à côte.

— La lune sera levée, disait Larivé avec une espèce de crainte ; il fera trop clair.

— Feignant, marche plus vite et j'aurons fait avant qu'on la voie.

— Pardine ! ça t'est facile à dire : « Marche plus vite... » Il faut pouvoir... Je gèle.

— C'est vrai qu'il ne fait pas chaud, *tounare !* répond Virou, forcé de céder à l'opinion de son voisin. La bise a les dents si longues qu'elle me mord à travers ma blouse.

— Pendant que tu étais en train, tu n'as pas voulu prendre la veste... ça t'apprendra.

— Pas de réflexion, si ça te plaît ! Je t'ai déjà dit de te mêler de tes affaires.

— Ah ben !...

— Pas d'*ah ben !*... Tais-toi !

— Ah ! c'est comme ça ! Ecoute, alors : ça ne me va pas... bonsoir !

Et Larivé se dispose à tourner les talons et à laisser Virou seul.

Le ton dur avec lequel ce dernier parlait à son camarade, venait d'un ascendant pris sur lui, non qu'il lui fût en rien supérieur, mais parce qu'il avait, au dire de tous, « plus mauvaise tête. » Il faisait son méchant avec Larivé tant que celui-ci ne répondait rien ; mais si Larivé le menaçait de le laisser, ce que nous venons de voir, ou même de ne plus lui obéir, aussitôt Virou, qui tenait à son complice comme à un instrument précieux et bon à ses vues, se hâtait de revenir le premier et de gagner l'autre, pour l'assouplir jusqu'à ce que l'entreprise fût menée à fin. — Cette fois, il fut donc obligé de mettre encore les pouces :

— Allons, dit-il d'un ton radouci, reste, et viens te réchauffer.

En même temps, il sort de sa poche une de ces petites bouteilles plates, habillées d'osier, et la montre à Larivé.

— Tiens ! t'as donc la goutte ? dit celui-ci subitement alléché.

— Et d'la un peu bonne, répond Virou en lui mettant la bouteille débouchée sous le nez.

— Où qu' t'as pris ça, donc ?

— Elle embarrassait un commis-voyageur qui prônait sa marchandise...

— Et t'as eu la bonté de l'en débarrasser ?

— Pardine ! il n'étalait que des échantillons.

— Ces commis-voyageurs, ça n'aime jamais à rendre service !

— Eh ben ! qu'en dis-tu ? demande Larivé à l'autre, qui lui repasse le flacon.

— Humph ! soigné ! articule le buveur en s'essuyant les lèvres du revers de la main. Ça réchauffe tout de même l'estomac... et le courage.

— J'crois ben ; t'es pas difficile.

Disant cela, il engloutit d'une gorgée ce que Larivé lui a laissé dans la bouteille.

Ragaillardi, ce dernier se frotte les mains.

— Ah ça! lui dit Virou, as-tu toujours froid, peureux? Allons!

— Allons! répond comme un écho l'autre, que la goutte qu'il vient de boire empêche de faire une nouvelle objection.

Et ils se mettent de nouveau en marche.

Ils se rapprochent, accélèrent le pas. Ils continuent la conversation, mais à voix basse. Virou parle avec précipitation ; Larivé l'écoute attentivement... Ils complotent entre eux.

Où vont-ils? A qui en ont-ils? Dans quel but marchent-ils?...

Hélas! quoique la lune ne paraisse point encore, la nuit n'est pas tellement profonde que vous ne puissiez reconnaître le sentier de Montaigu, le sentier de l'ermitage de Madelin, le sentier que vient de parcourir tout à l'heure Claudine, et, à défaut de cette reconnaissance des lieux, les quelques mots décousus que vous pourriez saisir du dialogue, toujours à voix basse, des deux personnages, vous en diraient assez:

— Pourvu qu'il y soit? dit Larivé.

— Est-ce qu'il y a deux nids comme le sien dans le pays? répond Virou.

— Ah! le gaillard! on lui apprendra à faire l'ermite pour cacher ses écus!

— Nous verrons ben si ses *oremus* les empêcheront d'être à nous!

— Ah! vieux cachottier!

— Ah! vieil avare!... Attends!...

. . . .

Cinq minutes après, ils rôdaient autour de la cellule de Madelin.

C'est donc lui, cet homme pieux et tranquille, cet homme aimé de tout le pays, cet homme pauvre par-dessus tous et qui vit saintement dans ses prières et son travail, c'est donc lui qu'une convoitise aveugle menace, lui qu'un coupable complot va essayer de frapper! — Misérables... et maladroits! Vous ne savez donc pas que tout homme qui prie sert d'intermédiaire entre le monde et Dieu, et ne s'attache ni aux joies ni aux richesses d'ici-bas? qu'il ne thésaurise point? ou que ses trésors, à lui, ne sont autres que la pureté de sa vie et la ferveur de ses aspirations? — S'il tient par quelque fil aux choses mondaines, s'il sent les affections de la terre, c'est pour vous aimer et vous soulager, malheureux que vous êtes:

c'est pour tendre la main à vos faiblesses... autrement il serait un homme indigne, un ministre
sacrilége... Et Madelin n'est ni sacrilége ni indigne.

Ils avaient déjà tourné une fois ou deux autour
de la maisonnette. L'obscurité entière qui les en-
veloppait, les rassurait autant que le rayon de lumière traversant le vieux volet avait, une heure
auparavant, rassuré Claudine. Aux uns le jour,
aux autres les ténèbres.

Rien n'empêchait plus nos deux bandits dans
l'exécution de leur atroce projet.

— Il dort, dit tout bas Larivé.

— J'saurons ben le réveiller... Cognons.

Au moment où il allait frapper à la porte, Virou
est arrêté par Larivé, qui lui demande :

— Faudra-t-il... tout de suite? ou ben, si?...

— Eh! non. Sais-tu où est le magot, imbécile?
Passe par derrière, et laisse-moi faire.

— Mais t'as perdu la partie, tout à l'heure ?

— C'est assez d'une, répond sèchement Virou ;
j'veux pas perdre celle d'à-présent. Attention!

Ils se disposaient une seconde fois à heurter à
la porte, quand des mots prononcés à voix haute
dans l'intérieur de la cabane leur firent prêter l'o-
reille...

— Il n'est pas seul.

— Chut! tais-toi!

Et c'est au même moment qu'ils entendent l'ermite dire tout haut et du fond de son âme, en parlant de Claudine : « Oui, chère enfant, Dieu seul sait combien tu mérites d'être heureuse!... »

— Hein?

C'était Virou qui, de sa voix cynique, interpellait du dehors son interlocuteur du dedans.

Nous avons vu que Madelin se disposait à se coucher, Virou ayant fait suivre son interpellation d'un assez long silence. Mais le malfaiteur, n'entendant plus bouger, ne tarde pas à renouveler ses importunités.

Trois coups assez forts font bientôt retentir la porte sous ses doigts noueux.

— Qui va là? demande le vieillard d'une voix troublée.

— Deux malheureux. Ouvrez.

Au mot de malheureux, Madelin n'a pas d'objection à faire. Il se lève, en boitant, de la planche où il s'était déjà étendu, et ouvre.

— Dieu vous aide! leur dit-il. Madelin est toujours heureux d'être utile à quelqu'un. Qu'y a-t-il pour votre service?

Il ne pouvait, le brave homme, avoir de craintes sérieuses. Tout le monde connaissait sa pauvreté; et comme, à moins d'avoir éveillé des haines per-

sonnelles, on n'a d'attaques à craindre que lorsqu'on est riche, il était tranquille ;... il n'avait pas
d'ennemis.

— Un abri pour cette nuit, mon brave, répond
Virou à la demande du vieillard. J'sommes en retard et un peu perdus, et j'n'avons pas de gîte.

— Ma cellule est bien étroite...

— Oh ! ça ne fait rien ! ça n'empêche pas qu'il y
aura assez pour nous. Pas vrai, Claude ?

— Oui, Jean.

En pareille occurrence, et par précaution, ils ne
s'appelaient jamais que par leur nom de baptême.

Madelin ne vit que de la discrétion dans l'allu-
sion de Virou. Il ne lui vint même pas à l'idée
que, le village étant tout près, il était très-extraor-
dinaire qu'on vînt lui demander asile.

— Du reste, vous connaissiez sans doute votre
auberge, dit-il en riant ; le pauvre ermite n'a que
des aumônes à recevoir et des prières à donner.

— J'sommes pas difficiles.

— Oh ! c'est ben sûr, ça, dit approbativement
Larivé.

— J'savons ben, père Madelin, j'sommes pas
comme d'aucuns qui disent...

— Qui disent ?... interrompit Madelin.

— Bah ! des bêtises ! qui disent comme ça que
vous êtes... riche.

— Riche en vertus, dit Larivé, content de trouver à placer son mot.

— Ni d'une manière ni de l'autre, mes amis. D'abord, je suis pêcheur ; ensuite, vous n'avez donc jamais vu l'intérieur de ma retraite ?

— Ah ! j'sommes pas curieux.

— Si mal qu'on soit, on peut désirer un tantinet voir son gîte.

En disant cela, Madelin rallumait un reste de mèche qui pendait au bec de sa lampe d'étain...

La flamme n'a pas plutôt brillé qu'un souffle empressé la fait disparaître.

— Eh bien?... s'écrie l'ermite tout surpris.

— C'est de l'économie, dit Virou ; j'n'avons pas besoin de voir clair pour dormir.

— Au fait, c'est vrai, continue Larivé. Du reste, reprend-il un instant après, la lune pourrait bientôt nous servir de lampe.

Cette prédiction d'une clarté prochaine était pour avertir Virou, dont le camarade s'impatientait.

— On ne la voit guère qu'à travers la fente de mon volet, dit le vieillard.

— Vous avez peur que vos voisins vous regardent, dit avec un gros rire le premier des deux interlocuteurs.

— J'ai pour voisins les nuages, l'ombre du grand

mur et les oiseaux qui viennent nicher dans les ébréchures des pierres.

— Vous craignez les voleurs, peut-être?

— Moi! et que me prendraient-ils? Ils ne sont pas si sots que de perdre leur temps à venir chez moi.

— Il n'en démordra pas, dit tout bas Larivé.

— Oui, ben sûr, ça serait du temps perdu, dit Virou tout haut et d'un ton marqué d'indifférence.

En même temps, il pose doucement sa main sur l'épaule de Larivé, qui se tenait à côté de lui.

— Ils le savent aussi bien que moi, continue Madelin en réponse à la réflexion précédente; c'est pourquoi ils ne viendront pas.

— C'est juste. Mais c'est tout de même une drôle d'idée que vous avez eue là, de venir vous percher si haut. Vous n'aimez donc pas les hommes?... ou ben si c'est pour vous mettre plus haut qu'eux?

— Quelles manières de voir vous me prêtez là! Parce qu'on vit un peu retiré, il ne s'ensuit pas qu'on déteste ses semblables. Non. Comprenez-moi bien. Tous ceux à qui je pouvais tenir, famille, parents, amis, tous sont partis de ce monde... J'ai trouvé cet ermitage qui m'en isolait assez; j'en ai fait ma demeure. Voilà toute l'explication de cette prétendue haine des hommes.

— Tiens ! c'est singulier ! Et vous vivez à votre aise, ici ?

— D'aumônes ; je vous l'ai déjà dit.

— Comment ! et tous ces gens que vous regrettez, ils ne vous ont donc rien laissé ?

— Un souvenir plus ou moins cher.

— Bon, bon ! passons pour les souvenirs ; on n'engraisse pas avec ça. Mais pour vivre ?

— Ils étaient aussi pauvres que moi. D'eux tous, une seule personne avait un trésor... c'était ma mère...

— Un trésor !... Ah ! !... fit Virou avec la joie qu'éprouve quelqu'un en obtenant enfin ce qu'il désire depuis longtemps.

— Ah ! il y avait un trésor ! répétent-ils tous deux, Larivé et lui, d'un air de surprise mêlée de grande satisfaction, et qu'ils eurent grand'peine à dissimuler.

— Oui, le trésor de ma mère ; ce qui fit sa consolation pendant sa vieillesse...

— Et ?... font-ils avec la plus vive curiosité.

— Et je l'ai apporté ici. C'est la seule chose qu'elle m'ait léguée. Je le conserve soigneusement dans un petit coffret, que je lui ai construit exprès, et qui est là sur ma planche...

La joie étouffait intérieurement nos deux vauriens.

— Et vous ne craignez pas les mauvais sujets,
dites-vous, mon brave ?

— Non.

— Et ce trésor ?...

— Il n'est pas de la nature de ceux qui enri-
chissent les voleurs.

— Tiens ! c'est étrange !

— Bon ! dit Larivé à l'oreille de Virou, le vieux
joue au fin.

— Non, continue l'ermite, aucun malfaiteur ne
viendra jamais pour me le prendre.

— Tu crois ? se dit tout bas Virou.

— Conte ton conte, dit aussi tout bas Larivé.

Et il s'opère un changement de place et de posture chez les deux hôtes nocturnes :

— Ainsi, demande encore Virou avec son affec-
tation d'indifférence ; ainsi vous êtes, toutes les
nuits, parfaitement ben tranquille ?

— Oui, mon Dieu !

— Eh ben ! tu le seras encore davantage, celle-
ci, je te promets.

— Et j'verrons la couleur de tes écus ! . . .

. . . .

Un cri d'angoisse, suivi d'un cri de mort, se
fait entendre dans la cellule, en même temps
que le bruit d'un corps frappant lourdement la
terre...

Pauvre Honoré Madelin! victime de deux sots scélérats!... Pauvre village de Touches! veuf de celui qui était l'ami de tous tes habitants!

V

A QUI LE TRÉSOR?

Le corps du saint vieillard n'eut pas plutôt tombé sous le coup du meurtrier, que celui-ci et son digne acolyte, mûs tous deux par le même désir de posséder, se préparèrent aux recherches, afin d'entrer en possession du trésor convoité. Ils rallumèrent la lampe qu'ils avaient soufflée tout à l'heure...

— Tiens! s'écrie Larivé; il dit qu'il n'a rien; voilà des vivres pour trois jours!

Il venait d'apercevoir sur la table les mets que Claudine avait sortis de son panier.

— Manges-tu? continue-t-il.

— Merci! répond Virou.

— Tant pis! c'est appétissant. J'vas tout de même y goûter.

Et il met la dent sur un joli morceau de viande froide.

— Allons, gourmand! lui crie Virou...

— Mais, dis donc, interrompt celui-ci, ça sent la cuisine de la femme à Jean-Pierre.

— Quoi que tu dis?

— J'dis qu'on dirait que Claudine apporte des rations jusque-là.

— Veux-tu ben te taire, animal! lui crie Virou subitement colère et en lui détachant un énorme coup de poing sur l'épaule.

A se rappeler les deux questions adressées par le même vaurien à Jean-Pierre dans son cabaret, et à bien analyser le coup de poing qui tombe sur l'épaule de Larivé, on se surprendrait à croire que le nom de Claudine produisait un effet sur l'esprit de Virou... Il y a, dans la nature, des directions inexplicables : on a vu le sale reptile tendre à toucher la fleur.

— Allons, bon ! Est-ce que j'ai un trésor, moi, que tu veux me tuer?

— J'te dis que j'veux pas que tu parles, et dépêchons. Apporte la lumière par ici ; je vois quéque chose.

Comme ils n'avaient pas faim, les vivres sont bientôt abandonnés. Larivé approche. Virou était monté sur la chaise, et avait la main sur le petit coffret de bois...

— Je le tiens ! s'écrie-t-il.

— Part à deux, riposte vivement l'autre.

— As-tu peur que j'te vole ? voyons !

Le coffret était fermé, et l'on n'y voyait pas de serrure. Ils le retournent dans tous les sens.

— Ça doit être ça, se disent-ils.

Et ils le secouent, tâchant de savoir ce qu'il renferme ; mais ils n'entendent aucun bruit. Seulement à sa pesanteur ils jugent, avec raison, qu'il ne doit pas être vide.

— Ça doit bien être ça, répètent-ils encore ; mais que diable a-t-il mis là-dedans ? Si c'était des écus, ça sonnerait.

Au moment où Larivé criait : « Part à deux ! » Virou avait jeté sur lui un regard oblique, dans lequel on aurait pu voir qu'il n'eût pas craint de laisser un mort de plus dans la cellule. Il eût probablement volontiers envoyé son complice en expiation dans l'autre monde.

Mais, depuis un moment, un doute l'inquiétait. Si, au lieu d'or ou d'argent, c'étaient des papiers ? pensait-il en lui-même... que faire ? Il ne savait pas lire. Dans ce cas, la miséricorde de l'égoïsme vint à son secours et arrêta son bras. Larivé, lui, savait assez bien déchiffrer l'écriture. Il lui donne donc tacitement sa grâce, quitte à se démettre de sa clémence envers lui, après avoir envisagé le trésor et su le parti qu'il pouvait en tirer.

— Après tout, ça ne fait rien, ajoute-t-il brusquement; j'voulons pas nous faire ermites. nous; déménageons; je n'aime pas des voisins qui ne disent plus rien.

Et en même temps il détourne, avec le pied, le corps de Madelin pour passer.

— Si tu veux, j'vas la porter? dit Larivé en faisant un geste pour prendre la boîte.

— Merci, non; ça ne pèse pas, j'm'en charge.

— Comme tu voudras; c'était tant seulement pour t'éviter la peine.

— T'es ben obligeant, depuis quéque temps.

— Bon! vas-tu pas croire?...

— J'n'crois rien, parce que...

Après un moment d'hésitation il renfonce sa phrase, ne voulant sans doute pas amener une nouvelle querelle entre eux dans cette circonstance.

Larivé n'était pas de ces hommes qui se montrent ouvertement offensifs. Il retournait en dedans de lui ses pensées mauvaises, et, comme tous les êtres faibles, cherchait à surprendre, mais ne provoquait jamais. Il avait bien aussi son projet, qu'il roulait dans sa tête. Habitué à observer Virou, il devinait peut-être sa crainte au sujet du contenu de sa boîte, et lui, qui savait lire, n'aurait eu besoin de personne pour s'assurer de la physionomie et de la valeur du trésor! S'il avait pu se

rendre maître du coffret sans devenir agresseur !
Si un accident eût pu faire disparaître son camarade ! Certainement il souhaitait de tout son cœur
que le roc s'éboulât sur les pieds de l'autre, que
l'autre chutât et se cassât le cou. Peut-être allait-il
plus loin ; peut-être couvait-il un moyen, une ruse
qui, sans avoir l'air de venir de lui, pût porter
nuisance à Virou....

Voyons-les cheminer.

La lune les éclairait depuis quelques instants.
Ils marchaient à pas pressés, comme des gens qui
ont leur remords derrière eux, et qui veulent lui
échapper. Ils avaient pris un autre chemin de la
montagne, plus rapide et rocailleux, et par lequel
on ne passe presque jamais, quoiqu'ils fussent
bien certains, du reste, que personne à cette heure
ne pouvait les rencontrer.

— Eh ben ! oùsque j'allons ouvrir ça ? dit tout
à coup Virou en rompant le silence d'une voix
brève.

— Mais, oùsque tu voudras. Seulement il me
semble que sur cette large pierre, ça nous serait
ben commode.

— Je vois ça ; mais c'est qu'elle est haute.

— Bah ! on y arrive.

— En grimpant, oui ; mais...

— Mais quoi ? t'as peur !

— Hum! feignant! tu sais à quoi t'en tenir. Allons! ôte-toi de là, que je monte le premier.

Et il se met à gravir d'un pas décidé l'escarpement qui mène à la plate-forme de la large pierre.

Larivé marchait derrière lui, insouciant en apparence. Un endroit propice se présente bientôt. Un intervalle du terrain était comblé superficiellement de grosses pierres mobiles. Virou met le pied sur une d'elles :

— Tiens! ça branle! dit-il.

— Tout ce qui branle ne tombe pas, répond tranquillement Larivé.

— Non; mais on peut tomber dessus.

— On se ramasse.

— Si ce n'est pas l'autre qui tombe, réplique sourdement Virou en se retournant, le bras levé, et lançant dans l'air un vigoureux coup de poing; car Larivé, qui le guettait, avait baissé à temps la tête, et évité par là une riposte qui eût sans doute réalisé la phrase conditionnelle de son camarade.

Mais ce même camarade n'eut pas le loisir de donner cours à sa colère. Le mouvement brusque qu'il avait fait pour se retourner, avait dérangé l'équilibre de la pierre sur laquelle il avait le pied; ce que voyant Larivé, il était venu en aide à ce commencement de chute en poussant aussi pour sa part... Virou bascule, chute, lâche la boîte qui court à deux pas de là, et en moins d'un instant se trouve terrassé, la gorge sous le genou de Larivé, qui lève le poing pour lui asséner le coup de grâce.

— Ah! brigand! lui crie-t-il; lâche! tu vas me payer ça!

Et il cherche à se débarrasser de l'étreinte vigoureuse de l'autre, à qui l'appât d'une fortune prochaine donnait des forces étonnantes; mais Larivé tenait bon. Néanmoins Virou parvient à dégager une de ses mains. Il l'introduit vivement dans sa poche, et, malgré sa posture contournée, en tire un couteau, qui bientôt menace Larivé d'une lame aiguë. Celui-ci avait, jusque-là, tâché de se rendre vainqueur sans effusion de sang; mais à la vue du danger, sa crainte, son hésitation, se dissipent. Il retient, le mieux qu'il peut, le bras de Virou; et une seconde après, dans les mains des deux champions bouillonnant de rage, deux pointes effilées se lèvent... Quand elles eurent recombé, l'une d'elles s'était enfoncée toute entière dans le cœur de Virou; l'autre avait ouvert la tête de Larivé au-dessus de la tempe.

— Ah! chien! s'écrie Virou en expirant, après s'être soulagé dans un cynique et horrible blasphème; chien de Larivé!... tu iras avec ça demander la main de Claudine!...

Jusqu'au dernier instant, il a fallu que ce nom
sortît de la bouche de l'ignoble scélérat!

Mais son complice ne fait pas attention à ses
dernières paroles. Il se traîne, tout sanglant, jusqu'au trésor acheté si cher: et d'une main aussi
hâtive que le lui permet le peu de forces qui lui
reste, il soulève la cassette et la retourne...

— Rien! pas moyen d'ouvrir! s'écrie-t-il désespéré. J'nous serons tués pour rien!!...

En ce moment, un nuage passait devant la lune.

En ce même moment, un nuage aussi passait
devant les yeux de Larivé. Sa blessure était grave;
le sang en sortait en abondance. Il sentait l'affai-
blissement venir...

— Je n'pourrai donc pas même voir ce que
c'est! crie-t-il d'une voix éteinte, mais avec rage.

La lune commençait à reparaître sur le coin le
plus élevé du rocher. Il s'y traîne encore, cherche
à se tenir un instant debout, soulève à grand'peine
la boîte...

— Je la casserai, hurle-t-il; il faudra ben que
je voie!

Et, en effet, il la laisse retomber sur la large
pierre. Mais l'avidité calcule assez mal. Il n'avait
pas songé qu'elle pouvait tomber plus bas... La
boîte, en frappant le rocher, ressaute, et s'en va
rouler à sa base, à sept mètres environ!...

— ....!!!...

Là, je laisse la place d'un effroyable jurement.

Tout en le prononçant, Larivé, l'œil hagard, se penche comme pour ressaisir le coffret...

Il ne le ressaisit pas, mais il le suit. Sa blessure grave, la rage concentrée qui le transportait, le froid qui piquait toujours vif, tout cela aidant, l'évanouissement était arrivé à sa dernière période. Il glisse lourdement le long du roc, et finit de se briser sur les débris de la boîte, brisée aussi dans sa chute, et qui — la lune étant reparue — étalait, à qui aurait voulu le voir, le trésor pour lequel le sang de trois hommes venait de couler.

Ce trésor, c'était la Bible d'Honoré Madelin!...

VI

LE MORT ENSEVELISSEUR

Maintenant nous nous retrouvons dans le cabaret de Jean-Pierre.

C'est le lendemain de la déplorable catastrophe. La matinée n'est pas encore bien avancée. La bise souffle un peu moins aiguisée qu'hier, et le ciel est toujours bleu. Quelques habitués sont, à cette heure, disséminés dans les divers *bouchons,* et boivent le vin blanc, attablés autour du poêle.

Claudine va et vient, tourne et range dans les diverses pièces, lorsque la porte s'ouvre et donne entrée à un nouveau chaland :

— Tiens! c'est vous, Toine! dit la jeune fille d'un ton affectueux.

— Oui, ma p'tiote Claudine. Comment va?

— Point mal; merci!

— Sommes-nous ben reposée de not'danse d'hier? Ce diable de crin-crin, il ne voulait pas aller, quoi!

— Ah! répond Claudine préoccupée, il allait toujours assez.

— Comment! il allait assez? reprend vivement Toine. Toi qui aimes tant rire et danser?... Par exemple !!...

— Ah ben! oui, c'est vrai; mais on a des moments pour ça.

— J'sais ben qu'hier tu songeais à ton vieux bonhomme d'ermite. Mais voyons; parce qu'il dit des prières pour nous, c'est-il une raison pour que tu me sois maussade, toi? Ce n'est pas ça qu'il lui faut. Je viens de l'appeler bonhomme, et c'est vrai; c'est un bonhomme. Partant il veut qu'on danse, qu'on rie, qu'on s'amuse et qu'on ne fasse pas la moue à son Toine... Voilà!

— Tu parles très-bien, mon Toine; mais, parole d'honneur, si tu avais mal au pied comme il avait mal hier, tu ne songerais guère à danser.

— Ah ça ! tout d'même, ça lui faisait donc ben mal ?

— Si mal que j'en suis inquiète.

— Et que tu vas y retourner ?

— Aussitôt que je serai libre. Je crains quelque accident.

Cette réponse s'achève à peine, que le patron de Toine, brave tonnelier et voisin tout proche, vient appeler celui-ci pour se remettre au travail.

— Allons donc, l'amoureux ! A la besogne ! Dépêchons !

— Voilà ! voilà !...

Et, pour ne pas faire un *péché de cabaret,* il achève son verre de vin blanc :

— Adieu, Claudine ! reprend-il ; à ce soir !

— Au revoir, mon Toine !

Comme un baiser ne prend jamais de temps, un bon baiser s'échange entre eux. Une minute après, Toine tapait à tour de bras sur ses cercles et ses futailles.

Claudine ne peut, de quelques heures encore, trouver le moment de s'échapper. Elle reste à servir dans le cabaret jusqu'au signal du souper, pendant lequel chacun à peu près reste chez soi, à moins d'être *indésaltérable.*

Elle mange un morceau, comme on dit, sur le pouce, puis se glisse furtivement dehors, de même qu'hier, abritée sous sa mante, mais cette fois plus légère du petit panier, dont les provisions n'ont pas besoin de se renouveler tous les jours.

La voilà donc qui prend l'étroit sentier de l'ermitage, et se met à marcher, alerte et vive, montant sans sourciller la pente pierreuse que domine la cellule de Madelin. En un instant, son inquiète curiosité va être satisfaite. Déjà la croix de bois étend sur elle ses bras bénis, et semble l'attendre comme une amie de la maison. Elle se sent toute joyeuse d'arriver à cet asile, d'où la prière descend sur son village, et où il n'a jamais été sujet que de bonnes actions, qu'il s'agit de Madelin ou d'elle.

— Bon! disait-elle à part soi, voici bientôt l'heure de l'*Angelus*; nous le dirons ensemble pour le bonheur de mon futur ménage.

En effet, l'heure crépusculaire commençait déjà à faire tinter de loin en loin les cloches de Mellecey, de Saint-Denis-de-Vaux et de Saint-Martin. La jeune fille se joignait d'intention aux prières des bonnes gens qui, dans les villages voisins, répondaient au religieux appel, et elle se préparait, à chaque seconde, à entendre celui de la cloche de l'ermitage.

Mais, n'entendant toujours rien :

— Son pied lui fait peut-être trop de mal, pense-
t-elle ; il ne peut pas se lever. Courons !

Et, après avoir hâté le pas pendant deux minutes :

— M'y voilà ! s'écrie-t-elle.

Elle fait aussitôt le tour de la petite cabane. Elle
s'approche du volet, regarde par la fente, et ne
voit pas de lumière :

— Bien sûr, il sera couché, pense-t-elle.

Puis, appelant à haute voix :

— Madelin ! Madelin !

Mais Madelin ne répond pas.

Elle s'approche de la porte, et cogne...

La porte cède, s'entr'ouvre et tourne lentement
sur ses gonds...

Pas plus de réponse.

Le silence du bonhomme l'impatiente :

— Madelin ! répète-t-elle.

Et elle attend.

Rien encore !

Son cœur commence à battre plus fort. Elle hasarde timidement un pied sur le seuil ;... mais le
silence qui l'entoure, les ténèbres qu'elle a seules
en perspective dans la chambre, et surtout l'absence de Madelin, dont elle ne peut plus douter,
tout cela frappe tellement son imagination, qu'une
frayeur soudaine et violente s'empara d'elle... Elle

jette un cri, reste un instant stupéfaite ; puis, se retournant subitement, et comme si un meurtrier eût été à sa poursuite, elle se met à descendre la montagne...

Dix minutes ne s'étaient pas écoulées qu'elle rentrait chez son père.

— Qu'as-tu, Claudine? d'où viens-tu? lui demande Jean-Pierre, qui se trouve là à sa rentrée.

— Madelin n'est plus chez lui! lui crie la jeune fille, encore sous le coup de sa frayeur.

— Comment! tu en viens donc?

— Oui. Sa porte est ouverte, et personne ne m'a répondu !

— Il est peut-être sorti?

— Hier il ne pouvait pas marcher...

— Mais, interrompt le père, tourne-toi. Qu'as-tu là? du sang à ta mante?

— Du sang? Ah !... il est blessé, assassiné, peut-être !

— Madelin, assassiné ! c'est pas possible !

— Je n'ai pu me tacher qu'au seuil de sa porte, et il n'est plus chez lui !

— Amis, entendez-vous? Madelin est en danger. Au secours !

Jean-Pierre criait cela à quelques paysans qui buvaient dans une autre pièce.

Les paysans, étonnés, arrivent en hâte :

— Quoi donc? quoi donc?

— Madelin! vite chez Madelin! suivez Claudine, et sauvez-le!

— Qu'est-ce qu'on lui a fait, donc? crient plusieurs voix inquiètes et menaçantes.

— Pas d'explications! dit tout à coup Toine en s'interposant au milieu des paysans; le temps nous manque. Quelques armes, et tous ceux qui voudront, à ma suite!... La main, Claudine.

— Tous! nous y allons tous! crient les braves villageois.

— Ça sera les deux brigands d'hier, chuchotent quelques-uns dans le groupe.

— Ils avaient tout l'air de ça!...

— De mitonner un mauvais coup, n'est-ce pas?

— Ce pauvre Madelin!...

— Si serviable!...

— La providence de l'endroit!...

— Ah! si je leur tombe dessus, à ces gredins, gare à eux!...

Et, tout en exhalant sa colère contre les meurtriers présumés, le groupe marchait, Toine et Claudine en tête, et il marchait vite; car tous aimaient Madelin et tenaient à le préserver d'un malheur.

Tout en courant ou en criant, leur nombre s'était accru. Chaque curieux, qui s'était informé du pourquoi de cette levée soudaine, s'en était fait soldat, et bientôt la notable partie du village, armée de couteaux, de serpettes et de bâtons, se trouve gravir au pas de charge la montagne de Montaigu.

Le premier soin du chef, quand ils eurent atteint le but de leur marche, fut de courir à la cellule de leur ermite. La troupe suivait Toine avec anxiété :

— Eh ben ! Toine ?...

— Y est-il?...

— Madelin?...

— Toine, le voyez-vous?...

Et autres questions semblables, affectueuses, inquiètes et pressées.

Toine, qui était entré seul avec Claudine, ressort incontinent.

— Rien, mes amis! Il n'y est pas. Mais pas de désordre ; cherchons !

— Lui a-t-on pris quelque chose? continuent toujours les voix curieuses du groupe.

— L'a-t-on blessé?

— Voyons un peu.

— Tiens, Toine, dit Claudine, regarde : voilà le sang qui m'a tachée tout à l'heure. Ah! mes bons amis, continue la jeune fille attristée, il ne sera peut-être plus temps!

— C'est égal, marchons...! Qui sait?

— Cherchons partout!

— V'là juste la lune; j'verrons mieux clair.

— Et puis j'connaissons les chemins.

— Tuer Madelin!...

— Oh! les brigands!...

— Marchons vite!

— Cherchons! cherchons!

Et chacun, battant son sentier, parcourt avec soin les irrégularités de la montagne.

— Le premier qui verra quéque chose fera signe aux autres, pas vrai?

— Mais, dis donc, Toine? interrompt tout à coup Claudine, qui se disposait à aller en avant avec le jeune homme; ne vois-tu pas quelque chose, là-bas, sur cette pierre?

— Oui, tu as peut-être raison. Dites donc, amis, continue-t-il en se retournant vers les autres villageois, voyez-vous?.... Attendez!.... là-bas.... tenez....

— Oui, oui, répond tumultueusement le groupe. Oui, l'on dirait... comme un homme qui se remue, qui se lève, qui se baisse, et puis...

— Eh! mais, attendez donc...

— Voyez-vous, les amis?

— On dirait... mais je ne me trompe pas?

— C'est ben sa taille...

— Son costume...

— Eh! parbleu! c'est Madelin!

16

— Ah! fait Claudine, soulagée d'un poids énorme ; merci à Dieu!

— Mais, qué que ça veut dire? murmure-t-on avec étonnement dans le groupe.

— Ça veut dire que j'savions ben que Madelin ne pouvait pas être tué.

— Allons lui demander la chose ; j'la saurons ben mieux encore.

— Oui, donc. Vite à lui! s'écrie Toine, qui prend toujours la parole pour les diriger.

Et les paysans s'avancent en courant vers la pierre élevée, sur laquelle ils ont reconnu le vieil ermite.

Toine courait toujours devant eux. Tout à coup, il s'arrête :

— Un instant, mes amis! Puisque le voilà vivant et agissant, il n'y a pas de danger. Il se met à genoux ; il prie... Ne le dérangeons pas de sa prière.

Claudine voulait encore avancer ; mais elle se plie à l'ascendant que Toine savait prendre sur les autres dans les moments critiques, ascendant auquel les paysans se rendent en cette circonstance. Ils s'arrêtent tous avec une déférence soumise, et, pour ne pas déranger Madelin, d'après l'indication de Toine, ils se placent silencieusement dans quelques fentes du roc, et attendent dans un respect religieux, pour voir ce qui va se passer.

La lune, quoique sans nuages, ne donnait qu'une lumière vague et indécise. L'atmosphère n'était pas transparente comme on la voit quelquefois, et une certaine teinte, presque palpable, répandue dans l'air, semblait comme rétrécir l'horizon. Néanmoins les plans horizontaux de la montagne sont franchement éclairés, et la pierre élevée servant de théâtre à la scène qui nous occupe, reçoit plus particulièrement une part de rayons faisant contraste avec l'ombre des excavations où sont blottis les villageois.

Madelin venait, en effet, de s'agenouiller, et il récitait à voix haute une prière dont on ne distinguait pas les paroles, mais que l'on pouvait deviner et croire fervente, à la manière dont elle était prononcée.

La tête aux cheveux grisonnants de l'ermite se lève vers le ciel; son regard suppliant l'invoque avec une admirable éloquence, et ses deux mains, jointes et élevées, supplient aussi un moment; puis, les laissant retomber sur sa poitrine, il la comprime avec force; sa tête se penche pensive, et la redressant bientôt avec solennité, il fait sortir de son sein une dernière supplique, un dernier mot, qu'il ratifie en étendant sa main droite sur un livre ouvert à ses genoux, et à l'aide duquel il semble invoquer du Très-Haut, pour un crime horrible, un immense et angélique pardon.

Quel tableau! Qui pourrait en donner une idée complète? Quelle plume serait assez puissante pour nous peindre seulement la face amaigrie de ce vieillard éclairée par la lune pâle, pour nous rendre la gravité et l'auguste aspect qu'elle présente en ce moment de sublime invocation?...

Après être resté quelque temps dans cette attitude pieuse, l'ermite se signe, se remet debout, reprend haleine, puis, aidé et soutenu par son bâton, portant sous le bras le livre qui vient d'être pour lui le livre de rémission, il descend lentement le sentier vacillant de la large pierre, et vient, au pied du roc qu'il tourne, se poser devant un monticule de terre que les paysans n'avaient pas aperçu, et qui venait d'être fraîchement remué.

Il tire de dessous sa longue veste une petite croix de bois, qu'il plante à l'une des extrémités du tertre devant lequel il est arrêté.

Puis, debout un instant, il formule une adjuration mentale, après laquelle il étend les deux mains comme pour faire descendre, lui le chrétien selon l'Evangile, la pitié du ciel et l'oubli du crime sur la tombe d'un coupable.

Et, reprenant son livre et son bâton, qu'il avait

momentanément posés sur le monticule, il se dispose à partir.

Alors tous les paysans se relèvent. Je dis se *relèvent,* car, quand l'ermite s'était agenouillé, Claudine, par un mouvement spontané, s'était agenouillée aussi, Toine à son exemple, et les paysans à l'exemple de Toine. Ils avaient silencieusement laissé prier le bonhomme; mais, lorsqu'ils le virent près de s'en aller, ils ne voulurent pas, quoiqu'ils fussent rassurés sur son compte, le laisser reprendre route avant de lui avoir témoigné leur joie... Ils étaient si heureux que leur frayeur se trouvât mal fondée!

— Allons-y tous! s'écrient entre eux ces braves gens.

— Non; vous pourriez l'effrayer, leur dit Toine.

— J'y vais, moi, dit Claudine.

— Ah! oui; c'est ça! reprend le groupe en approuvant.

Et Claudine, leste comme une biche, était déjà devant le vieillard.

— Eh bien! Madelin, que vous est-il donc arrivé? et que faites-vous ici?

— Quoi! c'est toi, ma bonne enfant? Tu me suis donc comme mon ange gardien?

— Pas aussi bien, puisque depuis hier je ne sais ce que vous êtes devenu.

— Oh ! ma bonne Claudine, c'est une triste et
singulière histoire...

— Qu'est-ce ?

— Je te conterai cela plus tard. Viens-tu dans
ma cellule ?... Ah ! mais, continue-t-il aussitôt, es-
tu seule ici ?... depuis quand es-tu là ?... Dis, Claudine, avec qui es-tu ?... Il est bien nuit !...

— On dirait que vous tremblez, Madelin ? que
vous avez peur ?

— Pas pour moi, mon enfant, mais pour toi.

— Pour moi ? Dieu m'a toujours protégée. Qu'y
a-t-il donc ?

— Rien, plus rien... Je te conterai cela.

— Eh bien ! là ! je n'interroge pas davantage ; et,
pour vous rassurer, je suis ici avec mon Toine.

— Avec ton amoureux, ma fille ?

— Oui ; brave homme, répond Toine qui n'avait
pu s'empêcher d'avancer ; avec son Toine... et
d'autres de ses amis, qui venaient à votre secours,
vous croyant en danger, mais qui ne sont plus
qu'un brin curieux, maintenant qu'ils voient que
vous n'êtes ni tué ni blessé.

— Ni tué !... c'est possible, réplique en souriant
Madelin ; mais ni blessé... c'est autre chose ! Ce
n'est pas leur faute, à ces deux malheureux !...

— Ah ! c'est donc eux ! crient les autres villageois, qui s'étaient avancés en même temps que

Toine; c'est donc eux!... Et où sont-i, les misérables?

— Là où vous m'avez vu prier tout à l'heure,
répond Madelin, en montrant de la main le tertre
qu'il a sanctifié par une croix; là, avec le pardon
du ciel que j'ai appelé sur leur tombe!

— On les a donc tués, après?

— La justice de Dieu s'est faite, mes amis.

— Comment donc? comment donc?

— Mes enfants, permettez; puisque vous êtes
là, reconduisez-moi dans ma cellule, et demain...,

— Demain, répond Toine, vous venez déjeuner
chez le père de Claudine, mon futur beau-père, et
là, avec tous les camarades que voici, nous écoute-
rons votre histoire.

— J'accepte, dit l'ermite en frappant dans la
main de Toine. Au revoir donc, mes amis, et à demain!

Ils étaient arrivés. Madelin embrasse Claudine;
Claudine prend le bras de Toine; les paysans se
groupent autour d'eux, et chacun, une fois rendu
au village, dit adieu au couple futur et s'en va
chez soi, impatient du lendemain.

Cette impatience, d'une grande intensité, est
d'ailleurs facile à comprendre...

Le lendemain allait révéler, à ces esprits très-
frappés et encore un peu primitifs, les détails

énigmatiques, les mystères d'une si étrange, d'une si bizarre, d'une si merveilleuse et fantastique aventure.

Le moment désiré fut bientôt venu.

Le lendemain donc, Madelin quitta sa cellule, descendit tout doucement son sentier raboteux, et, à l'heure indiquée, entra dans le cabaret de Jean-Pierre.

On l'attendait. On fut heureux de son exactitude, qui confirmait la disparition du danger.

Peu après, quand tous les curieux furent là, le brave ermite, attablé au milieu d'eux, leur apprenait en effet comment le coup qu'il avait reçu des deux vauriens n'avait fait que le blesser légèrement ; comment, évanoui d'abord, il s'était réveillé ensuite, était sorti, avait rencontré ses assassins tués par eux-mêmes, et était revenu, le jour d'après, leur creuser une fosse et les ensevelir.

Les paysans louèrent Dieu... et burent.

L'ermite les bénit, leur promit de venir à la noce de Claudine, et remonta dans sa cellule, les laissant fêter, par de nombreux verres de vin blanc, et sa conservation et la destruction des deux scélérats.

NOTE

Le château de Montaigu fut élevé dans le cours du onzième siècle. Cette forteresse se tenait fièrement debout au centre d'une double enceinte de murailles et de douze tours. De nombreux chemins couverts y conduisaient, sans compter un défilé de souterrains.

Véritable nid de guerriers, aire aussi bien que demeure, ce château fut pendant quatre cents ans le patrimoine des sires de Montaigu, branche puinée de la première maison de Bourgogne.

En 1591, le duc de Nemours se rendit maître de ce château ; mais, sur les remontrances et les obsessions des magistrats de Chalon, qui avaient journellement à souffrir des excès de la soldatesque, Henri IV le fit démanteler. Le temps s'est chargé du reste, et il fonctionne avec tant de zèle que, bientôt, la dispersion qu'il opère n'aura plus un atome où prendre...

Pauvres pierres grises et usées, ruines de ruines, vous inspireriez de tristes réflexions sur la durée des *immortels* ouvrages de l'homme !!...

Ce n'est pas sans un vif plaisir, sans émotion même, qu'en relisant cette étude, nous nous sommes trouvé transporté devant ces sites bourguignons, parcourus tant de fois dans les excursions de notre enfance.

Nous avons été, là, récompensé, pour ainsi dire, de la fidélité de nos descriptions, car nous y avons revu, avec les yeux satisfaits du contemplateur à distance, et la montagne, et l'ermitage, et les riants villages qui l'avoisinent.

Jadis, à titre de simple croquis, nous avons essayé de faire entrer en un sonnet la silhouette de cette ruine, croquée également plus d'une fois sur notre album.

Après avoir lu le drame, on ne sera peut-être pas fâché d'en voir le décor condensé en quatorze vers... — Le sonnet a

cela de bon : il est si court que l'on peut toujours espérer
qu'on le lira jusqu'au bout.

Voici le coup de crayon rimé :

MONTAIGU.

Jadis, ô Montaigu, dans tes vieux murs debout
Tout respirait la vie, et l'ardeur, et la guerre :
Les pieds de tes soldats résonnaient sur la terre ;
Leurs cris se répondaient de l'un à l'autre bout.

Maintenant, tu n'es plus : silence et mort partout.
Trois siècles ont broyé, disséminé ta pierre,
Et sur ton sommet chauve, ô mont, un homme austère
A fait son nid d'ermite, où du monde il s'absout.

Riche de ton néant, il monte où Dieu l'appelle.
Un lambeau de muraille abrite sa chapelle;
Sa croix sur la ruine étend ses bras bénis;

Tes souterrains comblés sont le champ qu'il remue...
Et sa calme prière est tout ce que la nue
Entend venir de toi, sol aux destins finis !

Pardon pour cette petite échappée de satisfaction person-
nelle ! Elle est venue malgré moi....Mais qui donc m'en voudra
d'un retour si bref aux bonnes heures du passé ?... Qui donc,
d'ailleurs, n'a, dans un coin chéri de sa mémoire, quelques
feuillets que de temps en temps il soulève, et à la lecture
desquels il puise la douce ivresse des souvenirs?...

F. F.

VIII

LE RÉVEIL DE BARNABÉ

~~~~~~~~ ~~~~~~~

Jamais on ne pourra trop dire contre cette fatale habitude
de trop boire. Ah! les gosiers altérés! vous ne voulez pas
cesser d'être de vraies fournaises?... — Je vous souhaite le
sort de **Barnabé** , à qui l'on chanta longtemps :

> « *Eh! t'en souviendras-tu*
> « *Du jus du bois tortu?...* »

<div align="right">(...)</div>

~~~~~~~~~~~~~~~~~

LE RÉVEIL DE BARNABÉ

PETITE LÉGENDE INFERNALE

. . . .

I

TUDIEU! QUEL SOMME!!!

> Là était sa pierre d'achoppement;...
> il avait le palais trop salé!
> (...)

Barnabé était un brave homme, aimant assez sa femme, et surtout ne la battant jamais. Mais il y avait encore une autre chose que Barnabé aimait beaucoup, peut-être même un peu plus que sa ménagère, et cette chose était... le boire.

Oh! le verre!... oh! la bouteille!... quand il tenait ces deux objets de sa prédilection, Barnabé ne se sentait plus. Devant le *piot*, il oubliait tout : ménage, femme, enfants, rien ne pouvait balancer chez lui cette ardente passion, ce culte effréné du liquide.

Aussi ce fanatisme avait-il laissé des traces vi-

17

sibles sur la figure de Barnabé; des rubis qui eussent fait honneur au vieux foulon, poëte des vaux de Vire, s'épanouissaient joyeusement sur son nez rougeaud, et toute sa face semblait illuminée.

La peau de ses joues, gonflée et luisante, flambait comme une tomate de chaque côté de sa truffe bourgeonnée, et le jus d'octobre, ingurgité à dose suffisante, pointait, arrondissant sa petite perle à chacun des pores.

Et Marianne, sa bonne mais triste moitié, ne pouvait absolument rien gagner sur cette habitude funeste. Elle le grondait. Barnabé pleurait, l'embrassait, lui promettait tout ce qu'elle voulait, et, le dos tourné, le malheureux, l'incorrigible recommençait.

— Oh! qui le guérira de boire? Mon Dieu! qui le guérira? s'écriait souvent Marianne dans son désespoir.

Et, le cœur gros, elle le regardait rentrer tous les jours, l'œil aviné, maussade, bougon, et se soutenant à peine sur ses jambes titubantes.

— C'est une maladie, bien sûr! reprenait-elle. Ce pauvre cher homme n'est pas méchant; ça lui fait de la peine de se mettre dans c't'état-là, et il s'y met toujours! Mon Dieu! mon Dieu! qui le guérira?

Mais, à cette maladie, elle ne trouvait, las! médecin ni remède.

Un soir, que le biberon avait vidé le pot plus abondamment encore que de coutume, un de ses amis fut même obligé de le ramener à la maison.

— Ah! Simon! s'écria Marianne, c'est mal à vous de faire boire comme ça mon homme. Je vous croyais son ami.

— Eh! oui, bonne dame, je suis son ami, et c'est parce que je suis son ami que je vous le ramène. Est-ce que vous auriez mieux aimé que je lui eusse laissé passer la nuit au milieu de la route? Il aurait été beau garçon demain, votre Barnabé.

— Je vous remercie bien, Simon, de me l'avoir ramené; mais je ne peux pas vous remercier de l'avoir fait boire.

— C'est bien lui qui a bu sans moi. Il est assez grand garçon pour ça. Je viens de le trouver en revenant de la mine, et je ne connais seulement pas le goût du vin qu'il s'est infiltré dans le gosier. Vous savez, d'ailleurs, bonne dame Marianne, que je vous aime tous les deux, Barnabé et vous, et que, plus d'une fois, j'ai tâché de le détourner, lui, du goulot de la bouteille. Mais, diable! je n'ai pas encore eu la chance de réussir: il y tient.

— Il faut cependant, voisin Simon, que vous finissiez par inventer un moyen. Je me désole de cette vie-là. Barnabé perd sa santé et s'abrutit. Imaginez-moi quelque ruse, ce que vous voudrez, pourvu qu'après, il préfère son ménage à tous les bouchons de la ville.

Faire perdre le goût du cabaret à un ivrogne est œuvre ardue plus qu'on ne pense. Le chasseur chérit son fusil, le fumeur raffole de sa pipe, le priseur savoure sa tabatière, mais le buveur adore à tel point sa bouteille qu'il s'y plongerait pour la vider.

Simon promit néanmoins à Marianne de chercher le joint.

— La première bonne idée qui me viendra, voisine, soyez sûre que je la prendrai. Je vais guetter l'occasion, et je ne manquerai pas d'essayer.

— Essayer, c'est bon, mais quoi? mais quand?

Pendant l'échange de ces paroles, la ménagère dévouée avait donné ses soins à son tant maudit Barnabé. En un tour de main, elle l'avait déshabillé et blotti dans son lit, où il se laissait retourner comme un paquet de linge sale... qu'il était.

Habituée à cette opération, hélas! trop fréquente, elle y déployait une habileté qui eût rendu fière la plus preste des garde-malades. Excellente femme!

elle accomplissait un acte bien méritoire, car, dans ces moments-là, Barnabé n'avait rien de fort appétissant.

Une fois l'ivrogne bien étendu et ronflant toujours, Simon vint le regarder avant de partir.

— Dieu de Dieu! comme il en tient, s'écrie-t-il; il en a au moins pour sa nuit pleine. Allons, bonsoir, dame Marianne! bonne nuit à tous deux. Je reviendrai le voir demain matin.

Dame Marianne, restée seule, se coucha, non pas à côté de son homme, comme elle avait toujours fait dans les belles années, mais sur un matelas mis à terre près de son lit, comme la conduite répugnante de Barnabé l'obligeait de faire depuis longtemps.

Contre son attente, la nuit se passa dans un calme complet. Point d'appels, point d'incidents.

La brave femme, fatiguée de longue date, dormit d'un seul somme...

En s'éveillant, elle se demandait si elle ne se trompait pas, et s'il était bien vrai que Barnabé se fût grisé la veille?

Dès le petit jour, Simon tint parole.

Il arriva, et voulut voir son ami.

— Il n'a pas soufflé mot, lui dit Marianne.

— Je m'en doutais, répondit-il.

Et il s'approcha du lit.

Même silence... L'ivre-mort n'avait pas bougé d'une ligne depuis qu'on l'avait couché.

— Ah ça! il ne remue pas encore! s'écrie-t-il en le touchant, et il ne paraît pas même en avoir envie d'ici quelques heures!... Diable! la *lampée* a été complète!... Vous m'avez dit, dame Marianne, que vous ne seriez pas fâchée si on lui mitonnait une bonne leçon?

— Seigneur Jésus! Vous pouvez lui administrer ce que vous voudrez. Ne lui faites point de mal, à mon pauvre homme, c'est tout ce que je demande; mais, voisin, salez-lui une morale de votre façon, et dont il se souvienne.

— Eh bien! chère dame, j'ai une idée. Donnez-moi carte blanche, et ne vous inquiétez de rien. J'aurai du malheur si l'ami Barnabé recommence, et si, dans tous les cas, je ne lui fais pas mettre un peu d'eau dans son vin. Attendez-moi; je reviens à l'instant...

Et Simon sort au pas de course.

Il revient, en effet, après quelques minutes, accompagné de trois des plus solides de ses compagnons de travail.

Il les fait entrer.

— Dame Marianne, dit-il, nous voilà quatre. Mon idée va s'exécuter. Nous laissez-vous faire?

— Vous êtes libres d'agir. Point de mal à Barnabé; mais dites-lui tout ce que vous voudrez...

— Ça ne se bornera pas là, voisine; il faut avoir confiance en nous, et nous le laisser emporter.

— Emporter!... et où ça, grand Dieu?

— Voisine, voulez-vous que j'essaie? Remettez Barnabé en nos mains; restez chez vous bien tranquille, et, sans le moindre souci, patientez jusqu'à l'heure de notre retour. Je vous réponds que votre mari vous sera rendu intact, dégrisé... et peut-être un peu corrigé.

— La volonté de Dieu soit faite, Simon... et la vôtre aussi! répliqua la bonne Marianne.

Puis, en ménagère aussi intrépide que dévouée, elle aide les quatre camarades à se charger du corps inerte de son éternel buveur.

Installé, du reste, sur un brancard tressé de bonnes-cordes et recouvert de bons sacs, Barnabé, toujours ronflant, est emporté avec précaution, je dirais presque avec déférence.

Marianne se rassure.

— Revenez vite, leur crie-t-elle.

Et elle rentre à la maison, sans grande crainte, il est vrai, mais fort intriguée de ce que l'on va tenter à l'encontre de son mari.

— Quelle épreuve va-t-il subir? se demande-t-elle; et quel degré de sagesse cela va-t-il lui donner?

Tout en se parlant ainsi, elle se met déjà à *retaper* son lit et à ranger dans le ménage. Elle était vaillante, Marianne, et, malgré les découragements que lui causait la fatale passion de Barnabé, elle comptait parmi les épouses modèles.

II

OU S'EN VA BARNABÉ?

> Bien mal est celui que tient la griffe
> du Diable!...
>
> (...)

Quant aux quatre amis, après avoir convenablement consolidé sur leurs épaules le soutien portatif du dormeur, ils se dirigent à pas égaux, lourds et comptés, vers un lieu qui n'a rien d'attrayant ni de compatible avec les goûts d'un biberon.

Que font-ils? Vont-ils jouer quelque tour à cette pauvre femme dans la personne de son homme?... Je ne le suppose pas.

Ils rient bien entre eux, mais d'un rire franc et qui n'indique aucune arrière-pensée... — On n'entrevoit rien de dangereux dans leur allure.

Ils arrivent à un endroit presque nu, au sol inégal et noirâtre, et où se meuvent des espèces de grandes machines.

Un volant gigantesque, enterré jusqu'à mi-ventre, tourne et mugit, donnant l'impulsion à un câble qui se croise et s'étend au loin.

Au loin, c'est-à-dire à plusieurs brasses, des poutres s'élèvent, supportant une double poulie, et dans l'échancrure de cette double poulie passent les deux extrémités du câble, plongeant dans un trou obscur, d'un orifice de six à sept pieds de diamètre.

De ces deux bouts du câble, tant que le volant tourne, l'un monte et l'autre descend.

A chacun de ces bouts un tonneau est tenu à l'aide de forts crochets; et quand l'œil regarde, il ne peut voir jusqu'où il pénètre dans les entrailles de la terre.

Le tonneau qui monte est toujours plein de ce combustible noir et luisant, qui chauffe le pauvre et fait voler la locomotive sur les rails; celui qui descend est vide, quand il ne contient pas quelques outils pour les travailleurs.

Et les travailleurs eux-mêmes?...

Attendez; nous allons bien voir.

Simon et ses trois ouvriers arrivent près de l'ouverture.

Ils font halte, et déposent à terre leur impassible fardeau.

17*

Simon donne quelques ordres, et le volant s'arrête.

— Eh bien! et Barnabé? lui demandent les trois autres, où allons-nous le mettre?

— Jean, happe la benne! répond Simon.

Et la benne vide qui se balançait à fleur de puits, est tirée à terre.

— Etes-vous forts? reprend ce dernier; alors un coup de main!

Et mes quatre gaillards, solides et drus comme des cuirassiers, soulèvent mon Barnabé de dessus son brancard, le prennent, qui par les jambes, qui par la tête, et l'introduisent dans la benne oscillant devant eux.

Le croiriez-vous? notre dormeur continue encore son même somme!... C'est une léthargie; c'est du plomb qu'il a dans les veines...

Oh! le vin! le vin!

Le vin de Bourgogne « met bien, comme le dit la vieille chanson, la bonne humeur au cœur; » mais il n'est *bonne humeur* qui ne succombe à des libations comme celles de Barnabé.

On lui glisse d'abord les jambes dans le tonneau, et, aussitôt que ses pieds en ont touché le fond, mou comme un linge mouillé, il s'affaisse sur lui-même.

Il n'est pas difficile à consolider : il se pelotonne

dans son récipient, et reste là dans l'immobilité la plus profonde.

Un mot de Simon fait faire deux tours au volant. La benne remue, quitte terre, et se replace en oscillant au-dessus du trou.

Elle y demeure un instant.

Nos quatre amis s'en approchent. Ils portent chacun à la main une lampe cylindrique et dont la mèche brûle entourée d'une toile de laiton. Les uns l'accrochent à leur chapeau, les autres la gardent suspendue à leur doigt.

Ils saisissent le câble, qui soutient la masse dormant déjà sur le vide ; ils attirent légèrement à hauteur de leurs pieds l'orifice de la benne, et se posent avec symétrie sur l'épaisseur du bois, où ils se tiennent facilement debout tous les quatre.

Aussitôt qu'ils se sont consolidés autour du câble comme un groupe de cariatides autour d'une colonnette, Simon jette un cri pour dernier signal, et le volant décrit ses circonférences dans l'autre sens...

Le câble plonge, et laisse couler nos cinq compagnons dans les ténèbres d'un puits sans fin.

On descend, on descend ; la lumière d'en haut s'efface et disparaît. Il fait nuit épaisse dans ce long tube humide, et les lumignons des lampes y luisent à peine comme de pâles étoiles sous un voile de brume. Les conjurés sont silencieux.

C'est que la marche *descensionnelle* qu'ils opè-
rent, n'est pas sans danger... Avant de poser le
pied sur les bords de la benne, ils ont même,
tout peu religieux qu'ils soient, cédé à un usage
auquel personne d'eux ne manque : ils ont fait le
signe de la croix.

L'habitude qu'ils ont de ce voyage journalier,
les aguerrit et leur ôte l'anxiété ; mais ils ne son-
gent pas moins qu'ils ne sont soutenus que par
un câble au-dessus d'un puisard tout prêt à les
recevoir à deux cents mètres du sol !

On descend, on descend encore...

Cela dure quatre ou cinq minutes.

Enfin, l'on arrive à un autre trou, ouverture
latérale aussi noire que le puits. Le tonneau des
voyageurs s'arrête juste en face. Un harpon s'a-
vance, l'empoigne, et l'y attire.

On n'est plus sur le vide ; on sent de nouveau
un terrain ferme sous ses pieds. C'est une galerie horizontale où l'on a pénétré.

Simon et ses trois aides quittent aussitôt la
benne, posent un moment leur lampe, et se mettent en devoir de remuer Barnabé...

Barnabé dort toujours.

— Sapristi ! s'écrie Simon, je n'avais pas besoin de
lui souhaiter une bonne nuit hier ! Quelle cuvée !!!

— C'est dommage de l'ôter de ce tonneau, reprend Jean ; un buveur comme lui ne pourra jamais être mieux logé !

Tout en devisant de la sorte, nos quatre lurons retirent *l'ami du vin* de sa demeure si logique, et le transportent dans l'intérieur de la galerie, cherchant l'endroit le plus propice à lui laisser continuer *jusqu'à extinction* son terrible somme.

Ils se baissent dans les parties basses de la rue souterraine, enjambent les poutrelles qui servent d'étais aux murs de houille, découvrent un recoin favorable au repos du malade, lui improvisent un matelas de vieux sacs et de hardes peu neuves, et l'y déposent.

Toujours le même silence de sa part ! toujours le même sommeil ! ! ...

Mais, grâce à Dieu ! il peut ronfler maintenant... S'il rêve à toutes les chopines qu'il a bues, et surtout s'il les compte, il n'est pas encore près de rouvrir l'œil !

Après ces fonctions remplies par Simon et par son trio de camarades, les quatre complices se regardent :

— Nous pouvons attendre, se disent-ils ; il ne va pas s'envoler ! ...

— A présent, à l'ouvrage ! reprend le premier, qui est leur contre-maître.

— C'est ça! répondent-ils, à l'ouvrage!

Et chacun saisit son pic et sa lampe, puis se dirige tranquillement vers les trous qu'il doit creuser, les blocs qu'il doit abattre, les fardeaux qu'il doit rouler.

Ils travaillent, eux, rangés et sobres, en attendant qu'un changement se produise dans la personne de Barnabé...

Qu'ils travaillent donc!

III

BARNABÉ N'EST PLUS DE CE MONDE

> Le coupable y sentira la pesanteur
> du châtiment.
>
>   (...)

O bon Barnabé! homme de silence et de paix! qui donc a pu t'accuser de troubler le calme de ton ménage? A te voir ainsi étendu, respirant avec la quiétude de l'innocence, comme on est persuadé de ta douceur, de ton humeur placide et de ta bonté!

Quelle faute as-tu jamais pu commettre, toi qui ne donnerais pas une pichenette à un enfant, toi qui ne bouges pas plus qu'une outre pleine?...

Tu as absorbé du liquide, dit-on...

Eh, parbleu! une futaille fait-elle du mal lors-
u'elle s'emplit?...

Et tu n'es pas autre chose qu'une futaille, ô bon
iarnabé! Tu t'emplis comme elle; comme elle, tu
ermentes et tu te vides. En te cerclant avec pré-
aution, tu pourras durer encore...

O somnolent Barnabé, quelle vie singulièrement
omblée tu mènes!

En ce moment même, est-il un ennemi du bruit
ui n'envierait ta tranquillité? Que te font les pei-
ies, les soucis, les douleurs de ce monde? L'exis-
ence n'a pour toi que des heures molles, et tu les
iasses si doucement... que tu ne t'en doutes pas.

Et la terre, cette mère assez dure pour un grand
iombre! elle t'a mis au premier rang de ses en-
ants gâtés; ne t'offrant que soutien et abondance,
ille est alternativement, ô Barnabé! ton lit et ta
ontaine, ta fontaine et ton lit!

Aussi, comme tu te montres reconnaissant pour
ille! comme tu l'embrasses souvent! Bon fils! mo-
lèle des fils! O Barnabé bien pesant et peu agissant! Te voilà encore dans une de tes accolades...
Que ton abdomen soit léger à ta mère!!!...

Une bonne heure s'est écoulée depuis l'intro-
luction du dormeur dans la voie profonde et noire.

Une contraction le parcourt, semblable à une

légère secousse électrique ; une bouffée d'air s'é-
chappe de ses poumons... Il remue les lèvres.

La chaleur renaît dans ce corps glacé, les yeux
s'entr'ouvrent, les bras se déraidissent ; le sang,
qui paraissait figé, rend du ton aux veines ; les
joues s'animent ; de fortes aspirations absorbent
l'air du dehors.

Un peu plus, et Barnabé est réveillé.

Le voilà qui s'étend, qui s'étire ; il fait craquer
toutes ses soudures, tous ses muscles ; ses paupières s'ouvrent, se referment, puis se rouvrent
toutes grandes. Il tousse et se secoue des pieds
à la tête...

Il a à peu près conscience de lui.

Il se tâte, il regarde, ou au moins fait des efforts pour regarder... et ne voit rien ou presque
rien.

— Ah ! ça, diable ! balbutie-t-il, où suis-je
donc ?

Et il se tâte de nouveau.

— Marianne ! appelle-t-il.

Mais pas plus de Marianne que de luminaire.

— Personne ? reprend-il. Oh ! oh ! Voyons,
voyons, morbleu ! si celui-là va me répondre.

Alors, sans attendre :

— Barnabé ! crie-t-il de toutes ses forces. Barnabé !!!

Et il attend bravement la réponse.

La réponse ne vient pas.

— C'est un peu fort, morbleu! sacrebleu!...

Et il attend encore.

— Ah! mais, voyons; est-ce que je ne serais plus Barnabé?... Cent diables! où suis-je donc, ce soir, cette nuit, ce... Nom d'un verre vide! je ne sais plus *quand* je suis!... Oh! les autres! Marianne! Barnabé!... Voulez-vous me répondre? voulez-vous...

Et il se retourne de tous côtés.

— Aïe! aïe! murmure-t-il de nouveau; mon lit est terriblement dur cette nuit... car enfin c'est la nuit : il fait noir comme dans un four!... Jamais je n'ai été couché si durement que ça... Oh! Marianne se relâche... Mon matelas est rembourré de cailloux, de bouteilles cassées, de je ne sais quoi... On n'est pas bien là-dessus!... Et qu'y faire?... Avec ça, personne ne veut me répondre!... Il faut que j'attende! Ah! c'est commode d'être servi de la sorte!... Mais je verrai plus tard. J'ai sommeil, je vais me retourner pour attendre le jour. J'y verrai clair, alors... et alors nous verrons... Gare à ceux qui m'auront mal servi!...

Et se rallongeant sur sa couche, il s'arrangeait tout de bon.

Pourquoi? pour se rendormir? Ah! par exem-

ple!... Eh! ma foi, oui! Et encore, tout en rabo-
bichant son singulier duvet, grommelait-il :

— Gare, gare à ceux qui m'auront mal servi!...

— Qu'est-ce que tu leur feras? lui crient aussitôt quatre voix formidables

Vous dire à l'aide de quel sursaut Barnabé se
trouve sur son séant serait tâche impossible. Un
coup de canon parti à ses oreilles ne l'aurait pas
mieux sorti de sa torpeur.

Il ouvre la bouche et les yeux comme des portes
cochères.

— Eh ben! marmotte notre éveillé, où donc sont
ceux qui me parlent?

Autour de lui règne un profond silence.

— Bon! voilà que ça va recommencer!... Dès
que j'interroge, on ne me répond plus. Sacrebleu!
morbleu!... Marianne!

— Il n'y a pas de Marianne ici, ripostent les
voix formidables.

Le ton avec lequel venait d'être jetée cette âpre
réponse, interdit notre interrogateur.

— Je ne suis pas bien du tout ici, reprend-il; et
encore, qu'est-ce que c'est qu'*ici?*

— *Ici?* répondent les voix; c'est *ici* qu'on met
dégeler les ivrognes.

— Les ivrognes! s'exclame Barnabé avec violence; les ivrognes!... Je suis un ivrogne, moi?...

Quel est le malheureux qui le dit?... Tiens! c'est
vrai : ça sent le vin *ici!*...

— Tu en as assez bu pour que ça le sente, répond toujours le chœur invisible; gare à toi!...

En même temps une lueur subite poind dans
l'œil effrayé de l'hôte du souterrain.

— Oh! oh! grogne-t-il, je ne suis pas à mon
affaire!

— Non, non; repens-toi, va!

— Me repentir!... Et de quoi?... Ah! bon
Dieu!... Il me semble que je me rappelle quelque
chose!... N'ai-je pas, hier ou avant-hier, ou ce matin... ou je ne sais *quand,* sapristi!... N'ai-je pas?...
Oui!... oui, Barnabé, tu as bu! Tu as bu, mon
ami!... Mais tu aurais donc bu beaucoup, que tu
ne sais plus?... Au diable les souvenirs!... Marianne! continue-t-il en rugissant, tu m'as donc
passé une éponge dans la tête?... Marianne! Je
veux Marianne, cent diables!!

— Qui donc est assez hardi pour parler du
diable, ici?

Barnabé ouvre derechef les yeux et la bouche,
et reste là, béant, sans plus oser prononcer une
seule syllabe.

— Est-ce que je serais chez lui? se demande-
t-il tout bas avec terreur.

Au même instant, une seconde lueur paraît,

tout aussi subite que la première, qui ne s'est pas
éteinte.

Ces deux points lumineux lui semblent deux
yeux horribles.

Ce n'est pas tout.

Deux autres lueurs, deux nouveaux yeux de
bête féroce dardent à l'instant même leurs rayons
visuels sur lui.

D'autres feux pareils vont et viennent, dansent,
vacillent et se promènent dans l'obscure immensité.

— Oh! c'est bien sûr, j'ai bu!... Oui, je me rappelle... avec Toine et Guillaume, à l'auberge des
Trois-Canards... Ils m'en ont un peu trop versé.
Mais il y a longtemps de ça, il me semble... Que
s'est-il donc passé depuis ce soir-là?

— Depuis ce soir-là, tu as changé de pays, Barnabé!... lui hurlent les voix caverneuses qui l'ont
déjà si fort épouvanté.

— Changé de pays? reprend-il tout tremblant.

— Oui, buveur de chopines. Regarde autour de
toi pour t'en assurer.

Et Barnabé lève des regards timides et obliques.

Il distingue, devant lui et à ses côtés, quatre
fantômes noirs portant une lumière au front, quatre vrais cyclopes, un fer aigu à la main, et le cer-
nant comme s'ils voulaient s'emparer de lui.

Derrière ceux-là apparaissaient encore d'autres

fantômes, éclairés et armés comme les premiers, et tous montrant des figures menaçantes, tous le regardant avec des airs de bourreaux décidés en face de leur victime.

Malgré les lueurs blêmes qui se balancent au front de ces noirs personnages, l'épaisseur des ténèbres est à peine diminuée. Le reflet de ces étincelles tremblotantes éclaire même à peine ces faces démoniaques, dont les yeux seuls brillent.

La mémoire revient tout doucement à Barnabé, et plus il se souvient, plus son effroi augmente...

— J'ai trop bu!... j'ai trop bu!... chuchote-t-il douloureusement; j'ai trop saigné de bouteilles... les bouteilles vont me le rendre... c'est sûr... je suis mort!... Je vois bien où je suis... O messieurs les diables! messieurs les démons! ayez pitié de moi!... Ne me faites pas trop de mal... et surtout laissez ignorer à Marianne que je suis damné; car, enfin, je le vois bien... je suis en enfer!!!...

— Oui! se met à vociférer le chœur aux intonations effroyables; oui, tu es en enfer!.. et tu vas t'y chauffer! On va te faire évaporer le liquide que tu as absorbé... Ah! éponge!... Tu vas payer cher ton amour du verre plein et du verre vide!...

— Oh! désolation! Mais, messieurs les diables, je suis un honnête homme... Je n'ai jamais fait de mal à personne... Pour quelques verres de vin...

— Quelques verres !... interrompent les voix de tonnerre ; quelques tonneaux, tu veux dire?... Misérable! et ta femme? Ta conduite avec elle est-elle d'un honnête homme? Tous les jours elle pleure ; tous les jours elle subit, pour toi, les corvées les plus ignobles... et tu l'appelles à ton aide, encore !... Va, tu es sans honneur... et sans cœur !...

— Oh! messieurs les démons, j'ai tort; oui, j'ai grand tort... mais je ne boirai plus tant... Oh! je vous en prie, ne dites pas à Marianne que je suis damné... Je l'aime bien, ma Marianne, ma bonne femme... et ça lui ferait trop de peine...

— Ce sera un bon débarras pour elle! pilier de cabaret! sac à vin! chien d'ivrogne! Tu ne lui rendras plus la vie dure, et elle se reposera des fatigues qui l'exténuent chaque jour !...

A ces mots, un son bref et aigu vibre dans le gouffre.

C'est un coup de sifflet qui perce cette opaque obscurité.

Aussitôt un roulement lugubre retentit sous la voûte, et un char lourd et grossier apparaît.

Ce char ploie sous une énorme tonne, escortée non de verres et de bouteilles, mais de brocs et d'entonnoirs.

— Voilà le commencement de ta punition;

apprête-toi... Plus tard, nous passerons au sup-
plice...

A cette vue, Barnabé ne sait que dire. Tout
déconfit, plein d'anxiété, il semble attendre son
arrêt de mort, et joue des castagnettes avec ses
dents.

Le char s'est arrêté devant Barnabé.

Un des gens qui sont à son service, s'approche.

Il prend un broc et l'emplit à la tonne.

Il s'empare ensuite d'un vaste entonnoir, et, faisant à Barnabé un geste significatif :

— Es-tu prêt, bibard?

A cet appel, Barnabé tressaille.

Il a tout aussi peur qu'auparavant; mais je ne
saurais dire si, dans cet attirail d'apparence bachi-
que, il n'y a pas quelque chose qui lui fait venir...
le vin à la bouche...

Toujours est-il qu'il l'ouvre.

Est-ce pour répondre? est-ce l'habitude de
boire?...

Qu'importe! Le noir échanson profite de l'occasion, et, par un adroit mouvement, introduit le
tube entre les lèvres du patient, qui, dominé, n'op-
pose plus la moindre résistance.

— As-tu soif, Barnabé? demande l'épouvantable
Verse-à-Boire.

Et, sans attendre permission, il lui envoie une

abondante gorgée d'un liquide dont nul ne pourrait dire la couleur...

— Pouah! s'écrie l'ivrogne avec dégoût; c'est de l'eau!!... c'est de l'eau!... Mille bouteilles!... je suis plus qu'en enfer... car l'eau, c'est pis que le feu!!... Oh! ne me faites pas mourir!... Brûlez-moi, rôtissez-moi, faites de moi ce que vous voudrez... mais ne me forcez pas à boire de l'eau!!...

— Barnabé, as-tu soif? reprend la même voix implacable.

Et une seconde gorgée incolore ruisselle dans le gosier qui s'est tant rougi...

— Heu!!... fait en se détournant avec horreur notre biberon, qui retrouve assez de force pour lever le bras et s'essuyer les lèvres.

L'officier de bouche, lui, levait le broc pour continuer l'exercice de ses fonctions.

Barnabé, mu par une force fébrile, bondit de son lit de douleur, jette un cri à fendre l'âme et se précipite aux pieds des noirs fantômes :

— Messieurs les démons! messieurs les diables! c'est vrai que j'ai commis un bien grand péché, que j'ai mis à sec bien des futailles;... mais je vous en demande pardon de tout mon cœur... je n'en viderai plus! J'ai déjà eu l'honneur de vous dire que je suis un honnête homme;... je vous le répète encore... ne me gardez pas tout vivant au milieu

de vous... Qu'est-ce que vous voulez que j'y fasse,
grand Dieu! avec une boisson pareille?...

Un murmure sourd circule pour toute réponse.

— Oh! laissez-vous toucher ;... je vous promets
de me corriger. Marianne ne sera plus malheureuse ;... elle n'aura plus besoin de disposer son lit
à terre ;... je n'irai plus à l'auberge des *Trois-Canards*... Messieurs les démons, je vous en sup-
plie !!... Oh ! s'il vous plaît, rendez-moi au
monde!... Ouvrez-moi, de grâce, les portes de cette
affreuse caverne!... que je revoie le jour! que je
m'en retourne à mon village... Je vous paierai bouteille... Non, je me trompe ; je ne boirai plus, messieurs les diables !!...

— Pour cette fois, répond le cercle touché, messieurs les diables veulent se montrer bons diables... Tiendras-tu ce que tu viens de promettre?

— Oui! oui !!

— Tu ne feras plus enrager Marianne?

— Non! non !!

— Tu te souviendras de l'enfer?

— Oh !!!

— Eh bien! souffle dessus.

Toutes les lumières disparaissent, sauf une seule,
insuffisante pour éclairer tous autres que ces habitants du sombre lieu.

18

Au même moment, il est saisi de chaque côté par un bras.

Il aurait bien voulu crier aux diables qu'ils venaient de le trahir ; mais il n'en sent en lui ni la force ni le courage. Flageolant sur ses jambes, il se laisse guider.

Il marche ainsi pendant quelque temps.

Lorsqu'il est arrivé où l'on veut le conduire :

— Lève le pied, lui dit-on.

Machinalement, il lève le pied.

Il monte quelques degrés branlants, et, toujours soutenu de chaque côté, touche à un point où l'appui se dérobe sous lui...

Avant qu'il ait le temps de parler, il se sent glisser dans un orifice quelconque.

Ses pieds touchent un fond ; il se tasse, se blottit naturellement.

Dès qu'il a conscience qu'il est appuyé, sa frayeur diminue ; il s'imagine qu'on n'a fait que le changer de lit.

Mais voilà que son nouveau gîte oscille et reçoit une secousse...

— Ah ! s'exclame-t-il, c'est fini !... je suis perdu !!

Et Barnabé se balançait dans l'espace, tout en se cognant de temps à autre à de rugueuses parois.

Les oscillations se ralentissent, s'arrêtent... Barnabé reste tranquille dans sa suspension.

— Bon voyage, Barnabé !, entend-il en chœur autour de lui.

Et toutes les lueurs éteintes reparaissent.

— Bon voyage, Barnabé ! répète solennellement le groupe infernal, qui ricane...

Et toutes les lueurs redisparaissent.

Le patient, ahuri, n'est pas bien éloigné de devenir fou.

L'immobilité cesse.

Barnabé se tâte encore, il regarde... mais tout est noir ; il ne voit rien. Seulement il croit sentir qu'il monte. Plus il se dit la chose impossible, plus il se convainc de la réalité... Où monte-t-il ainsi ? Et comment peut-on monter si longtemps sans être ensorcelé ?... Dans quel élément se trouve-t-il ?...

O bon Barnabé, tu n'es pas sauvé ! Tu es aventuré dans une région mystérieuse, qui doit éveiller en toi les transes les plus aiguës !...

Et il monte, il monte toujours.

Combien d'heures, combien de jours, cette ascension doit-elle durer ?...

Notre converti joint les mains, fait son acte de contrition, et, au risque de vexer messieurs les diables, se signe et recommande son âme à Dieu...

IV

RETOUR A LA LUMIÈRE

> Est-ce moi? Est-il bien vrai
> que je sois ressuscité?...
> (...)

Dieu l'exauce-t-il?

Une espèce d'aube, d'aurore, lui apparaît d'en haut. L'obscurité s'affaiblit. Le jour descend jusqu'à lui. Quelques secondes encore, et il franchira l'orifice... Terre! terre!... Sa vue se repose sur l'horizon, sur le sol éclairé et solide!

Un défunt se levant des entrailles de la tombe et se réchauffant aux rayons du soleil qui ne devait plus luire à ses yeux, éprouverait un ravissement moins grand que celui de notre ressuscité reconnaissant ce bas monde.

C'est une joie enfantine qui prend germe et s'agite en lui, et qui, sans le tirer du vague de son demi-réveil, fait flotter autour de ses organes une perception instinctive du grand jour, de l'air pur, de l'espace et de la liberté!...

Il est à fleur de terre.

Le tonneau y est immédiatement attiré.

Simon et Jean, que ce même véhicule a remontés sans que notre voyageur s'en aperçût, en sont déjà sortis.

Ils soignent notre récent buveur d'eau, et procèdent à son extraction de la benne.

— Tiens!... Barnabé!... lui dit Simon de sa voix naturelle et d'un air étonné, tout en lui prenant le bras pour le mettre sous le sien, tiens! que fais-tu donc par ici?

— Ah! c'est toi, mon pauvre Simon! lui répond l'ex-damné; ah! j'en suis bien aise!

Et il saisit la main de son ami, qu'il regarde comme un sauveur que le ciel lui envoie.

Simon, après avoir laissé son pic, sa lampe, sa veste et son chapeau, avait lestement passé un peu d'eau sur sa figure; il n'était plus reconnaissable.

— Mais d'où viens-tu donc, mon pauvre Barnabé? Comme tu as l'air souffrant, malade, brisé!...

— Ah! mon cher camarade! ne m'en parle pas; il vient de m'arriver une... sombre aventure!...

Et il raconte, comme il peut, l'épisode à Simon.

— Diable! s'exclame solennellement ce dernier, je te félicite de tout mon cœur d'en être sorti!... Ça pouvait parfaitement ne pas si bien finir!!... Pour te lâcher de la sorte, il faut qu'on ait solidement compté sur ta promesse.

18*

— Oh! je la tiendrai, Simon; je la tiendrai!
Vrai comme tu es mon ami... Je ne boirai plus,
parce qu'ils pourraient me reprendre, et que là-
bas... ils m'ont fait boire... Pouah! que c'est
fade !...

— Tu as encore ça sur le cœur?

— Oui, et je n'en veux plus... Bonsoir, la bouteille !... J'ai eu trop peur à cause d'elle... et puis
je veux songer à Marianne; je ne veux plus faire
enrager cette pauvre femme, qui est vraiment
bonne et dévouée...

— Ce que tu dis là, mon vieux, c'est bien. Et
ne va pas t'endormir sur ta parole; il faut la mettre en action. Change de conduite. Deviens aussi
rangé que tu es honnête... Tu verras comme il est
bon de vivre considéré.

— Tu as raison, l'ami. J'ai mal fait, jusqu'à présent. Le ver coquin me ravageait la tête; mais ce
coup vient de le tuer... Je me range !

Pendant leur dialogue, les deux camarades avaient
cheminé...

Ils rentraient au logis.

— Dame Marianne, dit Simon en faisant signe
à l'épouse impatiente, voilà votre mari que je vous
ramène. Il vous contera d'où il sort. Ce qu'il a vu...
c'est extraordinaire... et, comme il n'a pas envie
de le revoir, il est probable que...

— Que je ne viderai plus tant de chopines! s'exclame Barnabé. Nom d'un petit bonhomme, ils
m'ont fait boire de l'eau!!... Je boirai à mes repas; mais entre, jamais. Je répandrais plutôt le
vin de ma cave!... Je veùx vivre pour ma
femme!...

— A la bonne heure! s'écrie Marianne d'une
voix toute joyeuse.

En même temps, elle saute au cou de son homme,
qu'elle embrasse, en le serrant de la plus amicale,
de la plus vive étreinte...

— Et que ce soit vrai! répond-elle.

V

CONCLUSION MIRACULEUSE

> Et de le voir si différent de
> lui-même, on ne savait
> plus qu'en dire.
>
> (...)

La tradition dit que Barnabé tint parole.

Le biberon de jadis devint l'homme le plus
rangé, le plus sobre de l'endroit.

Désormais, il but pour *faire couler* son pain et
ses omelettes; mais il ne s'enivra jamais plus... et
Marianne, initiée par Simon aux mystérieux dé-

tails de la morale souterraine, Marianne redevint
heureuse...

En effet, il y avait de quoi!

Entre son genre de vie passé et son genre de vie
actuel, c'était comme entre le vin et l'eau.

Voyez la différence :

Plus d'auberge des *Trois-Canards!* plus d'absen-
ces nocturnes! plus de lit supplémentaire pour
laisser ronfler seule son outre pleine!... et, par
conséquent, plus de bourrasques, plus de gron-
dées, mais, comme il le disait lui-même avec un
petit air complaisant, de la bonne humeur à mettre
en bouteilles.

Il souriait à sa femme, allumait son fourneau,
l'aidait à cuisiner, écumait gravement son pot au
feu, mangeait tous les jours avec elle, — devenue
fière de son homme, de son homme bourgeonné,
mais revenu de sa soif.

Et l'histoire de l'Enfer?

Quand Barnabé fut dégrisé, la crut-il toujours?

Par cette question, toute simple en apparence,
nous touchons à un point capital, et qu'il faut
respecter dans la conviction de Barnabé.

L'histoire de l'Enfer?... Elle produisit une impression si forte sur son esprit, que toutes les fois
que le brave camarade Simon entreprenait de lui
conter sa ruse...

Eh bien ?

Eh bien ! Barnabé l'écoutait en riant, le regardait en clignant de l'œil, le goguenardait même, et ne voulait pas le croire :

— Tu as beau faire, lui disait-il ; ça ne prend pas... Tu n'es pas si malin que ça !

Belle et bonne leçon ! pourrait-on ajouter pour ceux qui ont besoin d'agir finement.

Ce n'est pas la finesse réclamant tout haut son certificat qui est la meilleure ; bien supérieure est celle qui se dissimule, et que ses victimes mêmes peuvent contester !

Et cependant, comment concilier ces deux points ?

Barnabé incrédule eut, depuis lors, une répulsion insurmontable pour l'orifice du puits de la mine. Simon essayait-il de l'en approcher, il « *aimait mieux rester,* » et ne s'y hasardait pas :

— Non, non, disait-il en n'étant pas bien sûr de plaisanter ; non. Tu sais, mon brave Simon, il me semble toujours que je le connais, ce puits. J'ai dans l'idée qu'une nuit un mauvais rêve m'y a mené, et que je ne m'y suis pas trouvé tout à fait aussi bien que chez moi. Il y faisait noir en diable ; mon lit y était dur comme du bois ; j'y ai bu... pouah ! que c'était fade !... ah ! décidément, camarade, j'aime autant ne pas aller voir ton puits... Tu comprends ; pour de l'eau, j'en trouve suffisamment à notre fontaine... et, quoique j'en mette à présent dans mon vin, je ne cours pas après tant que ça... Ton puits, vois-tu, ton puits, laisses-y la Vérité, si elle y est ; moi, j'ai eu la chance d'en sortir... eh bien ! je n'y veux pas rentrer...

C'est ainsi qu'il traduisait son aversion.

Quelque fluide, quelque souffle, quelque voix secrète sortait sans doute de cette ouverture fatale et agissait instinctivement sur le cerveau de Barnabé.

Quelle cure !...

Pour un contre-maître, Simon a fait là un coup de maître tout entier !...

C'est consolant : — on guérit de la maladie de boire.

IX

LA NUIT DANS LA GRANGE

Cœurs qui vous êtes unis, veillez! Si jamais vous venait la tentation de rompre et de vous séparer, prenez garde!... Ce n'est point en vain que l'un s'est fait le compagnon de l'autre!... L'un part-il? c'est un grand mal, et souvent il faut passer par des phases terribles pour se rejoindre.

LA NUIT DANS LA GRANGE

I

LE RESSENTIMENT

Pour un soir du milieu de novembre, le temps n'est pas trop froid. La bise venue des montagnes neigeuses qui entourent la petite ville s'est un peu émoussée, et les rares becs de gaz qui font d'estimables efforts pour dissiper l'obscurité des rues lancent leurs modestes aigrettes avec assez peu d'agitation.

Les magasins ne sont pas brillants, et, s'il y a quelques ornières dans le pavé, le passant a bien des chances d'y mettre le pied. Des branches de laurier en guise de *bouchons,* et de vieilles enseignes en fer et même en fer blanc se balancent au-dessus des portes. Sauf les cafés, où l'on voit entrer quelques clients, les maisons sont ou fermées ou bien tranquilles, et l'on compterait les passants, déjà rares à cette heure.

Un de ces derniers, jeune paysan, va d'une al-

lure particulière. Assez bien pris dans sa taille, au-
dessus de la moyenne, il est plutôt enveloppé que
vêtu d'un pantalon et d'une veste de toile grossière, mais solide. Un large feutre étend horizon-
talement ses ailes sur sa tête, et ses pieds ont né-
gligé les sabots d'ordinaire pour les forts souliers
de voyage.

Tantôt il marche avec une certaine précipitation,
tantôt il semble hésiter et s'arrêter. Il cherche des
yeux l'endroit où il pourra bien entrer, et finit par
ouvrir la porte du café où il remarque le moins
grand nombre de consommateurs.

Qui dit « café », ici, dit cabaret, et parfois cabaret assez peu confortable. A côté du boire, on y
donne... non, on y fournit le manger « sur le
pouce. » Des tables de sapin ou de noyer qui ont
pu être propres, des chaises qui appellent par tous
leurs trous le rempailleur, un petit poêle de fonte
perdu au milieu de la pièce, des murs ou blancs
ou sur lesquels on découvre des restes de vulgaire
tenture : voilà, avec quelques ustensiles de cuisine
et autres, le mobilier de l'établissement. Le luxe
ne ruinera pas les habitants de cette pittoresque,
mais rustique localité.

Notre gars, descendu de sa montagne, s'assied à
la première table venue et demande une bouteille.
Comme la salle n'a pas d'éclairage général, on ap-

porte à chaque client un éclairage particulier, com-
posé d'une bougie plantée dans un vieux chandelier de cuivre. Le montagnard prend la bouteille
et le verre qu'une femme pose devant lui ; quant
au luminaire :

— Merci, dit-il ; je n'ai pas besoin d'y voir si
clair.

Et, se penchant sur le lumignon, il souffle et
l'éteint.

— Ça vous fera une économie, ajoute-t-il.

Cela fut dit d'un ton très-naturel, et cette précaution concordant sans doute avec les tendances
de la maison, l'économie offerte fut sur-le-champ
acceptée. La brave femme, toute contente, rem-
porte sa bougie.

Le nouveau consommateur se verse un premier
verre, qu'il vida d'un trait. Cela n'a rien d'extraordinaire chez n'importe quel buveur... Ce n'est pas
pour la regarder que l'on demande « une bouteille. » Mais ce qui surprendra davantage, c'est
que, aussitôt ce premier verre absorbé, le buveur
s'en verse un second. Cela est plus caractéristique ;
c'est à la façon des gens qui ont quelque chose à
oublier ou qui veulent remonter leur courage.

Lequel de ces cas était celui du jeune montagnard ?

Après son second verre, il appuie ses deux cou-

des sur la table et son menton dans ses deux
mains. Il a l'air songeur, remue les lèvres comme
quelqu'un qui se parle, et laisse même entendre
certains sons assez mal articulés. Des silences succèdent à ces murmures, puis des mots surgissent
de nouveau; il est difficile de s'en rendre compte.
Cependant, avec un peu d'attention, et si on les
traduit du patois, l'on pourrait distinguer les sui-
vants :

— Claire... huit jours... renvoyé...

Ce dernier mot revient plus fréquemment encore que les autres. Il renferme certainement une
idée qui obsède le buveur.

Tout à coup, celui-ci se verse un troisième
verre... Il espère donc trouver là une sorte de résolution?

Quoi qu'il en soit, il le vide. Cette troisième liba-
tion est d'une certaine efficacité; elle semble délier
un peu la langue du jeune homme.

— C'est égal, reprend-il, je lui en veux, à cette
Claire! Elle n'avait point de raison pour me refu-
ser, et elle m'a renvoyé! Je vous demande si elle
ne pouvait pas me préparer un lit dans son auberge!... Il n'y avait pas tant de peine pour elle,
et je vaux bien un autre coucheur... Mais elle me
le paiera!...

Pendant qu'il rumine cette dernière phrase en

la retournant dans son cerveau et lui donnant mille
formes, il se met à bourrer sa pipe. En ce pays,
presque tous les hommes fument, et fument davantage lorsqu'ils ont une préoccupation quelconque.

— Méchante! continue le gars; oui, méchante!...
Il faisait froid, ce soir-là... bien plus froid qu'aujourd'hui, car la bise a joliment tombé depuis huit
jours... et sans égard au chemin que j'avais à
faire, elle m'a refusé un abri... et avec quel air,
encore!... « Non, monsieur Justin, m'a-t-elle dit,
« il n'y a point de lit pour vous ici. La maison a
« deux portes, vous savez. Vous êtes entré par
« l'une; vous pouvez sortir par l'autre, et aller don-
« ner votre bonne pratique où bon vous semble-
« ra... » C'est dur, ça, j'espère! Là-dessus, je suis
parti, et je suis arrivé gelé à une autre auberge...
Ah! Claire! Claire! parce que tu es « bravonne »,
tu as fait la dédaigneuse, la méprisante... Ça m'a
été comme un coup de couteau au cœur, ça, vois-
tu... Mais, aussi sûr que voilà une allumette qui
brûle, — il venait d'en frotter une pour allumer sa
pipe, — aussi sûr que ça, je m'en vengerai!...

Là, il se met à tirer activement quelques bouffées, puis, quand la charge de tabac est bien prise,
il s'adosse au mur et se laisse de nouveau aller au
sombre courant de ses pensées.

— A-t-on jamais vu!... Cette petite Claire, me
recevoir ainsi!... Elle n'a rien voulu comprendre à
mes démarches ni à mes offres!... C'est une sotte!...
Elle est fille, je lui laisse voir qu'elle me plaît et
que, si elle veut, elle peut devenir ma femme...
Pas du tout!... Elle n'en tient compte : elle s'amou-
rache d'un autre, et peu après la voilà la femme de
ce Régis... Joli marché qu'elle a fait là!... Un animal qui est jaloux d'elle comme de son ombre, qui
l'a maltraitée, rendue malheureuse, malheureuse
à se séparer de lui!... Si c'est là un mariage!...
Tandis qu'avec moi, c'est ça qui aurait été différent... J'ai du bien, je la mettais à son aise, nous
vivions contents. Eh bien! non; parce que j'ai eu
quelques histoires de jeunesse, quelques disputes
de café, quelques batteries peut-être... Ah! Claire,
tu n'as pas voulu t'arranger. Sois tranquille, tu
t'en repentiras!... Bon et bête, ça commence par
la même lettre; mais je ne serai pas bête plus longtemps.

Cette tirade a laissé éteindre la pipe. Le fumeur
frotte une seconde allumette, et, à l'aide de deux
ou trois aspirations, remet en braise le fourneau
culotté de son brûle-gueule.

Il va pour jeter à terre l'allumette qui vient de
servir à cette rapide opération. Cette allumette a
encore sa flamme. Par suite d'une réflexion, il la

conserve entre ses doigts, et, jusqu'à ce qu'elle le chauffe trop, il se plaît à la contempler.

Cette fois, il ne dit rien ; mais, le moment venu d'envoyer sur le pavé le tronçon flambant, il fait un léger mouvement de tête, redresse un peu le buste et se dit intérieurement quelque chose... Il vient sans doute de prendre une détermination. En quoi peut-on, dans une circonstance pareille, avoir besoin, pour se déterminer, de la vue d'une allumette qui brûle?

Justin, de ce coup, va jusqu'au bout de sa pipe. Quand il l'a finie, il prend sa bouteille pour se verser, et en verse le fond. Son verre n'est pas même plein. Il boit sec ce reste, et repousse bruyamment les vases inutiles sur la table.

Peu après, gêné par la vue d'un nouveau client qui, en face de lui, étend un morceau de fromage à la *cîme* d'un morceau de pain, il frappe, appelle et présente une pièce blanche pour payer sa dépense.

On lui rend sa monnaie. En la mettant dans sa poche, il y sent autre chose, qu'il examine. C'est un ensemble de divers objets que l'on peut regarder comme constituant l'arsenal d'un fumeur : allumettes, briquet, papier, amadou même, et jusqu'à des brins de paille. C'est, on le voit, plus qu'au complet.

Après avoir bien examiné ses provisions, il les renfonce dans la poche d'où il vient de les tirer et se lève. Il jette·un coup d'œil sur le coucou dont le balancier se fait entendre dans la pièce, et voit qu'il va être six heures.

La petite ville est extrémité de ligne d'un embranchement de chemin de fer, et, pour ceux qui veulent aller plus loin, le service se fait à l'aide de voitures correspondantes partant dans l'autre direction.

Le jeune paysan attend l'une de ces voitures, qui doit le transporter à l'endroit où il désire se rendre. Il se dirige du côté de la rue qu'il doit suivre pour arriver à la gare, lorsqu'il entend un long roulement sur le pavé. Il regarde. C'est la correspondance elle-même.

Le train sera arrivé de quelques minutes en avance, et la voiture, qui n'a qu'à prendre les voyageurs du chemin de fer, passe du même nombre de minutes plus tôt que le voyageur ne s'y attendait.

Pendant que notre montagnard constate ce fait inaccoutumé et par suite non prévu, la voiture l'a déjà dépassé. Le conducteur ne l'a pas aperçu. Le monument mobile roule donc sans s'arrêter.

Pressé qu'il est, le gars ne perd pas la tramontane ; il se retourne, rebrousse chemin en courant, et met tant de vigueur à sa course qu'il atteint la voiture en quelques pas. Il se pend d'une main au premier objet qui peut lui servir de support, réussit à faire glisser en bas la vitre de la portière, passe une main à l'intérieur, ouvre, s'élance, s'assied à l'entrée, referme... et c'est tout. La voiture, sans s'être arrêtée, continue à rouler avec un voyageur de plus.

Quand il est bien installé à sa place, qu'il a eu la chance de trouver largement vacante :

— M'y voilà enfin ! s'écrie-t-il en dedans de lui. Dans trois heures, j'arrive. Une fois là-bas, j'avise...

Puis, après une pause assez courte, il complète sa pensée d'une façon plus nette :

— Ah! ma petite Claire, tu n'as pas voulu de moi... Tu n'as pas voulu me recevoir, me coucher dans ton auberge... Eh bien! tu vas voir si tu en coucheras demain beaucoup d'autres !...

Ce monologue silencieux se poursuit sans doute. Mais la voiture roule toujours et se perd bientôt dans les sinuosités austères et assez désertes de la montagne.

De cette résolution, qui paraît bien arrêtée, nous saurons plus tard ce qu'il adviendra.

II

LE SOIR A L'AUBERGE

Laissons la correspondance à quatre roues et cinq chevaux emporter son monde. — Pendant qu'elle chemine, et plus vite qu'elle, nous nous transportons ailleurs.

A une trentaine de kilomètres de là, précisément au lieu de destination de la voiture, dans une des plus anciennes auberges de ce pittoresque pays, une famille, ancienne aussi, est réunie. Un bon petit poêle de fonte ronfle dans la grande salle, et, sous la flamme du charbon mélangé au sarment, montre même certaines places chaudes jusqu'au rouge.

On vient de souper. Les deux filles ont prestement enlevé le couvert, et le vieux père, emboîtant exactement le poêle de ses genoux et de ses mains, fume tranquillement sa pipe. Ici l'on chercherait vainement à établir des différences de tempéraments, de variantes dans la manière de fumer; l'étude ne servirait à rien... mauvais et bons fument de même.

La grande salle est éclairée par une lampe ju-

chéc sur une suspension que le luxe n'embarrasse
guère, et dont la lueur est faiblement renvoyée par
un large abat-jour de fer blanc... presque noir. Par
une porte vitrée à tout petits carreaux et à rangées
de gros clous à tête ronde, on communique à la
cuisine, vaste pièce contenant les meubles et ustensiles nécessaires, et même une alcôve quelque
peu dissimulée. Un bec de gaz éclaire cette offi-
cine, où il est indispensable d'y bien voir, et où la
domestique Catherine vaque, avec une prestesse
suffisante, aux gros soins de la nourriture géné-
rale, entretien des fourneaux, épluchage des légumes, lavage de la vaisselle, frottage du cuivre, etc.

Ce soir-là, les voyageurs n'encombrent pas l'auberge. Les deux filles ont déjà donné leurs soins
aux divers détails du ménage hospitalier, et elles
viennent à leur tour s'asseoir à côté du poêle.

Elles ne restent pas inactives pour cela. L'une
pose gravement une pièce à une robe de fatigue,
l'autre fait trotter les aiguilles d'un bas... que c'est
un plaisir de voir s'y échelonner les mailles. Dans
cette province, les jambes ne doivent jamais avoir
froid ; les mains des tricotteuses sont sans cesse en
mouvement.

Quand tout le personnel s'est bien réchauffé les
doigts, Claire, celle qui tricotte les bas, se penche
vers sa sœur ;

— Julienne, peux-tu me passer le chauffe-pieds?

— Ah! c'est vrai, tu as toujours les pieds glacés.
Attends, j'y regarde.

Et Julienne retire le petit meuble de dessous elle
et le passe affectueusement à sa sœur.

— Mais, reprend celle-ci, tu as oublié de le ra-
nimer : la « charbonnille » est éteinte.

— Je ne m'en étais pas aperçue. Le temps est
moins vif aujourd'hui.

— Tu as raison; la bise ne fait pas crier l'enseigne comme la semaine dernière.

— Et ce que tu m'as demandé, je crois que c'est
un peu par habitude?... Ah! Claire, vois-tu, continue-t-elle avec un certain sérieux et comme si elle
rattachait ce dire au fil d'une conversation précédente, sauf celles du devoir et du travail, il n'y a
rien de mauvais comme les habitudes.

Claire la regarde et ne lui répond d'abord que
par un soupir. Puis, reprenant tout haut la suite
de son idée :

— Oui, dit-elle tristement, pas même celle d'aimer son mari!...

— Je crois bien! un mari jaloux, qui te mal-
traite... Tu dois joliment le regretter!

— Tu ne sais pas ce que c'est, toi; tu en parles
à ton aise.

— J'en suis bien heureuse.

— De n'être pas mariée, c'est possible ; mais être forcée, comme moi, de vivre loin de son mari, ça n'est pas gai, je t'assure. Je n'avais pas rêvé ça en me mettant en ménage...

— Je parie que tu penses toujours à lui?

— Si j'y pense!... D'autant plus que je me dis, le plus fort que je peux, que je ne dois pas le reprendre. On ne se détache pas facilement de l'homme qu'on a aimé, qu'on aime encore, et qu'on voudrait bien...

— Dis-le tout de suite, réinstaller dans sa maison.

— Oh! mon Dieu, Julienne, tu sais que ce n'est pas là mon espérance. La séparation est faite, qu'elle reste faite! Mais qui peut m'empêcher d'y songer? Tu m'aimes assez pour ne pas craindre mes plaintes... Eh bien! je te l'avoue sincèrement, cette séparation, toute raisonnable qu'elle paraît, me rendra toute ma vie malheureuse.

— O Claire! Claire!...

— Vois-tu, chère sœur, sans parler de l'année pendant laquelle je fus sa promise, je me reporte aux premiers temps de notre mariage. Tu t'en souviens aussi. Toutes les voisines me portaient envie. C'était à qui me ferait compliment de mon Régis...

— Ça a joliment changé depuis!

— Que veux-tu!... de drôles d'idées qu'il s'est amusé à se mettre dans la tête...

— Voilà ce que c'est que d'être jolie! car tu es jolie, ma Claire ;... « on te voudrait toute... »

— Oh! la, la! Julienne!...

— Oui, oui, tu l'es, jolie, et surtout tu l'as été.

— Admettons. Mais est-ce une raison, parce qu'on a un brin de beauté, pour qu'un homme s'acharne, se mette l'imagination à l'envers, et crée un tas de fantômes autour de moi!... Je ne pouvais plus lever les yeux, dire un mot, descendre au pied de l'escalier, sans exciter sa terrible jalousie...

— Tu vois donc bien que tu me donnes raison.

— Pour ça, je ne cherche pas à te le nier. Seulement ça ne change pas ma disposition d'esprit... Ah! si Régis pouvait ne plus être jaloux!

— Comme tu y tiens, chère sœur!

— Sans doute.

— Eh bien! suppose que ça se fasse...

— Oui, supposons.

— Les mêmes dangers subsisteraient pour toi.

— Lesquels?

— Tes amoureux, ma « bravonnette, » ceux que j'appelle ainsi, du moins, et qui tournent parfois autour de ta gentille personne... Justin, par exemple.

— Ah! ne me parle pas de celui-là. Tu sais bien, d'ailleurs, que, ces jours-ci, je l'ai mis à la porte.

— Je me rappelle le refus que tu lui as envoyé; il était net et sans réplique.

— Ça devra pourtant lui ôter l'envie de revenir?

— Je l'espère, ma sœur...

— Tu me dis ça comme si tu craignais le contraire.

— Avec ces caractères-là, sait-on jamais ce qui peut arriver?

— Peureuse! que veux-tu qu'il t'arrive? Il ne peut pas venir m'enlever d'ici, n'est-ce pas?

— Bien sûr. Mais, entre t'enlever d'ici et toutes sortes d'autres diableries qu'il peut faire, il y a du chemin... En tous cas, il porterait toujours ombrage à Régis, et ce qui s'est produit se produirait encore. Un beau jour, il apparaîtrait; Régis serait là; les mêmes disputes, les mêmes ennuis recommenceraient... Tout ça ne serait pas du bonheur, va! tout ça ne durerait pas longtemps. Tout à l'heure tu as dit : « Si Régis pouvait ne plus être jaloux! » Tu devrais bien ajouter : « Si Justin pouvait ne plus se montrer à la maison! » Sans cette dernière condition, la première ne pourrait jamais exister, comptes-y.

— Je te l'accorde, ma bonne sœur. Je sens bien

qu'il y a du vrai dans ce que tu me dis, et pourtant...

— Et pourtant tu n'es pas convaincue?

— Si tu pouvais parvenir à me convaincre!...

— Va, ma pauvre Claire, comme tous les bons cœurs, tu es incorrigible!... Il faut être bien mauvais pour te faire du mal, surtout pour ne pas pouvoir vivre avec toi. Mais ne parlons plus si haut. Voilà le vieux père qui dort; il ne faut pas le réveiller.

En effet, le vieux père, « l'ancien, » comme on l'appelle souvent, — et avec raison, car il a « quatre-vingts ans moins trois, » — engourdi par la douce chaleur du poêle, s'est tout doucement laissé aller à s'endormir. Il n'a point, pour cela, « tombé » sa pipe ; il a seulement cessé d'en aspirer les bouffées. Il excelle à cet exercice de fermer l'œil en tenant toujours son tuyau entre les dents.

L'ancien, d'une bonté et d'une dignité épiques, est respecté, dans sa maison, à l'égal d'un patriarche. Ses deux filles, dévouées et affectueuses comme Antigone, — qu'elles ne connaissent pas, je vous le certifie, — sont aux petits soins pour lui. Elles ne le laissent manquer de rien, et malgré la présence d'une domestique dans l'auberge, elles ont conservé, reflet d'une tradition primitive, l'usage de servir et desservir pour les repas de la famille. Le père préfère de beaucoup leur intervention à celle d'une étrangère, et elles se prêtent à ce désir avec une bonne grâce toute particulière.

La conversation s'est donc ralentie entre les deux sœurs. Mais les deux travailleuses n'en discontinuent pas leur besogne ; couture et tricot vont bravement leur train.

Julienne se penche pour donner un coup de « pique-feu » au poële qui baisse :

— Il paraît, dit-elle tout en tisonnant et ravivant la flamme, que nous n'aurons personne ce soir.

— Je commence aussi à le croire, répond Claire. Eh bien! tant mieux! nous nous reposérons un peu; je n'en serai pas fâchée.

— Ma foi! depuis plusieurs jours nous sommes fatiguées; il faut bien du répit. Un soir, ce n'est pas trop. Je suis contente de...

La porte de la cuisine s'ouvre, et son bruit coupe la phrase qui ne s'achève pas.

C'est Catherine qui entre :

— Maîtresse, dit-elle en s'adressant à Claire, un mendiant. Il vient de monter par l'escalier du fond. Il est là, dans la cuisine.

— « Qui a des sous, a de tout; mais qui n'a rien, n'est pas bien... » A-t-il faim? Donne-lui le croûton et les pommes de terre. Ajoutes-y même le verre de vin.

Catherine retourne, et transmet au pauvre l'offre du frugal dîner.

Elle revient :

— Maîtresse, il dit comme ça qu'il a dîné; il n'a donc pas faim.

Pour Catherine, ça ne manque pas de logique.

— Que demande-t-il, alors?

— La permission de coucher dans la crèche. Il ne sait où dormir sa nuit, et il serait bien aise de la botte de foin que vous pourriez lui bailler... Il s'en ferait un bon lit.

— Quel air a cet homme?

— Il ne « marque pas mal; » il a assez bonne mine pour un vieux pauvre.

— Il est vieux? « Péchaire ! »

— Il a une longue barbe, qui blanchit, et ne marche pas bien droit.

— Est-il assez vêtu pour ne pas se geler dans la grange?

— Il a un long manteau.

— Offre-lui une vieille couverture. En tout cas, fais-lui prendre un air de feu à ton fourneau; qu'il se réchauffe avant de s'aller, pour la nuit, jeter sur son fourrage.

Catherine repasse dans sa cuisine. Elle reporte

au mendiant les propositions charitables de Claire.

Celui-ci remercie et n'accepte que ce qu'il a demandé, la couchée sur le foin.

La domestique prend la clé de la remise, de « la crèche, » suivant le dire d'ici, et fait descendre le vieux pauvre qui, effectivement, se montre plein de gratitude pour la faveur qu'on veut bien lui accorder.

Le père se réveille.

Peu après il rallume sa pipe et, pendant qu'il la termine, on lui raconte l'incident du pauvre homme.

Il approuve la générosité de ses filles ; puis, la grande horloge sonnant neuf heures, le gaz s'éteint, et chacun se lève et « éclaire » sa bougie pour aller se coucher.

Dix minutes s'écoulent, et l'auberge est dans l'obscurité et dans le silence.

III

LA BOTTE DE FOIN DU MENDIANT

Julienne couche non loin du lit du vieux père ; Catherine, dans l'alcôve de sa cuisine. Quant à Claire, elle a pour réduit un petit cabinet dont l'emplacement a été pris en partie sur la grange, qui y avance un peu, et d'où l'on peut au besoin entendre ce qui s'y passe.

Elle s'est arrangée là-dedans depuis son espèce de veuvage, et a fait du réduit une chambrette habitable pour des gens presque primitifs. Un ancien bois de lit, rempli d'une literie très-suffisante, paillasse, lit de plumes, matelas, etc.; une mince table en sapin, une vieille commode regrettant plusieurs de ses cuivres, et une chaise de paille; un fragment triangulaire de glace tenu au mur à l'aide de trois clous, et un bénitier ombragé d'un rameau de buis dont la tige est passée derrière: voilà à peu près le mobilier. N'oublions pas d'y ajouter un portrait, une photographie qui contraste avec le reste par le luxe relatif de son encadrement. C'est un portrait d'homme, d'un assez bel homme même, et les honneurs qui lui sont rendus prouvent de reste qu'il tient ou qu'il a dû tenir une grande place dans l'affection de la jeune femme.

Claire entre, pose son bougeoir sur la table et s'assied.

Sa journée n'a pas été laborieuse, et pourtant la jeune femme paraît fatiguée. Ce n'est pas étonnant après la conversation pénétrante qu'elle vient d'avoir avec sa sœur.

Elle reste sur sa chaise telle qu'elle s'y est assise, un peu affaissée, la tête dans sa main droite, et pendant un certain temps il ne se produit rien qui l'engage à changer de posture.

Il serait facile de deviner quelle doit être la direction de ses idées, dont le cours se prolonge...

Tout à coup elle redresse la tête. La première chose que son regard rencontre, c'est le portrait. Sans calcul peut-être, mais par un instinct facile à comprendre chez Claire, la chaise se trouvait presque toujours placée en face de ce souvenir.

Elle le contemple un bon moment, calme, sans prononcer une parole, et charmée. Elle se reporte avec une douce ivresse à ces jours de bonheur où son mari, affectueux et empressé, rendait inutile la présence de la très fidèle image. Là, gagnée une fois encore par la puissance de cette revue rétrospective, elle s'y plonge de plus en plus. Le temps ne compte plus pour elle ; elle oublie tout, ennuis et fatigues : la vie matérielle est suspendue en elle ; absorbée, elle revit toute entière dans sa délicieuse rêverie. Elle a reconstruit une époque passée.

Claire était sous le charme de manière à y rester toute la nuit, et elle y reste en effet plus qu'elle n'en a conscience. Les minutes et les minutes passent, et tout porte à croire que la rêveuse se fût

laissé suprendre par le retour de l'aube si un bruit
inusité, sec, court, mais assez fort, ne la tirait subitement de son espèce de sommeil.

Quoique étonnée de ce bruit qui la réveille, la
jeune femme, habituée à un milieu plein de sécurité, ne songe pas trop à en rechercher la cause.
Elle l'a, d'ailleurs, mal défini; elle en est réveillée,
c'est tout ce qu'elle y voit, et elle n'en conçoit aucune inquiétude. Ce à quoi elle songe, c'est à la
portion de nuit qu'a dû lui prendre sa méditation.
Elle sait que des distractions de ce genre n'ont jamais lieu qu'au détriment de la besogne du lendemain :

— Mon Dieu ! dit-elle, me voilà encore prise.
Demain je n'aurai pas dormi, je serai lasse et tout
retombera sur Julienne. Je ne sais pas le temps
que j'ai rêvassé de la sorte. Quelle heure peut-il
bien être ?

C'était pour la forme ou par naïveté qu'elle s'a-
dressait cette question. Elle manquait de tout élément nécessaire pour savoir...

Mais qu'entend-elle? Un son fin, précis et doucement sonore frappe et refrappe : une, deux.

Elle se retourne troublée, prête l'oreille.

— Qu'est-ce que ce bruit qui me répond?... je
le connais.

Et elle écoute, elle écoute encore.

-- Allons, reprend-elle, couche-toi vite, ma pauvre Claire. Tu continues de rêver... Tu es folle... dépêche-toi de te mettre au lit.

Elle va commencer à se déshabiller, lorsque les deux mêmes sons se reproduisent et frappent de nouveau.

Il n'y a plus à en douter, c'est une montre à ré-pétition qui vient de sonner deux heures.

— Oh! pour le coup, c'est trop fort! Régis! Ré-gis! ce ne peut être que toi!

Après ces mots, la pauvre femme pousse un cri, tout en cherchant de quel côté a pu retentir la sonnerie connue.

Dans son trouble, elle ne découvre rien.

— Décidément, ma raison s'en va... Mon Dieu, viens à mon aide... Pourtant j'ai bien entendu..., il me semble au moins... Comment avoir la preuve que je ne me trompe pas?

Au même moment, un autre bruit lui fait tour-ner la tête. Elle regarde... Un objet brillant vient de tomber sur sa table.

Il ne lui est plus possible de croire à un rêve. Elle se précipite vers l'objet nouveau venu, s'en empare... C'est un joli petit médaillon en or, déta-ché des breloques d'une montre et qui est tombé ouvert. Il contient, en regard l'une de l'autre, deux photographies microscopiques, que Claire n'a pas de peine à reconnaître... son portrait, et celui de son mari...

A cette vue, ce n'est point un cri qui sort de sa poitrine, mais un long, un indéfinissable soupir, immédiatement suivi de deux grosses larmes qui lui brûlent les joues. Elle cherche à prononcer quelques mots, et des sanglots étouffés lui coupent la parole.

Elle court dans sa chambre, et cherche par quelle ouverture ce bijou a pu pénétrer. A peine croit-elle découvrir qu'une planche de la cloison est disjointe par le haut, qu'une voix, partant de cette fente, l'appelle :

— Claire !...

— Ah! je savais bien que je ne me trompais pas, répond-elle.

— Veux-tu m'ouvrir? continue la voix.

Deux targettes et un verrou, qui n'avaient pas bougé depuis des années, sont fiévreusement tirés en accession à cette demande. La porte qui s'ouvre était solidement condamnée, et l'escalier qui y conduisait jadis n'est plus guère praticable. Mais rien de cela n'a été un obstacle pour le hardi visiteur qui vient de se révéler.

Il entre, et se précipite au cou de sa femme, qu'il embrasse cordialement, et qui lui rend la pareille avec effusion.

— Ah! Régis! Régis! c'est toi!...

— Oui, ma petite Claire, moi qui reviens...

— Mais, comment es-tu là?

Par une vieille ruse, qui a réussi.

Puis, portant successivement les mains sur les diverses parties de son accoutrement :

— Tiens! regarde mon costume.

Claire a bientôt vu :

— Un mendiant! mon Régis en mendiant!... Est-ce que?...

— Non, rassure-toi... Je n'en ai que l'habit. Dieu merci! je gagne encore ma vie. Mais je voulais venir sans me faire connaître à personne autre que toi. Je me suis déguisé, grimé ; ma barbe est plus longue ; j'ai changé ma voix, et avec un large chapeau qui cachait ma figure, je suis venu, à la dernière heure, demander l'hospitalité, qui ne se refuse jamais chez toi. Catherine, sur ton autorisation, m'a introduit dans la grange, m'octroyant une bonne botte de foin, sur laquelle je n'ai pas dormi, et je viens de laisser mon feutre et mon manteau. Elle m'a rendu un grand service, cette botte de foin. Blotti là, j'ai guetté ce qui pourrait me donner signe de toi; je me suis approché, avec le moins de bruit possible, j'ai décloué par en haut une des planches de la cloison; j'ai attendu, j'ai écouté, et il s'est écoulé environ cinq heures jusqu'au moment où ma montre a pu répondre à une de tes questions. Tu as reconnu sa petite voix, cette voix si finette, que tu aimais tant à faire sonner, et les targettes rouillées de la vieille porte ont bien voulu glisser pour que j'entre... En deux mots, voilà l'histoire!

Et il donne un nouveau baiser à sa femme.

— Ça va bien! Mais, maintenant que te voilà aussi, Régis, pourquoi?...

— Pourquoi, Claire? Tu ne devines pas?

— Quoique je m'en doute un peu, dis toujours.

— Tu vois le petit médaillon, tombé tout à l'heure sur ta table? Depuis quelque temps je ne cesse de le contempler. Je m'attache à ce qu'il me rappelle... à chaque instant tu me reviens au cœur, et je m'en veux de t'avoir laissée. Je me dis que j'ai eu de grands torts, et je regrette mortellement d'avoir motivé une séparation. Je m'ennuie de toi, et je voudrais que tout ça se rarrange... Voudrais-tu, toi, Claire?

— Tu dois penser, Régis, que je pressentais juste... Je prévoyais ta proposition...

— Eh bien! ce rapprochement...

— Qui plus que moi le désire?

— Alors?

— Et la cause qui l'a fait cesser?

— Je sais bien, je sais bien... mon mal, ma jalousie?.... Aussi, Claire, pourquoi es-tu si jolie?

— Qu'est-ce que ça te fait, puisque je suis sage!

— Ah! que tu as raison!... Je ne comprends vraiment pas ce qui me passe par la tête... C'est que, vois-tu, je ne peux pas supporter ces espèces de papillons qui viennent se mirer à ta chandelle...

— La chandelle est-elle coupable de l'approche des papillons?

— Non pas.

— Tant pis si quelques-uns s'y brûlent les ailes.

— Comme Justin, par exemple.

— Il n'y a pas huit jours que je lui ai donné un fameux congé, à celui-là.

— Je l'ai su, et ça m'a encore fortifié dans ma résolution. Je veux perdre mes sottes habitudes, et pas plus Justin que les autres, je ne veux garder aucun de ces fantômes dans mon esprit. C'est une folie que la jalousie, surtout avec une femme comme toi, et je trouve que j'ai été fou assez longtemps. Le beau bénéfice d'avoir cette stupide maladie! J'ai une gentille femme, et je lui rends la vie si désagréable que, tout en m'aimant, elle est obligée de s'éloigner de moi... et me voilà ramené à l'isolement, en traînant bêtement l'existence d'un célibataire! Ah! chère Clairette! on est bien puni par où l'on a péché... Tiens, ton mari jusqu'à présent n'a été qu'un idiot... Il ne sera pas « le dit » .

que ça lui dure... Veux-tu te charger de le guérir?

C'est les bras passés autour du cou et avec un baiser long et silencieux que Claire donne réponse à Régis.

— Tu me guériras, c'est entendu?

— Et toi, tu me protégeras?

— Te protéger, Claire? contre qui?

— Toujours contre ce même...

— Justin? Et qu'as-tu peur qu'il fasse?

— Est-ce qu'on sait? Tantôt je me rassure, tantôt je crains. Je l'ai toujours éconduit! et je viens, ces jours-ci, de le malmener. Tant qu'il a pu espérer, il a été douceret; mais il est violent, et maintenant « ça me fait mal » de le sentir...

— Tu ne l'as pas revu depuis... j'espère?...

Claire regarde Régis avec une surprise mêlée d'une légère malice :

— Déjà! s'écrie-t-elle.

— Quoi, « déjà, » ma mignonnette?

— Voilà déjà que tu as besoin de ton médecin?

— « Langue trompée n'est pas coupée... » Ce n'est rien, ce n'est rien! répond Régis en souriant. On n'arrache pas tout d'un coup une mauvaise herbe; on ne change pas tout d'un coup une mauvaise habitude. Mais, sois tranquille, ça viendra; je me raisonnerai.

— Tout de bon?

— Je t'assure.

— A la bonne heure! Parce que, si tu mettais obstacle à mon remède, je ne pourrais pas répondre de ta guérison.

— Tu dis juste, ma Claironnette, juste comme l'or, et j'ai eu joliment tort de ne pas rester toujours avec une femme aussi bonne, aussi sensée que toi!

— Bon signe que tu dises ça, mon ami! ça prouve que tu me resteras dans l'avenir.

— Oh! que oui! Du côté des amoureux...

— Des « papillons? »

— Du côté des papillons, si tu veux, je suis assez sûr de moi maintenant, et je crois que j'en ferai mon affaire... je ne m'en occuperai plus. Mais il y a un autre côté, qu'il ne faut pas oublier.

Un coup d'œil de Claire interroge Régis.

Régis comprend l'interrogation :

— Et un côté important, ma Claire; le côté de ta famille, devant laquelle je ne peux pas ressusciter tout d'un coup sans crier gare. Il faut qu'on me veuille chez toi, qu'on m'accepte au moins... Tu sais que parfois les revenants sont mal reçus.

— Si tu revenais seul, je ne dis pas; mais si tu reviens sous mon patronage, tu comprends que c'est différent. Au fond, c'est moi que ça regarde, et, du moment que je me dirai contente, les autres n'auront pas le droit d'être mécontents.

— Certains souvenirs peuvent lutter contre moi...

— Tout souvenir pénible s'efface.

— Bon! pour la suite, ça peut aller. Seulement le difficile est de commencer.

— Que veux-tu dire?

— Que tout ira bien quand nous serons remis ensemble; mais... pour nous y remettre?

— Nous commencerons par le commencement.

— D'accord. Mais ce commencement sera... quoi? Je ne peux ni ne veux attendre tout bonnement l'aube de ce matin, et me trouver là inexplicable et comme rentré par le trou de la serrure.

— Non, certes! Tu dois rentrer dignement et demandé par moi. Julienne ne sera jamais plus contente que de te revoir dans ces conditions; quant au vieux père, tu sais combien il est affectueux, et ce que nous voudrons... il le voudra. Laisse-moi un jour ou deux pour annoncer, pour organiser l'affaire. Ensuite je t'écris un mot, et tu viens...

— Je viens reprendre possession de ma gentille « femmette. » Adopté! Maintenant, ma petite hospitalière, voyons pour aujourd'hui. Voilà ta bougie qui va finir. Il est tard...,

— Ou matin.

— C'est tout un. La voix clairette de ma montre pourrait te sonner quatre heures. Je vais retourner à ma botte de foin, qu'il faut bien que je quitte comme j'y suis arrivé. Il y a des jours où Catherine se lève à cinq heures, et, tout en ne voulant pas me dissimuler ni partir à l'instar d'un voleur sans qu'elle me voie, je ne tiens pas à ce qu'elle me voie trop longtemps. Je suis assez déguisé pour une minute du soir; mais le matin, s'il lui prenait envie de causer...

— Tu fais bien; prudence est toujours bonne... d'autant plus que Catherine est parfois babillarde. Allons, adieu, mon Régis!... Non, au revoir?...

— Je le crois bien, au revoir, et à bientôt encore! Embrassons-nous, Clairette, et rouvre-moi ta porte. Vite, vite! ah! péchaire! je t'ai fait passer une nuit blanche, et d'ici à sept heures, tu n'as plus guère le temps de te rattraper. Tout le jour tu vas être fatiguée.

— Cette nuit, Régis? Elle m'a reposée de bien des chagrins, de bien des tortures, et quand j'aurais les yeux un peu gros ce matin, ça ne paraîtra pas... ça ne durera pas.

— Veux-tu que je te laisse le médaillon?

— Oh! oui.

— Garde-le en gage.

— Merci!

— Tu auras déjà notre réunion en peinture.

— C'est ça ! jusqu'à l'autre.

Les dernières explications étaient à peu près terminées. On en fut bientôt au dernier baiser, que les plus pressés prolongent toujours... Mais tout a fin en ce monde.

Un instant après, la petite porte s'entrebâille pour la retraite du visiteur nocturne, — qui la retire doucement sur lui, et entend Claire remettre solidement les targettes et le verrou intérieur. Il descend l'escalier hors d'usage avec les mêmes précautions qu'il a prises pour le monter, et il ne tarde pas à retrouver son lit de foin, qu'il n'a guère foulé.

Il va s'ajuster, afin de ne pas manquer d'être en mesure. Il n'hésite pas. De ses doigts, qui semblent avoir des yeux, il retrouve immédiatement dans l'obscurité son feutre et son manteau. Il enfonce profondément l'un sur sa tête, attache solidement l'autre sur ses épaules, et, prêt au départ, s'assied pour attendre le lever de Catherine, — qu'il n'attend pas sans retourner bien des pensées, bien des projets dans son esprit :

— Dire qu'on marche de la sorte sur son bonheur !... Oh !... c'est d'une fière maladresse !...

IV

UNE TENTATIVE

Le lever de Catherine tarde plus que Régis n'avait présumé.

Celui-ci se tient debout et s'impatiente :

— Si j'avais le temps, se dit-il, je ferais bien un somme; mais je ne veux pas être pris en flagrant délit de travestissement. Voyez-vous Catherine mettant la main sur un mendiant postiche, et découvrant son ancien maître sous mes habits de rôdeur ! Ça ferait une jolie histoire ! On ne saurait pas ce que ça signifie, et sur les *on dit* des uns et des autres, patatras ! tout rapprochement deviendrait impossible. Si notre domestique n'est pas matinale aujourd'hui, malgré mon désir d'être vu d'elle, je saurai bien lui brûler la politesse, et j'aurai bientôt trouvé le moyen de sortir.

Cependant, tout en disant cela, il s'est assis :

— Ah ! parbleu ! dit-il, ma pauvre botte, je ne t'ai pas beaucoup écrasée de mon sommeil ; je peux bien te prendre un instant pour siége. Des deux façons, je ne t'aurai pas fort endommagée.

Et il reste là, espérant néanmoins que le moment de partir ne tardera pas.

A part ce désir, le temps ne lui paraît pas long. Il se plaît à repasser dans sa mémoire les différents détails de l'épisode de cette nuit, et il y trouve une abondante pâture. Ce n'est pas sans un certain charme qu'il entrevoit sa réinstallation avec sa femme, car il l'aime beaucoup malgré les ennuis qu'il lui a causés par ses bourrasques de jalousie.

A cette première préoccupation succède bientôt l'idée, — trop persévérante, — de Justin. Il en est fréquemment obsédé :

— Je ne peux pas le supporter, cet animal-là... et je sais pourquoi. A-t-on jamais vu être pareil! Toujours à tournailler autour de ma femme... et à lui dire mille bêtises : — « Eh! madame Claire, vous avez de beaux yeux! Eh! madame Claire, vous avez de belles dents! » Eh! madame Claire par ci; eh! madame Claire par là! Ça ne finissait pas... Ah! il faudra pourtant bien que ça finisse!... Ce monsieur, il se donnait des airs!... Parce qu'il lui avait plu de trouver Claire de son goût, il lui semblait qu'aucun autre n'y dût toucher... pas même moi!... Vrai cas de dire « qu'il la voudrait toute! » C'est un peu fort! Ah! oui, oui, cet animal-là, je lui « couperai chemin ;... » il m'agace.

Le ton avec lequel Régis accentuait cette exclamation, ne laissait pas le moindre doute sur la violeuce de l'antipathie qu'il ressentait contre Justin :

— Avec ça, continue-t-il, qu'il s'avise d'être que-
relleur!... Mieux que ça encore, il menace. Je me
rappelle un jour... Mais, bah! Claire n'en sait rien ;
il s'amusait à dire... Eh! qu'il dise ce qu'il voudra, je ne le crains guère. L'imbécile! et le fat par-
dessus le marché. Quand il papillonnait autour de
Claironnette et qu'il aurait bien voulu l'obtenir
pour lui, il a eu l'audace ou la bêtise, non pas de
lui *demander* sa main, mais de lui *offrir* la sienne.
La sienne, à lui! sa main! la main de Justin!... Le
beau cadeau, ma foi!... Ah! je voudrais bien la
tenir un jour, sa main ; je la lui tournerais de belle
sorte au bout de son poignet...

Régis, quoique se parlant bas, prononce ces derniers mots avec une énergie extrême, et cette véhémence contenue ne serait pas de bon augure en
cas d'une rencontre avec Justin.

— Mais laissons cet être-là, reprend-il; j'y reviens toujours. Il me « bouleverse, » comme il dit,
et me ferait manquer l'heure de mon départ...
Écoutons si rien ne bouge, et si Catherine ne va
pas bientôt descendre.

Il prête l'oreille et croit entendre quelque chose...

— Mais ce n'est pas du côté de l'escalier, se
dit-il. Non, rien par là. On dirait que ça vient du
côté de la rue, en dehors. C'est quelque passant at-

tardé ou matinal, qui, en cheminant, aura frotté la grand'porte... Encore! voilà le frottement qui recommence... Qu'est-ce? Un gaillard chercherait-il?... Assurons-nous de ça... Il n'est pas indifférent de se savoir en danger.

D'un bond, mais d'un bond silencieux, Régis se lève.

— Je n'ai point d'arme sur moi; pour venir demander grâce à ma femme, je n'ai pas jugé à propos de m'armer jusqu'aux dents. Je voudrais bien cependant n'être pas au dépourvu... Cherchons donc.

Et il passe soigneusement la revue dans toutes ses poches.

— Ah! j'ai mon couteau. Il est petit, c'est vrai, mais solide et bien aiguisé... Ouvrons-le à tout hasard, et approchons-nous de la grand'porte. Je verrai bien... c'est-à-dire j'entendrai bien ce qui se produira : car, pour y voir, il n'est pas encore l'heure.

Il s'approche tout « pian pian » de la grand'-porte, et s'y tient debout.

— Cette porte est de résistance et bien fermée, continue-t-il à part soi; je ne sais pas quel est le fou qui penserait l'ouvrir... et pourquoi? Pour s'introduire dans la maison? Mais il serait un maladroit; la journée, il y a vingt moyens plus faciles que celui-là... Enfin, guettons de l'oreille. Je peux me tromper, et... j'aimerais mieux ça.

Collé droit contre la porte et le couteau à la main, Régis attend, pas précisément calme, mais résolu.

Un nouveau frottement extérieur, plus prononcé encore que le second, attire décidément son attention. C'est comme si une main, appliquée contre un des larges battants, eût glissé lourdement de haut en bas.

Malgré l'obscurité, Régis tourne d'instinct les yeux vers le sol.

Le bruit paraît s'être amorti. Pendant quelques secondes, on n'entend plus rien.

Les yeux de Régis ne quittent pas, pour cela, leur position.

Tout à coup, son ouïe distingue une sorte de remuement, un froissement de paille, et il lui semble que quelque chose de ce genre est glissé de force sous la porte.

Il se baisse avec précaution; retient son souffle, penche l'oreille et se consolide en posant un genou à terre.

Avec de grandes précautions, il fait descendre perpendiculairement un de ses doigts, jusqu'à ce qu'il rencontre et sente un obstacle.

Deviné juste : c'est une poignée de paille qui

s'avance et qu'on cherche à introduire du dehors au dedans.

Le cœur de Régis bat un peu plus vite. Dans quel but cette tentative? Est-ce un fait insignifiant? Est-ce un crime qu'on prépare?...

Il ne tardera certainement pas à le savoir.

A peine a-t-il fini ces interrogations intérieures, qu'un petit bruit, sec et éclatant, lui fait tourner la tête.

Au même moment, une ligne lumineuse, indécise d'abord, puis claire, se dessine en tremblotant sous la porte.

C'est une allumette que l'on vient de frotter, et qui va sans doute communiquer sa flamme à la poignée de paille.

Un juron terrible gronde dans la gorge de Régis, qui a l'habileté et surtout la force de serrer les lèvres pour ne pas le laisser sortir.

Il a affaire à un incendiaire. Mais comment le saisir? S'il se trahit, le coupable se sauve... Il étoufferait plutôt que de pousser le moindre cri.

Sa main droite, armée et levée, est prête à frapper. De la main gauche il attire doucement à l'intérieur la paille, qui, roulée, ne s'allume que lentement sur le côté, et en dégageant beaucoup de fumée.

Cette traction silencieuse trompe le travailleur

coupable du dehors, lequel doit craindre que son brandon ne lui échappe.

Aussitôt, pour remédier à cette crainte, une main hésitante, fiévreuse, rampe et s'avance à la suite de la paille, autant pour s'en assurer que pour la diriger.

— Ah! brigand! tiens!...

Et, en même temps que ce cri, — qu'il pousse cette fois avec une joie féroce et qui le soulage, — il abat son poing, qui frappe rapide comme l'éclair et pesant comme une massue.

De ce coup, la flamme, mal prise encore, s'est éteinte, en disséminant alentour quelques étincelles presque inoffensives et immédiatement écrasées sous le pied.

La lame du couteau s'est enfoncée, et un rugissement, parti de l'autre côté de la porte, prouve au vengeur que le criminel est touché.

Régis, vivement impressionné, veut se rendre compte de ce qu'il a fait.

Il tâtonne, et acquiert sur le champ la conviction que la lame de son couteau vient de clouer à terre... une main!

—. Je le tiens! le brigand! l'infâme! s'écrie-t-il avec horreur. Qui peut-il être? Qui peut nous en vouloir assez pour tenter ce crime...?

V

RENCONTRE

Régis n'a pas plus tôt jeté cette exclamation, que la porte basse intérieure, par laquelle on l'a introduit la veille, s'ouvre.

Le vieux père, athlétique, robuste encore et toujours vaillant, s'avance, une lanterne à la main gauche et un pistolet dans la droite. Il est suivi de Julienne et de Catherine, qui se sont, chacune, armées d'un bâton.

Catherine, un instant auparavant, descendait pour ouvrir au mendiant et le laisser partir. Arrivée presque à la porte, elle avait entendu le premier cri poussé par lui. Ne sachant ce qui se passait, épouvantée, elle avait vite remonté l'escalier et fait lever le vieux père.

— Maître, on crie, on se bat dans la crèche!...

— Un malheur menace la maison, avait dit le brave patriarche : empêchons le malheur.

— Claire n'a pas eu de chance de faire introduire cet homme!

— Que va-t-il nous arriver?...

Et, en murmurant ces inquiétudes, la petite

troupe improvisée se rendait à la grange... où elle vient de faire son entrée.

Dès que la lanterne y a jeté sa lueur, le vieux père se dirige vers l'endroit du foin. Il y cherche, naturellement, le pauvre, et ne le trouve pas.

— Où est-il? demande-t-il avec force.

— Ici, contre la porte, répond une voix sobre et ferme.

Sans broncher, mais sur ses gardes et le pisto- let en avant, l'ancien se tourne vers la grand'porte.

Bonne direction; il arrive droit sur son pauvre.

— Malheureux! que fais-tu ici?... On te donne à coucher, et tu rends le mal pour le bien!... Ne bouge pas, ou tu es mort!

— Arrête, père! arrête!... crie en même temps une nouvelle venue.

Cette nouvelle venue n'est autre que Claire.

Elle aussi a entendu le premier cri de l'hôte de la grange, et, ne voyant déjà plus personne dans la maison, elle accourt, essoufflée et craintive.

C'est l'heure des appréhensions.

— Arrête, père! reprend-elle; ce n'est pas un malfaiteur...

Le vieux père, étonné, mais non déconcerté, se retourne vers sa fille, dont il a reconnu la voix, et, d'un ton qui indique aussi bien une austérité ma- gistrale qu'une menace foudroyante:

21.

— Qui donc est-il, alors?

Claire ne se contente pas de paralyser le mouvement du père. Elle traverse le groupe en courant :

— Régis! mon Régis! s'écrie-t-elle en bondissant et passant les bras au cou du mendiant factice...

— Régis!... s'écrient à leur tour les trois autres personnes, stupéfaites et ne comprenant pas encore.

— Oui, père, c'est Régis... dit le pauvre en ôtant son chapeau...

— Régis!... reprend le père en abaissant sa main droite.

— « Vous êtes grand, mon Dieu! soyez tout nôtre!... » balbutia Julienne à moitié égarée.

Catherine en joint les mains :

— « Pauvre de moi! » dit-elle.

— Mais, continue le coucheur déguisé, pour le moment ce n'est point la question. Nous reviendrons à moi plus tard. Il y a un malfaiteur ici, et, Dieu merci! ce n'est pas moi! Il est dehors, mais je tiens une de ces mains en dedans... Voyez plutôt.

Et il dirige la lanterne du vieux père de manière à éclairer nettement la main coupable qu'il a fichée au sol.

On s'approche, on regarde, on frissonne à la vue de cette main sanglante et crispée.

— Il ne me pensait pas là, hein!...

Tout le monde n'a qu'un cri :

— Le scélérat! le scélérat!!...

— Que voulait-il?

— Mettre le feu à la grange.

— Nous l'avons échappé belle!...

— Voilà la paille à demi brûlée que je lui ai tirée des doigts pour l'éteindre.

— Oh! le bandit!...

— Mais il faut s'en saisir, dit le père.

— Ça ne vous sera pas difficile. Depuis le cri qu'il a jeté en sentant la lame de mon couteau, chez lui plus signe de vie. Il doit être évanoui. Passez dans la rue, et quand vous le tiendrez bien par là-bas, je le déclouerai par ici.

Ce conseil est aussitôt suivi que donné.

— S'il est armé, père, désarmez-le d'abord...

— Ça va.

— Puis emparez-vous de lui...

— Ce sera vite fait.

— Ensuite, je retire mon couteau de sa main, et je cours vous aider à le faire prisonnier... jusqu'à nouvel ordre.

Tout cela s'exécute rapidement. En moins d'une demi-minute, le père s'est rendu maître du malfaiteur.

— Retire le couteau, crie-t-il à Régis.

Et Régis, qui n'attendait que le mot, a déjà jeté le couteau ensanglanté à une légère distance sur la litière.

— Je suis à vous, père.

Il remet sa lanterne entre les mains de Claire, et sort pour aider l'ancien dans sa prise.

Tous deux forts et excités contre ce vaurien blessé et défaillant, il va de soi qu'ils en ont immédiatement raison. Ils le tiennent solidement, l'un à gauche, l'autre à droite, et leurs poignes vengeresses sont pour lui de vrais étaux.

Lui, le criminel, il manifeste bien l'intention de regimber ; mais la faiblesse occasionnée par sa blessure l'en empêche. Tout ce qu'il peut, c'est de baisser la tête pour se cacher.

— Claire, crie Régis, apporte la lanterne, que nous voyions à qui nous avons affaire.

Claire arrive.

— Et toi, Catherine, pendant ce temps, va vite chercher deux gendarmes.

La lanterne projette déjà sa lueur. Le coupable, humilié d'être pris, sans doute, fait toujours des efforts pour n'être pas vu. Le crime est parfois honteux.

D'un coup violent, appliqué avec précision, Régis lui arrache son chapeau de dessus la tête :

— Eclaire-nous cette figure ! dit-il à sa femme.

Et la pauvre femme, joyeuse du danger passé, mais encore tremblante, élève la lanterne à la hauteur voulue.

Une stupeur indicible s'empare de tous les assistants...

Sous sa pâleur, chacun le reconnaît :

— Justin!... c'est Justin!...

La lanterne échappe presque des doigts de Claire suffoquée.

Le vieux père en frémit d'indignation.

Quant à Régis, il ne pourrait peut-être pas définir tout ce qui se passe en lui :

— Ah! c'est toi, misérable? Je te retrouve!... Tout à l'heure je désirais tenir une de tes mains!...

Mais il ne continue pas, et il résume ses émotions diverses en cette sanglante ironie.

— Dis donc, la main que je t'ai touchée, est-ce la main que tu voulais jadis *offrir* à Claire?...

Il n'a pas de réponse.

. . . .

. . . .

La justice vient. On l'informe, et elle se saisit vivement du malfaiteur.

Quelques voisins levés de bonne heure et des passants s'étaient déjà arrêtés.

De toutes parts, cris et clameurs :

— Va, incendiaire!...

— Vil être, va-t-en !...

— Va-t-en, « honte de nous !... »

On l'emmène, le vaurien, au milieu de ces huées et de ces malédictions.

Arrivé vers les dix heures, il avait rôdé d'abord, s'acheminant, au clair de lune, par les sentiers rocheux bordés de murs de pierres sèches, derrière lesquels des rangées de mûriers, d'oliviers et de chataigniers projetaient leurs ombres. Il était ensuite entré dans un cabaret, où il n'avait pas reculé devant une consommation excessive et prolongée ; puis enfin, le cerveau échauffé par la boisson, ce courage des lâches, il s'était dirigé vers la grange, où son plan venait de se dénouer si mal pour lui...

Le méchant, par bonheur, ne réussit pas toujours.

. . . .

La famille repasse le seuil qu'elle avait franchi, et cherche à se remettre de toutes ces alertes, si inattendues.

Chacun fait sa part du récit ; l'ensemble des renseignements se complète, et tous finissent par tout savoir.

On commente :

— Pourquoi cette folie chez Justin ?

— Comprend-on !...

— Bien sûr, une vengeance...

— Eh! de quoi?

— De ce que Régis a su prendre Claire pour femme, j'imagine.

— Le brigand!...

— Eh bien! et mes craintes, Claire, étaient-elles fondées?

— Oui, Julienne; et un peu les miennes, aussi...

— Un instant de plus, elles étaient tristement réalisées... J'en tremble encore...

— Ah! Régis, quelle bonne idée tu as eue de revenir!... C'est toi qui as empêché le crime de ce Justin.

— Et je m'en suis débarrassé..., pense Régis.

— Le doigt de Dieu est là, reprend le père; il récompense notre hospitalité. Ton retour, gendre, ne peut être que sérieux, inauguré par un fait aussi grave...

— Tu as sauvé la maison, mon Régis; tu ne peux plus mettre en question le bonheur de notre famille...

— Le bonheur de notre famille ne serait pas tout entier dans le bonheur de ma femme, que j'en répondrais encore! Comptons les uns sur les autres, et rentrons remercier le Maître à tous!

FIN.

TABLE DES MATIÈRES

LE PUY. — TYPOGRAPHIE M.-P. MARCHESSOU.

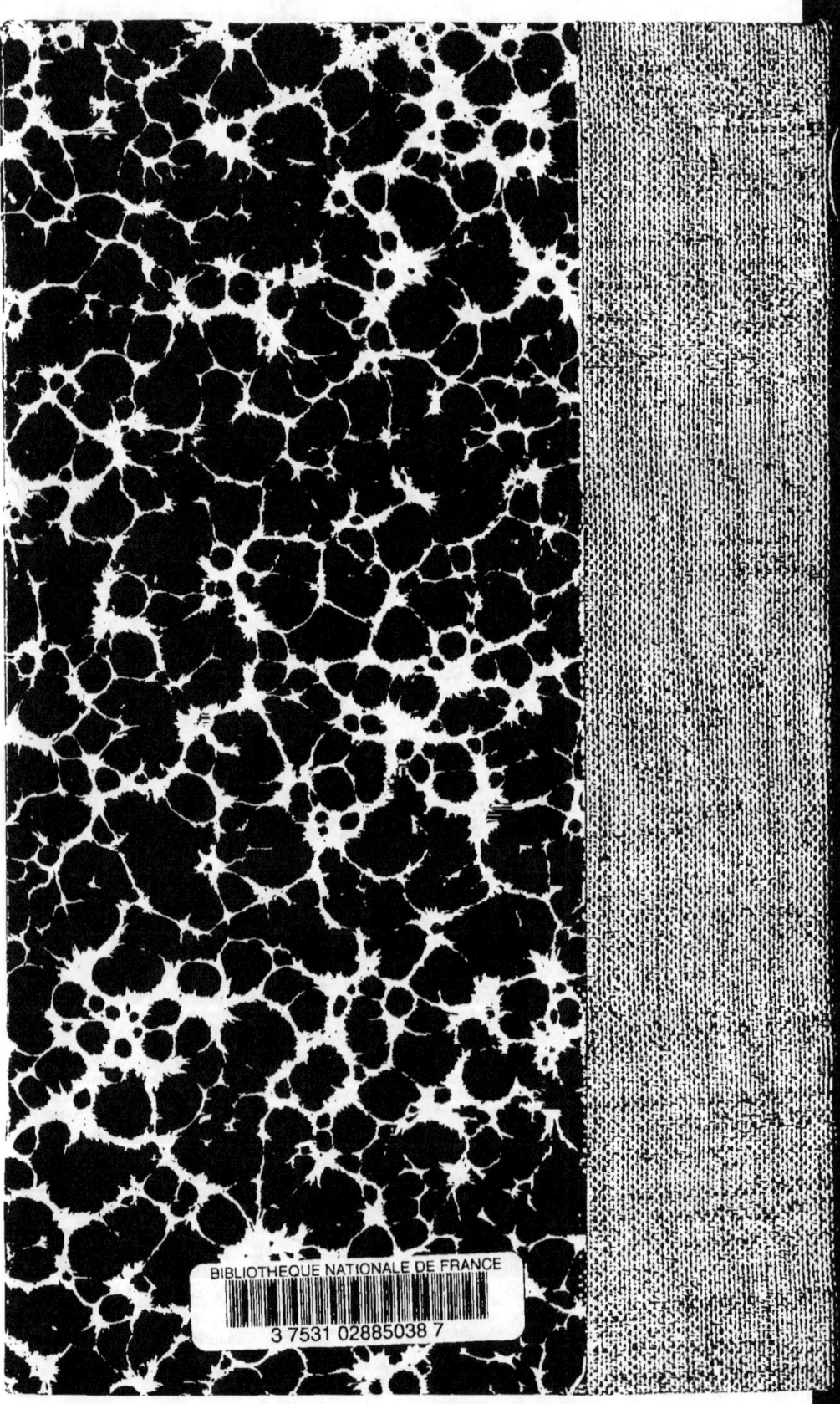